COLLECTION
FOLIO/ACTUEL

Pierre-Noël Giraud

L'inégalité du monde

Économie du monde contemporain

Gallimard

Pierre-Noël Giraud, né en 1949, ingénieur du corps des Mines, est professeur d'économie à l'École des Mines de Paris, où il dirige le CERNA (Centre d'économie industrielle), et à l'université de Paris-Dauphine. Ses travaux antérieurs ont porté sur l'économie mondiale des matières premières, les restructurations industrielles en Europe de l'Est, les réformes économiques en Chine et la globalisation des entreprises.

Pierre-Noël Giraud, [illegible] ingénieur [illegible] des corps des mines, est professeur [illegible] École des Mines de Paris [illegible] le CERNA [illegible] économie industrielle [illegible] Université de Paris-Dauphine. Ses travaux [illegible] ont porté sur l'économie [illegible] des matières premières [illegible] les relations [illegible] et la mondialisation des entreprises.

Pour N.

Introduction

L'inégalité, ou pourquoi y a-t-il des riches et des pauvres ? Telle est en vérité la question essentielle de l'économie. Ce livre traite de l'inégalité du monde contemporain. Inégalité signifiera ici uniquement différence entre les hommes dans la jouissance de biens matériels. Ainsi définie, elle présente une double dimension : spatiale et sociale. Il existe des entités géographiques — utilisons ce terme neutre pour l'instant — où la richesse moyenne des hommes est supérieure à d'autres : c'est la dimension spatiale. Au sein d'une entité, quel que soit le niveau de richesse moyenne, il y a des riches et des pauvres : c'est la dimension sociale.

LES FAITS

Le monde, au XVIIIe siècle, est encore un monde d'entités égales, au sens où le niveau de vie moyen des populations est du même ordre de grandeur en Europe, en Inde, en Chine, les trois zones les plus peuplées de la planète[1]. Naturellement, en leur sein, l'écart entre riches et pauvres est considérable. L'inégalité du monde est alors l'immémoriale inégalité entre les propriétaires terriens et les marchands d'une part, la grande masse des paysans et des artisans d'autre part, qui vit et souvent survit partout à peu près de la même manière[2].

Aujourd'hui, l'inégalité du monde se donne d'abord comme une profonde inégalité entre pays. Entre l'ensemble des pays anciennement industrialisés, Europe de l'Est comprise, et le reste du monde, l'écart de niveau de vie moyen est en 1990 de 1 à 8. L'écart entre l'Inde et les États-Unis est de 1 à 20; entre la Chine et le Japon de 1 à 9[3]. C'est à dessein, car il est essentiel de souligner qu'il s'agit là de différences entre pays industrialisés, au sens où ils sont tous capables de lancer des satellites ou de fabriquer des armes sophistiquées, que ne sont pas convoqués dans cette comparaison les pays les plus pauvres d'Afrique. L'écart a commencé à s'ouvrir au XIXe siècle, mais lentement. C'est surtout au XXe siècle qu'il s'est creusé. Quant à l'inégalité sociale interne, elle s'est presque partout réduite après la Seconde Guerre mondiale : en Europe, avec ce que nous appellerons la « croissance sociale démocrate autocentrée » et l'accès des salariés à la consommation de masse[4]; en Chine, et même en Inde, en raison du développement économique de type socialiste choisi par les gouvernements de ces pays. Émergence des inégalités entre pays, réduction des inégalités sociales internes en fin de période, tel est le double mouvement de l'inégalité du monde du XVIIIe siècle aux années 70 du XXe siècle.

Depuis vingt ans, ce double mouvement commence de s'inverser. Certains pays du Tiers-Monde ont amorcé un processus de rattrapage des pays riches extrêmement rapide. Il s'est d'abord agi de petits pays peu peuplés, ceux qu'on a appelés les « nouveaux pays industrialisés » (NPI) : la Corée du Sud, Taïwan, Singapour. Ils ont mis en œuvre des stratégies d'industrialisation fondées sur de bas coûts salariaux initiaux et tirées par des exportations de biens manufacturés vers les immenses marchés des pays riches. Puis, et c'est là un fait majeur de cette fin du siècle, un nouveau groupe de pays très peuplés, à bas salaires mais d'un niveau de développement technologique incomparablement supérieur à celui des premiers NPI au moment de leur envol, s'est engagé dans cette voie. Il s'agit du groupe que nous appellerons les « pays à bas salaires et à capacité technologique » (PBSCT), qui compte des milliards d'hommes : la Chine, l'Inde, l'ex-Union soviétique et les pays de l'Est européen. Le rattrapage des pays riches, non par quelques chevau-légers avant-coureurs, mais par de vastes zones de l'ex-Tiers-Monde — particulièrement l'Asie, mais aussi l'Amérique latine — est désormais en cours.

Dans le même temps, au sein des pays riches les inégalités sociales augmentent. L'écart entre les 10 % des salariés les mieux payés et les 10 % des salariés les moins bien payés (sans compter donc les revenus du capital) a presque doublé en vingt ans aux États-Unis, pays où 17 % des employés à temps plein sont passés en dessous du seuil « officiel » de pauvreté. Il existe désormais aux États-Unis, comme à Bombay, des gens qui ont un travail, au moins à temps partiel, mais qui ne peuvent payer un domicile fixe. Ce mouvement est également très net, bien que plus récent, en Angleterre. Il est perceptible même au Japon. Dans la plupart des autres pays d'Europe, c'est le chômage qui augmente. Pour beaucoup d'économistes, inégalités croissantes de revenus aux États-Unis et chômage croissant en Europe sont deux aspects d'un même phénomène. Il ne prendrait, ici, la forme du chômage qu'en raison de la persistance d'un « modèle social européen » condamné par la « mondialisation ». Tels sont les faits.

DES EXPLICATIONS PEU CONVAINCANTES

Les grandes problématiques économiques, des classiques — Marx compris — aux économistes contemporains — Keynes compris — ne parviennent pas à rendre compte de manière satisfaisante des grands mouvements de l'inégalité du monde depuis le XVIIIe siècle. Quant aux phénomènes contemporains, les analyses proposées en sont peu convaincantes et ne permettent pas d'éclairer le choix de politiques étatiques susceptibles d'infléchir les évolutions en cours, si ces dernières étaient jugées indésirables.

C'est ainsi que le diagnostic concernant les causes de l'accroissement des inégalités dans les pays riches, malgré une abondante littérature sur la question, reste confus. Pour certains, dont une majorité d'économistes anglo-saxons, c'est le progrès technique qui est en cause : il dévaloriserait massivement le travail non qualifié. C'est une façon commode de se débarrasser de la difficulté. Le progrès technique, *deus ex machina*, vient à point nommé pour dispenser de rien expliquer. Car pourquoi le progrès technique, fort vigoureux pendant les Trente Glorieuses, aurait-il alors engendré le plein emploi et la réduction des inégalités, et engendre rait-il aujourd'hui le contraire ? Pour d'autres, c'est la mondialisation qui est coupable. Les importations des pays à bas salaires sont accusées, sans que le phénomène de mondialisation soit pour autant analysé dans ses origines, sa nature et la totalité de ses implications contradictoires. D'autres encore, les économistes les plus libéraux, considèrent que le libre-échange est toujours bénéfique globalement, mais concèdent qu'il peut transitoirement défavoriser certaines catégories de populations. Il suffit alors, selon eux, d'utiliser une partie de la richesse supplémentaire qu'il engendre à compenser les pertes subies par les plus défavorisés. Ce discours serait cohérent si les mêmes ne militaient pas avec acharnement en faveur de la réduction du rôle redistributif de l'État, éminemment inefficace à leurs yeux. Constat d'impuissance théorique, dogmatisme et incohérence des analyses laissent le champ libre aux assertions démagogiques d'un populisme qui fait de l'étranger, de l'« invasion » de ses marchandises à bas prix et de ses hordes de pauvres, en d'autres termes de la mondialisation et de l'immigration, la source de tous les maux.

POURQUOI PRIVILÉGIER LA QUESTION DE L'INÉGALITÉ ?

La pensée économique a toujours distingué deux questions : la création de richesse — son origine, sa nature, les causes de son accroissement — et la répartition de cette richesse entre les hommes. Chaque école de pensée les a traitées et articulées différemment. Adam Smith ne traite vraiment que de la première, dans son *Enquête sur la nature et les causes de la richesse des nations*, le texte fondateur de l'économie politique. David Ricardo présente ainsi son programme de recherche dans une lettre de 1820 à Malthus : « L'économie politique est selon vous une enquête sur la nature et les causes de la richesse. J'estime au contraire qu'elle doit être définie comme une enquête au sujet de la répartition du produit de l'industrie[5] entre les classes qui concourent à sa formation. On ne peut rapporter à aucune loi la quantité de richesses produites mais on peut en imaginer une assez satisfaisante à leur répartition. De jour en jour, je suis plus convaincu que la première étude est vaine et décevante et que la seconde constitue l'objet propre de la science. » Karl Marx fait dériver à la fois la croissance de la richesse et sa répartition de « lois tendancielles » du mode de production capitaliste. Quant aux néoclassiques, ils considèrent que la seule question scientifique est celle de l'efficacité de l'allocation de ressources rares, donc de la croissance. Dans leurs modèles de base, la question de la répartition est en partie subordonnée aux lois de l'efficacité et, pour le reste, exogène. La rémunération de chaque facteur de production, travail, capital, terre, est rigoureusement déterminée par les lois de l'efficacité, mais les droits de propriété sur ces facteurs, qui déterminent la part qui revient finalement à chacun, sont des données exogènes à l'analyse. J'estime pour ma part que l'inégalité est la question fondamentale de l'économie, pour trois types de raisons.

Dès lors qu'un groupe humain parvient par son activité productive à se reproduire physiologiquement, et c'est le cas, sauf catastrophe locale, partout dans le monde contemporain, la richesse acquiert une signification essentiellement relative. On n'est pauvre que par comparaison à un riche. En témoigne par exemple le fait que l'obsession, fréquente, des gouvernements à l'égard du taux de croissance économique exprime en vérité toujours une préoccupation à l'égard d'une question d'inégalité. Si l'on parle tant aujourd'hui de la croissance économique « insuffisante » de l'Europe, c'est d'abord en raison du chômage et parce que l'on croit, ou feint de croire, qu'une croissance plus forte réduirait cette forme, jugée politiquement dangereuse, d'inégalité. Si le gouvernement américain s'est tant inquiété de voir la croissance ralentir dans les années 70 et 80, c'est parce qu'à l'époque le Japon croissait beaucoup plus vite que les États-Unis, ce qui, en se prolongeant, risquait fort de menacer la suprématie économique américaine. Depuis que la croissance économique du Japon est rentrée dans le rang, le niveau de celle des États-Unis n'est plus vraiment une préoccupation. Quant aux gouvernements des pays aujourd'hui pauvres, leurs objectifs s'expriment clairement en termes de rattrapage, donc de réduction de la profonde inégalité entre pays qui s'est creusée à partir du XIXe siècle.

Ensuite, considérer deux questions distinctes, la richesse et sa répartition, implique que l'on en examine les relations. À moins de poser qu'elles sont indépendantes — ce que font certains —, il faut s'interroger sur les effets de l'inégalité sur la croissance et réciproquement. Ainsi, une thèse aujourd'hui dominante, s'agissant des pays encore pauvres et aspirant à un rattrapage rapide des pays riches, est qu'un accroissement initial des inégalités internes y est non seulement inévitable mais utile à la croissance économique, leur réduction ne pouvant intervenir qu'à un stade ultérieur, où la prospérité enfin générale sera plus équitablement partagée. Cette thèse peut être considérée comme la version capitaliste de celle, autrefois avancée par certains dirigeants de pays socialistes, du sacrifice nécessaire d'une ou deux générations pour parvenir à la société communiste. Or l'expérience, même récente, des effets de l'inégalité sociale interne sur la croissance présente des configurations contrastées. Ainsi, il est fort probable que les grandes fortunes amassées par certains Coréens dans les années 50 grâce à la corruption et à des trafics de tous ordres liés à la guerre de Corée expliquent en partie que ce pays ait connu trente ans de croissance à un rythme exceptionnel. Mais, inversement, il est tout aussi probable que l'égalité sociale qui caractérisa le Japon de l'après-guerre fut un des facteurs importants de sa croissance, également remarquable, jusqu'au milieu des années 70. Rien de général ne semble donc pouvoir être dit si l'on se contente de mettre en rapport inégalité sociale et croissance. Les choses s'éclairent en revanche si l'on considère la croissance du Japon et de la Corée comme des processus de réduction des inégalités existant entre eux et les pays riches, des phénomènes de rattrapage qui interviennent à des époques différentes et qui présentent des particularités (processus essentiellement autocentré dans le cas du Japon, tiré par les exportations dans celui de la Corée). Le décalage temporel et ces particularités, qui sont de plus liés entre eux, expliquent alors parfaitement les différences constatées quant aux inégalités internes. Mettre en rapport les inégalités, internes et externes, sociales et spatiales, s'avérera beaucoup plus fécond que de mettre en rapport inégalité sociale et croissance.

Il y a enfin une troisième raison de privilégier l'analyse de l'inégalité sur celle de la richesse en soi. Elle est également d'ordre théorique. Partir de la richesse puis analyser sa répartition suppose que la richesse se définit en termes absolus. Adam Smith la définit par « l'étendue des nécessités, des commodités et des agréments de la vie humaine dont [un homme] peut jouir[6] ». Selon lui il s'agit d'une quantité (étendue) ; on doit pouvoir la mesurer si l'on veut en analyser l'évolution dans le temps — ce qui est le programme de Smith. Or, on ne peut la mesurer qu'à l'aide d'un étalon monétaire, seul moyen d'additionner ces divers « nécessités, commodités et agréments ». Cette mesure permet une comparaison rigoureuse de la richesse de deux individus, à un instant donné, dans la même zone monétaire. Comparer, toujours à un instant donné, la richesse de deux individus vivant dans des zones monétaires différentes suppose des conventions discutables[7], qui donnent au mieux une approximation raisonnable. En revanche, aucun étalon monétaire n'est invariable dans le temps et toute recherche d'un étalon autre que monétaire pour obtenir une mesure de la richesse indépendante de l'époque et du lieu est vaine[8]. Il s'ensuit que lorsqu'on parle de croissance économique on parle en vérité d'un phénomène que l'on ne sait pas mesurer avec rigueur. On ne se prive pas pour autant de quantifier la croissance économique, mais c'est au prix de conventions d'autant plus drastiques que l'on considère des périodes de temps longues. Lorsque nous utiliserons les évaluations faites par des historiens de la croissance économique sur de longues périodes, ce seront en réalité exclusivement les différences de croissance qui nous intéresseront, donc l'évolution des inégalités, seule réalité rigoureusement mesurable, puisqu'il suffit de prendre la richesse d'un individu à un instant donné comme mesure de celle de tous les autres au même instant[9]. Ainsi, par exemple, les historiens nous disent que durant le XIXe siècle, les pays qui ont connu la révolution industrielle ont vu leur richesse moyenne par habitant croître de 1 % par an, tandis qu'elle stagnait dans le reste du monde. Puisque, au début du XIXe siècle, la richesse moyenne était la même dans les deux groupes de pays — fait susceptible d'une mesure assez rigoureuse —, le rapport des richesses moyennes est passé de 1 à 3,5 en 1900, ce qui est tout aussi mesurable. Le seul phénomène avéré et mesurable, qui mérite une analyse scientifique, est donc l'ouverture d'un tel écart, l'apparition d'une forte inégalité entre deux groupes de pays. Le chiffre de 1 % avancé pour la croissance du premier groupe est une simple indication, largement conventionnelle, que des progrès techniques ont été réalisés et que leurs applications se sont répandues. Le seul vrai problème est de savoir pourquoi il n'en a pas été ainsi dans l'autre groupe.

C'est pourquoi on peut soutenir, tant pour des raisons pratiques que théoriques, que c'est l'inégalité et non la richesse en soi qui est la question fondamentale de l'économie.

L'examen des raisons pour lesquelles les problématiques classiques et néoclassiques ne parviennent pas à rendre compte des grandes évolutions de l'inégalité du monde montrera qu'elles relèvent d'une conception inadéquate des États et de leurs rapports aux phénomènes économiques. Il nous faudra par conséquent reprendre en détail cette question dans le premier chapitre. Y seront définis les concepts de territoire économique, de dynamique économique et de capitalismes. On montrera que les interventions des États sur les dynamiques économiques ne relèvent pas de logiques purement économiques. Un capitalisme est donc toujours singulier et parler du capitalisme en général n'a pas de sens. « Un » capitalisme est, dans une séquence temporelle donnée, l'articulation de dynamiques économiques dans et à partir d'un territoire soumis à des interventions étatiques qui ne peuvent être réduites à la seule logique économique. Aucune loi générale quant aux effets des capitalismes sur l'inégalité ne peut être formulée. L'analyse proprement économique ne peut porter que sur des séquences dans lesquelles les interventions des États sont relativement stables et où l'on peut donc décrypter et dans une certaine mesure prévoir les effets du déploiement d'un ensemble de capitalismes sur l'inégalité entre territoires et dans les territoires.

Nous nous pencherons en premier lieu sur des séquences particulières du passé : l'Ancien Régime préindustriel, le XIXe siècle, ce que nous appellerons le premier XXe siècle (années 20-années 70), où l'inégalité du monde évolue sous l'effet de facteurs et dans des dynamiques qui seront explicitées. Cette étude permettra d'éprouver la validité des thèses énoncées dans le premier chapitre et de proposer des éléments d'explication du double mouvement de l'inégalité du monde que connaît cette période. L'analyse de l'Ancien Régime a le grand intérêt de présenter des formes de capitalismes organisés en réseaux et des dynamiques d'inégalité spatiale que l'on pourrait bien retrouver dans les capitalismes contemporains (chapitre II). Celle du XIXe siècle permettra de faire le point sur le bilan toujours controversé de l'impérialisme et montrera les conditions étatiques des premiers processus de rattrapage (chapitre III).

On accordera ensuite une attention particulière à la caractérisation des capitalismes réducteurs d'inégalités qui se déploient en Europe, aux États-Unis et au Japon durant l'exceptionnel premier XXe siècle (chapitre IV). Il importera d'en bien saisir les singularités pour en comprendre la crise. Ce qu'on appelle mondialisation sera alors interprété comme une mutation des capitalismes, rendant, dans les pays riches, inopérantes les formes antérieures d'interventions des États sur les dynamiques économiques (chapitre v). Ce n'est que dans ce cadre d'analyse que l'on peut prendre toute la mesure du fait majeur de la fin du siècle qu'est l'émergence sur la scène mondiale des « pays à bas salaires et à capacité technologique » (chapitre vi). Pour finir, nous soutiendrons la thèse que nous sommes entrés dans une nouvelle séquence de l'histoire des capitalismes qui verra la disparition des classes moyennes dans les pays riches.

Telles que les choses sont engagées, en effet, la réduction des inégalités profondes qui s'étaient creusées entre territoires va se poursuivre. Mais elle va s'accompagner d'une forte augmentation des inégalités internes aux pays riches, dont nous ne vivons que le commencement et qui polarisera leurs sociétés entre un groupe de « compétitifs » et une large masse de « protégés », qui seront les clients des premiers.

Les conséquences politiques d'une telle évolution seront sans aucun doute considérables — mais ce n'est pas l'objet de ce livre de les anticiper. Est-elle inévitable ? Non, car l'analyse aura montré, je l'espère, qu'il n'y a pas plus de lois de l'économie que de lois de l'histoire, et que ce point, s'il est désormais acquis, ne précipite la pensée ni dans l'empirisme ni dans l'errance mais exige des économistes une approche rigoureuse de la multiplicité des capitalismes.

Que faire si l'on souhaitait l'infléchir ? L'épilogue cernera à grands traits l'espace d'une toujours possible liberté d'action.

CHAPITRE PREMIER

Territoires, États et capitalismes

Ce chapitre expose les thèses qui constituent les prémisses de notre analyse de l'inégalité du monde : la multiplicité des capitalismes et l'inexistence de lois purement économiques de l'inégalité.

Nous partirons de la notion de « mobilité[10] » des marchandises, de la monnaie, des hommes et des informations. Nous verrons que, dans les dernières décennies, la mobilité de la monnaie, des marchandises et des informations codifiables (transmissibles sous forme numérique) s'est énormément accrue, tandis que reste très limitée celle des hommes et donc des savoirs et des savoir-faire non codifiables qu'ils portent en eux. Les mobilités dépendent de deux séries de facteurs de nature différente : des facteurs objectifs (techniques et coûts de transport) et des facteurs étatiques, relevant de « décisions » de gouvernements qui contrôlent les circulations à travers les frontières. Un « territoire économique » est alors défini comme un espace où les mobilités ne subissent aucune entrave étatique. Dans un territoire économique, la circulation des marchandises, de la monnaie, des hommes et des informations est donc parfaitement libre; leur mobilité ne dépend que des facteurs technico-économiques. En revanchc, entre territoires différents, il existe toujours des entraves étatiques aux mobilités.

On introduira ensuite les « acteurs capitalistes », individus dotés d'une « logique économique », séparable des autres dimensions de leur comportement social, et stable dans le temps. On précisera à quelles conditions cette séparation est possible, la nature de ces comportements, et pourquoi ces individus peuvent être qualifiés d'acteurs capitalistes. Dans le monde actuel, les acteurs capitalistes sont extrêmement divers. Ils se répartissent selon un large spectre allant par exemple du spéculateur international au petit paysan d'une région peu fertile. Ce qui les distingue, en particulier, c'est leurs rapports aux territoires économiques. Les uns opèrent entre plusieurs territoires dont ils mettent à profit les différences, les autres sont captifs d'un territoire donné. Nous appellerons les premiers des « nomades » et les seconds des « sédentaires ».

À partir de ces notions de base sont construits deux concepts plus complexes, ceux de « dynamique économique » et de « croissance ». Les dynamiques économiques résultent des comportements d'acteurs capitalistes coordonnés par des mécanismes de marchés. Elles se déploient sur une scène formée de la juxtaposition de territoires économiques sous souveraineté d'États. Elles impliquent donc, sauf dans des territoires strictement fermés, une articulation spécifique de nomades et de sédentaires. La résultante de ces dynamiques, quant à l'évolution des inégalités internes à un territoire et entre ce territoire et les autres, est définie comme la croissance de ce territoire.

On montre alors que le fait qu'une croissance augmente ou réduise les inégalités ne peut se déduire des seules logiques économiques d'acteurs capitalistes. En effet, les dynamiques qui en résultent se déployant dans et entre des territoires, d'autres facteurs interviennent : les interventions des États. La question centrale devient donc : doit-on attribuer aux États eux-mêmes une « logique économique étatique » ? Si l'on répond par l'affirmative, alors on peut prétendre élaborer des lois purement économiques de l'inégalité.

Nous examinerons soigneusement cette question, d'abord en récapitulant les réponses données par Marx, les économistes néoclassiques et Keynes, ainsi que les hypothèses sur lesquelles reposent ces réponses. Puis nous justifierons pourquoi, contrairement à eux, nous refusons d'attribuer aux États une logique purement économique, ce qui supprime toute possibilité de lois économiques de l'inégalité valables en tous temps et en tous lieux.

Cette position entraîne deux conséquences. La première est que parler « du » capitalisme est impossible : il n'existe que des capitalismes. Ce concept, incluant des interventions étatiques extérieures à toute logique économique, n'est donc pas purement économique. Certains capitalismes sont réducteurs d'inégalités, d'autres les accroissent. La seconde conséquence est que l'analyse économique ne peut porter que sur des « séquences » particulières où les interventions étatiques sur les dynamiques économiques sont stabilisées, ce qui permet de modéliser ces dynamiques et leurs effets sur l'inégalité.

ACTEURS CAPITALISTES ET TERRITOIRES

Définissons maintenant les notions de base suivantes : mobilités, territoires économiques, logiques économiques, acteurs capitalistes, nomades et sédentaires.

MOBILITÉS

Dès que l'on s'intéresse à l'évolution de la répartition de la richesse, il est indispensable d'intégrer à l'analyse les dimensions de l'espace et du temps, et donc au croisement des deux la notion de mobilité. Mobilité des hommes, des marchandises, de la monnaie[11], des informations. Ces mobilités ont une double dimension, technico-économique et étatique. La dimension technico-économique se caractérise par des couples (coûts-durée). En effet, pour transporter une marchandise, de la monnaie, des hommes ou des informations d'un endroit de la planète à un autre, on dispose en général de plusieurs moyens. Les plus rapides sont les plus chers, car un moyen à la fois moins rapide et plus cher ne serait pas utilisé.

La dimension étatique vient de ce que, pour être déplacés, les marchandises mais aussi les hommes, la monnaie, les informations doivent dans certains cas traverser des frontières d'État. Les États contrôlent les circulations à travers leurs frontières, c'est un de leurs pouvoirs. Ils peuvent tout simplement interdire le passage, ou du moins le limiter quantitativement, ou le rendre plus coûteux en percevant des taxes. Pour ce qui est des hommes s'ajoute une autre dimension, subjective : même s'ils ont les incitations et les moyens économiques ainsi que les autorisations étatiques de se déplacer, ils peuvent tout simplement ne pas souhaiter le faire. À titre d'illustration, examinons la double dimension de ces mobilités dans le monde contemporain.

Les hommes sont peu mobiles. Ils préfèrent généralement rester travailler dans la ville ou la région qu'ils habitent. À la rigueur, pour un avantage économique significatif, comme trouver du travail quand on est chômeur, ils changeront d'habitat à l'intérieur de leur pays. Il est rare qu'ils émigrent volontiers, et quand bien même la misère ou le désir de réussite les poussent, encore faut-il que les États les y autorisent. Ce fut le cas, au XIXe et au début du XXe siècle, des Amériques et de quelques autres pays. Aujourd'hui, l'immigration est partout étroitement limitée.

La mobilité des marchandises dépend d'abord des facteurs technico-économiques, en particulier des ratios coûts de transport/coûts de fabrication. Ceux-ci se sont considérablement réduits durant les dernières décennies. Il est désormais aussi peu coûteux de transporter une automobile par bateau de la Corée à Rotterdam qu'en train de l'Andalousie à Rotterdam. Les marchandises les moins chères à la tonne, les minerais bruts de fer ou de charbon, peuvent parvenir en Europe de l'autre bout du monde, de l'Australie, à des prix qui concurrencent les minerais locaux. Il n'est pas une usine dans le monde à qui ne puisse être envoyés en moins de quarante-huit heures, en cas d'urgence, une pièce de rechange et, si nécessaire, le technicien qui l'accompagne, dès lors que la pièce peut être transportée par avion. La mobilité des marchandises reste cependant encore entravée par des obstacles étatiques, mais ceux-ci, avec la libéralisation générale du commerce mondial et la multiplication des zones régionales de libre-échange, sont tendanciellement décroissants. Quand la monnaie était une marchandise (l'or et l'argent métal), elle circulait comme telle. À cela près que les ratios coûts de transport/coûts de fabrication étaient particulièrement bas pour ces marchandises — une des raisons pour lesquelles elles furent sélectionnées en tant que monnaie. Très tôt, la monnaie est en partie devenue un pur signe. Elle l'est désormais complètement. Techniquement, le système bancaire mondial peut la faire circuler instantanément et à coût quasi nul. Les seules entraves à sa circulation sont donc étatiques et elles n'existent qu'entre zones monétaires différentes : ce sont les éventuelles réglementations des changes. Au cours des années 80, une libéralisation générale des contrôles des changes et des réglementations concernant les investissements étrangers a entraîné une liberté quasi totale de circulation de la monnaie. Quant aux informations, il s'agit ici de celles qui importent en économie, celles dont ont besoin les acteurs pour produire, acheter, vendre, prêter ou emprunter. Il faut en distinguer deux types : l'information codifiable et l'information tacite. L'information codifiable est portée par des textes, quel que soit leur support (imprimés, électroniques, etc.). Elle circule aujourd'hui non seulement à coût très faible, mais très rapidement et pratiquement sans obstacle étatique. Des personnes qui, dans leurs rapports de travail, n'ont qu'à échanger des informations codifiables peuvent donc travailler en réseau, reliées par leurs ordinateurs, aux quatre coins du monde. L'avocat new-yorkais télécopie le soir ses notes manuscrites à un pool de secrétaires anglophones de Hong Kong et les récupère le lendemain sur son ordinateur. Un livre édité en France peut être composé en Roumanie ou aux Philippines et imprimé en Turquie. Du travail informatique routinier, telles la facturation ou la paye, peut être effectué à Bombay, où la qualité des informaticiens indiens permet même de localiser l'ordinateur central de réservation d'une compagnie aérienne mondiale. L'information tacite est portée par des hommes : ce sont les savoirs, les savoir-faire, les connaissances qui ne peuvent se transmettre intégralement par l'écrit, mais par la parole adressée, le dialogue, la démonstration, le travail en commun. Elle représente en réalité une masse essentielle des informations utilisées dans les processus économiques : une très large part des informations techniques sur les moyens de produire, et des informations dites commerciales sur les besoins, les préférences, les intentions des acteurs économiques sont de ce type. Elle ne se diffuse que si les hommes sont directement en rapport les uns avec les autres et le plus souvent présents physiquement. Que les deux dimensions des mobilités — technico-économique et étatique — soient de nature qualitativement différente est ce qui fonde la notion de territoire économique.

TERRITOIRES ÉCONOMIQUES

On appellera territoire économique un espace géographique au sein duquel marchandises, monnaie et hommes peuvent circuler librement, au sens où aucun obstacle étatique ne s'y oppose. Les circulations y sont par conséquent régies par les seuls facteurs technico-économiques. Pour qu'il en soit ainsi, il faut que les territoires économiques soient des espaces d'unité monétaire et d'unité des règles juridiques qui encadrent l'activité économique. Un territoire économique relève par conséquent, en général, de la souveraineté d'un seul État. Mais inversement, l'espace soumis à la souveraineté d'un État peut être constitué de plusieurs territoires économiques différents, précisément s'il existe des obstacles étatiques internes à la mobilité des marchandises, de la monnaie et des hommes. On en trouve des exemples parmi les anciens empires coloniaux (les peuples colonisés n'avaient pas le droit d'immigrer librement en métropole), mais également parmi les États européens, qui, avant la révolution industrielle, comptaient de multiples douanes intérieures. Cependant, dans le monde actuel, la plupart des États ont unifié les conditions générales du développement économique et libéré les circulations à l'intérieur de l'espace où s'exerce leur souveraineté. La forme empire, regroupement sous une même souveraineté d'entités hétérogènes séparées par certains obstacles aux circulations, a disparu. États-nations et territoires économiques se recouvrent. L'Europe actuelle présente cependant une exception : elle s'est pratiquement constituée en territoire économique, mais ne s'est pas encore dotée d'un véritable État ayant tous les attributs de la souveraineté sur ce territoire, ce qui est à l'origine de certaines de ses difficultés actuelles tant dans la compétition mondiale entre territoires que dans la maîtrise des dynamiques économiques internes de différenciation. Le Nafta (North American Free Trade Association) est, son nom l'indique, une zone de libre circulation des marchandises mais aussi de la monnaie, qui regroupe États-Unis, Canada et Mexique. Cependant, la circulation des hommes n'y est pas libre, comme en témoigne la fortification de la frontière américano-mexicaine contre l'immigration. Ce n'est donc pas un territoire économique. Entre territoires différents, existe, par définition, au moins un obstacle étatique à la libre circulation soit des hommes, soit des marchandises, soit de la monnaie, soit des informations codifiées, soit bien sûr de plusieurs de ces éléments.

À l'intérieur d'un territoire tel que nous l'avons défini, aucune intervention étatique ne vient donc entraver les mobilités. Toute règle étatique encadrant les activités de production et d'échange n'est pas pour autant absente, mais ces règles sont les mêmes pour tous les acteurs présents sur le territoire. Cela se déduit de la définition précédente, car une différence de traitement par l'État des acteurs présents sur le territoire entraînerait inévitablement au moins un obstacle étatique à une mobilité. Les territoires économiques sont donc les espaces où le degré de compétition entre acteurs est maximal et où les entreprises en compétition sont soumises, en tendance, aux mêmes conditions d'accès aux ressources en monnaie, de coût des différentes forces de travail, d'accès aux informations codifiées, car, au sein d'un territoire, la liberté des circulations tend à égaliser les prix des marchandises identiques, les revenus des différentes catégories de forces de travail et les taux d'intérêt.

Cette liberté ne conduit cependant pas à un développement spatialement homogène. Des phénomènes de rendements croissants[12] et d'externalités positives[13] concentrent certaines activités dans des pôles spécialisés. Des externalités positives majeures ont pour origine les échanges et la diffusion des savoirs tacites au sein de groupes humains. Par exemple, un entrepreneur qui voudrait entrer dans l'industrie du moulage des matières plastiques bénéficierait d'externalités positives s'il s'établissait dans la région d'Oyonnax, dans le Jura français. La forte concentration d'activité de ce type dans la région lui permettrait, en embauchant sur place, de bénéficier des compétences accumulées par les hommes ; il y trouverait également facilement de nombreux fournisseurs et sous-traitants spécialisés et compétents. Ce type d'externalité ne s'exerce qu'au plan local, où la mobilité des hommes est maximale, et conduit à des phénomènes d'« économies d'agglomération ». Appelons bassin d'emplois un tel niveau géographique. Dans les bassins d'emplois se constituent des réseaux localisés d'entreprises entre lesquelles circulent hommes et informations tacites et dans lesquelles s'accumulent des savoir-faire spécifiques qui attirent les entreprises du même type. Citons par exemple les districts industriels italiens, ou d'autres formes de réseaux localisés d'entreprises spécialisées que nous appellerons des systèmes productifs locaux, comme le pôle aéronautique de Toulouse en France, la Silicon Valley, Hollywood ou Wall Street aux États-Unis, ou la City de Londres. Ils ont une histoire propre et sont dotés de spécificité productives accumulées au cours de cette histoire.

Un territoire est constitué d'un ensemble de tels bassins d'emplois, plus ou moins compacts, plus ou moins structurés par des réseaux d'entreprises, plus ou moins spécialisés. Ils se développent de façon nécessairement inégale et la circulation des hommes au sein d'un territoire résulte de ce développement inégal : mines de charbon, de fer et sidérurgie décroissent en Lorraine, tandis que le pôle aéronautique de Toulouse se développe. L'agriculture bretonne libère des emplois par gain de productivité, et se créent à Rennes et au Mans des pôles mécaniques et automobiles qui absorbent ces paysans devenus ouvriers. La circulation des hommes entre bassins d'emplois est le mécanisme ultime d'uniformisation spatiale de la richesse au sein d'un territoire car les hommes ne s'y résignent qu'en dernier ressort [14].

L'économie mondiale se définit alors comme l'ensemble des territoires économiques, qui sont désormais tous en communication par des circulations d'hommes, de marchandises, de monnaie et d'informations, lesquelles restent cependant encore soumises, au moins pour certaines, à des obstacles étatiques. L'économie mondiale n'est qu'une simple scène, une juxtaposition de territoires sous souveraineté d'États, elle-même n'étant soumise à aucun pouvoir de nature étatique.

LOGIQUES ÉCONOMIQUES ET ACTEURS CAPITALISTES

Intéressons-nous maintenant aux comportements des individus à l'égard de leur richesse matérielle personnelle et de celle d'une entité qu'ils dirigent, boutique, ferme, entreprise industrielle, ville, État. Le comportement d'un individu peut être dit résultant d'une logique économique quand il a, concernant cette richesse, des objectifs stables dans le temps et qu'il cherche par les moyens à sa disposition à atteindre ses objectifs. Soit que tel soit son désir, soit plus sûrement que la compétition lui interdise d'agir autrement, sous peine de changer de position dans la société. Ses objectifs peuvent ainsi aller de la maximisation de la richesse au simple maintien de cette richesse à un niveau suffisant pour qu'il ne change pas de position. Nous verrons que la nature de ces objectifs de richesse, maximisation ou simple maintien, n'est pas indépendante de la position qu'occupe l'acteur dans les cycles productifs ni de son rapport à un territoire.

On ne peut faire de l'économie, c'est-à-dire construire des modèles qui formalisent l'interaction des comportements des individus à la poursuite de leurs objectifs de richesse, que si ces comportements sont stables dans le temps. S'ils variaient en permanence, rien d'assuré ne pourrait être dit des résultats de leur interaction. En toute rigueur, on peut imaginer des objectifs stables et des comportements variables. La poursuite d'un objectif consiste en effet en un processus d'essais et d'erreurs qui peut impliquer une variabilité des comportements. Cependant on peut faire l'hypothèse de phénomènes d'apprentissage qui, à objectif stable, font converger les comportements vers la stabilité. Stabilité des objectifs et stabilité des comportements économiques seront donc considérées dans la suite comme logiquement équivalents et subsumés sous la catégorie de logique économique.

Quant aux conditions de cette stabilité, donc de l'existence d'une logique économique des individus, il existe deux attitudes possibles. La première, brillamment défendue par Hayek[15], consiste à faire découler cette logique de la nature humaine et de poser que, parce qu'ils sont des hommes, le fellah de la vallée du Nil du IIIe millénaire avant Jésus-Christ, Robinson sur son île et un grand spéculateur contemporain de Singapour se comporteront à l'égard de la richesse matérielle exactement de la même façon : ils considéreront qu'en la matière mieux vaut plus que moins et donc feront tout ce qui est en leur pouvoir pour obtenir le maximum de richesses.

L'autre attitude, qui est la mienne, considère que l'on ne peut faire l'hypothèse de l'existence d'une logique économique des individus que dans des sociétés où les comportements à l'égard de la richesse matérielle peuvent être considérés comme indépendants des autres aspects de la vie sociale des individus. S'ils ne l'étaient pas, il faudrait les analyser dans leurs rapports avec ces autres aspects (politiques, culturels, religieux, etc.), ce qui engagerait la pensée dans la voie d'une impossible théorie générale de la vie sociale. Or l'hypothèse d'indépendance des comportements économiques ne peut à mon avis être faite que pour les sociétés où dominent : 1) quant à la production et la répartition des biens et des services qui constituent la richesse matérielle, des relations marchandes fondées sur la circulation d'un équivalent général monétaire ; 2) quant au type de propriété des facteurs de production, y compris les forces de travail, la propriété privée. Ces prémisses désignent des sociétés généralement appelées capitalistes. Ma position est donc qu'il n'existe de comportements économiques indépendants et stables que dans les sociétés capitalistes et qu'il n'y a d'analyse économique possible que de ces sociétés[16]. Les individus qui, dans ces sociétés, possèdent ou contrôlent du capital, c'est-à-dire des stocks de monnaie qu'ils cherchent à conserver ou à augmenter en les lançant dans des cycles productifs, commerciaux ou financiers — dont nous donnerons des illustrations ci-dessous —, nous les appellerons acteurs capitalistes.

ACTEURS CAPITALISTES, CIRCULATIONS ET TERRITOIRES

Un modèle économique qui se fixerait comme objectif d'élaborer une théorie générale des prix, par exemple celui de l'équilibre général néoclassique, considérera tous les acteurs capitalistes comme strictement identiques et les dotera d'un comportement stable dans le temps, strictement uniforme : ils cherchent tous à maximiser leur profit. Mais pour ce qui nous intéresse ici, nous ne pourrons supposer une telle identité des acteurs et une telle uniformité des comportements, car les flux de production et d'échange dans lesquels ces acteurs s'insèrent et leurs rapports aux territoires sont très différents.

Considérons les acteurs contemporains suivants : le pur spéculateur qui joue la dévaluation d'une monnaie, le gestionnaire d'un fonds de retraite qui gère un portefeuille de titres, le négociant international, le président d'une firme industrielle globale, le patron d'une PME d'un district industriel italien, le paysan-propriétaire-exploitant d'Auvergne. À tous, nous pouvons attribuer des comportements résultant d'une logique économique. Ils sont donc tous des acteurs capitalistes, et les activités auxquelles ils se livrent sont des activités capitalistes. Cela posé, en quoi diffèrent-ils ? Examinons leurs rapports aux territoires.

Le spéculateur intervient dans un cycle A —> A' —> A". Lorsqu'il spécule contre le franc, par exemple, il commence par faire créer par une banque des francs, de la monnaie donc, A[17], qu'il emprunte. Puis il les vend contre une autre monnaie dont il pense qu'elle va être prochainement réévaluée par rapport au franc : A'. La réévaluation faite, il revend cette devise pour un montant supérieur de francs, A", rembourse la banque (destruction de la monnaie initialement créée) et garde le bénéfice[18] qui lui vient de ceux qui ont spéculé en sens inverse ou des banques centrales si elles ont créé de la monnaie en soutenant sans succès le franc. Le spéculateur opère au coup par coup sur les marchés des changes des principales places financières du monde. Avec l'aide de sa banque, il a purement et simplement créé un flux monétaire, puis l'a augmenté, au détriment d'autres acteurs, en le faisant circuler.

Le fonds de retraite[19] opère en permanence dans des cycles A —> T —> A' —> T', etc., il place la monnaie A qui lui vient de ses adhérents en titres T divers, titres devant être ici compris au sens large d'actions, obligations, créances diverses, instruments financiers de toute sorte (contrats à terme, options, etc.), revend ces titres, en achète d'autres, cela en permanence dans l'objectif d'augmenter A. Aujourd'hui, quelle que soit l'origine géographique de l'épargne qu'ils collectent, ces fonds opèrent sur les marchés financiers du monde entier, et font donc circuler cette épargne dans le monde entier.

Le négociant international achète des marchandises à un endroit pour les transporter et les revendre dans un autre. Il agit dans un cycle A —> M —> M' —> A' puisqu'une marchandise M achetée à un endroit doit être considérée comme différente de cette marchandise transportée et revendue à un autre endroit, M'. Il utilise par ailleurs les marchés financiers pour couvrir les risques de telles opérations. Les opérations, purement financières, de couverture lui sont une activité indispensable, mais dérivée de son activité de base, qui est de faire circuler des marchandises.

La firme industrielle globale engendre des cycles où intervient de façon centrale du travail W : A —>

M + W —> M' —> A'. Mais si la firme est dite globale[20], c'est que les marchandises M (biens d'équipement, consommations intermédiaires) et le travail W dans lesquels elle investit la monnaie A sont choisis par elle, en fonction de ses intérêts, n'importe où dans le monde, c'est-à-dire dans les territoires qui sont les plus favorables à tel ou tel maillon de l'activité productive d'ensemble de la firme. Elle est aussi globale du fait qu'elle se charge elle-même de transporter et de commercialiser ses produits finaux M' partout dans le monde. Une firme globale agit par conséquent sur la scène entière de l'économie mondiale, et localise ses activités, de la recherche-développement à la commercialisation en passant par la production et les finances (son alimentation en monnaie), là où il est pour elle le plus profitable de le faire. Cependant, une fois une localisation choisie et les investissements faits, la firme est soumise, pour ce qui est des conditions de fonctionnement de cette unité, aux caractéristiques du territoire concerné.

La PME d'un district industriel italien, elle, intervient dans un cycle formellement identique à celui de la firme globale A —> M + W —> M' —> A'. La différence est que ses ressources productives sont nécessairement acquises localement, en particulier le facteur travail. De plus, elle n'a pas toujours les moyens de commercialiser elle-même ses produits, même s'ils sont finalement exportés, et a donc recours pour ce faire à un négociant ou à une autre entreprise, plus globale. L'essentiel est donc que sa compétitivité va dépendre crucialement des ressources, en particulier humaines, du territoire et même en l'occurrence du système productif local, du bassin d'emplois, où elle se trouve. On peut ainsi indicer d'un « l » signifiant local, son cycle : A —> Ml + Wl —> M'l —> A'.

Quant au paysan-propriétaire-exploitant d'Auvergne, son cycle est également formellement identique, mais encore plus localisé, puisqu'il emploie sa seule force de travail (celle de sa famille) et sur sa propre terre L (un facteur acquis ou plus généralement hérité) et qu'il ne peut vendre qu'au gros négociant ou à la coopérative locale : A —> Ml + Wp + Lp —> M'l —> A' (l'indice « l » pour localisé et l'indice « p » pour personnel).

On le voit, les rapports aux territoires de ces cinq types d'acteurs capitalistes sont extrêmement différents. Les deux premiers sont entièrement déterritorialisés, ils flottent au-dessus des territoires, sur la scène entière de l'économie mondiale, avec les principales places financières, Londres, New York, Tokyo, Singapour, Hong Kong, Paris, Francfort, etc., comme seul point d'ancrage.

Le négociant est plus attaché à des territoires. Son métier est d'acheter bon marché pour vendre cher. On sait bien que vendre cher est rendu difficile par la concurrence, le vrai métier de base du négociant est donc de savoir bien acheter, c'est-à-dire acheter bon marché. Il lui faut donc en permanence trouver des opportunités d'achat, et les trouver avant les autres. Ces opportunités sont localisées. Une marchandise est moins chère en raison de circonstances particulières liées à un territoire et aux hommes qui la produisent, circonstances qu'il s'agit de repérer au plus vite. Un négociant a par conséquent besoin d'un réseau d'informations tacites, donc d'hommes. Un très petit nombre suffit. Les grandes maisons de négoce fonctionnent avec quelques personnes bien informées. L'essence de l'activité du négociant est donc de tirer profit de différences entre territoires, incarnées dans les prix des marchandises que d'autres, dans ces territoires, produisent. Mais le négociant le fait de façon ponctuelle au sens où chaque transaction est unique, même si dans l'ensemble il peut mettre en mouvement des flux de marchandises statistiquement assez réguliers. Il n'engage dans chaque territoire que les ressources nécessaires pour ses activités d'information et éventuellement de logistique (stockage, transport). En cas de perte d'intérêt d'un territoire, son redéploiement est peu coûteux et peut être très rapide.

La firme globale n'est telle que si elle joue également de façon délibérée des différences entre territoires et les met en concurrence pour l'accueil de ses différentes activités. Cependant, une fois que les investissements productifs, ou de recherche-développement, sont faits, chaque unité se trouve captive du territoire où elle est localisée. Sa compétitivité dépend du rapport qualité/prix des différentes forces de travail disponibles localement, de la qualité, de l'inventivité et des prix de ses sous-traitants locaux, des conditions générales de l'activité économique influençables par l'État (taux de change, fiscalité, règles de la concurrence, droits de douane, réglementations environnementales et autres, etc.). Mais en retour elle n'est pas sans influence sur son environnement local, dont elle peut stimuler les qualités productives par la formation, les transferts de techniques codifiées et d'informations tacites aux sous-traitants, etc.

La PME de district, ou même une PME plus isolée, est entièrement dépendante des qualités de son territoire et de son bassin d'emplois. Elle ne fait même qu'exprimer ces qualités, à la différence de talent de chaque entrepreneur individuel près. Elle a de plus, par sa taille, peu sinon pas d'influence directe sur leur amélioration.

Quant à notre paysan, c'est évidemment le cas extrême. À la différence de la PME qui peut encore, serait-ce dans un espace restreint, choisir ses employés, ses fournisseurs, ses clients, choix dans lesquels s'expriment entre autres les talents d'entrepreneur de son patron, le paysan est attaché à sa terre qui est ce qu'elle est, à son propre travail, à ses fournisseurs et clients locaux, qui sont généralement uniques.

Si nous revenons aux mobilités définies plus haut, les choses peuvent s'exprimer ainsi : le spéculateur et le gestionnaire de fonds sont entièrement établis dans la mobilité, aujourd'hui quasi totale, de la monnaie et s'y cantonnent. Le négociant est l'agent de la mobilité des marchandises et tire son profit de ce qu'elle est loin d'être parfaite; il s'appuie en outre sur la non-mobilité d'un savoir implicite (porté par des hommes) particulier, celui de la connaissance rapide d'opportunités commerciales. La firme globale affronte directement la non-mobilité du travail, mais dans une modalité particulière : avec la liberté de choisir l'endroit, le territoire, où les savoirs implicites portés par les hommes, mis en rapport avec le coût d'achat de leur force de travail, sont les meilleurs pour ses différentes activités. La PME locale ne peut que profiter de la mobilité des hommes là où elle est effective, au plan local des bassins d'emplois, et elle perd en général les opportunités de mobilité des marchandises par manque de réseau commercial mondial. Le paysan, lui, est quasiment cloué au sol.

CONSÉQUENCES DES DIFFÉRENCES DE MOBILITÉ ET DE RAPPORT DES ACTEURS AUX TERRITOIRES

Dès lors que l'on tient compte du degré d'adhérence très différent des activités capitalistes aux territoires et des différences de mobilité, on mesure à quel point deux hypothèses centrales dans la plupart des modèles tant de l'économie classique que néoclassique (à savoir : 1) l'égalisation des taux de profit par mobilité des marchandises, des hommes et de la monnaie; 2) la recherche par chaque acteur du profit maximum) sont des hypothèses simplificatrices pour le problème de l'inégalité que nous nous traitons ici. Aussi les résultats que l'on peut déduire de ces modèles quant à la répartition des richesses sont-ils éloignés d'une réalité dominée par des adhérences aux territoires et des mobilités très inégales, induisant de multiples « frottements » et des comportements non uniformes[21].

Territorialisation des comportements et non-égalisation des taux de profit

Spéculateur, gestionnaire de fonds et négociant peuvent incontestablement être considérés comme cherchant à maximiser leurs profits. Mais justement le succès dans ces activités dépendant crucialement de la captation très rapide d'informations codifiées et de ce qu'il faut bien appeler le flair, fondé sur de l'information tacite, quant à l'évolution de valeurs (taux d'intérêt, de change, cours de bourse, cours des matières premières) aujourd'hui très volatiles et très difficilement prévisibles, on constate une dispersion certaine des résultats, donc des taux de profit dans ces activités, quel que soit par ailleurs le degré de concurrence qui y règne, lequel peut être formellement très élevé. C'est dans ce cas la non-mobilité d'informations tacites ou la mobilité inégale et parfois entravée d'informations codifiées (cas, par exemple, du délit d'initié) qui font les différences de profits et ce sur quoi travaillent véritablement ce type d'acteurs.

L'hypothèse d'une recherche du profit maximal par le dirigeant d'une firme industrielle, donc impliquée dans la mise en œuvre du facteur travail, doit en revanche être nuancée. Dans le cas d'une telle firme, il faut distinguer le comportement de l'actionnaire (un gestionnaire de fonds, par exemple), qui est extérieur à l'entreprise, de celui du dirigeant. Ce dernier est en effet pris entre des exigences contradictoires : celles de ses actionnaires qui attendent un retour maximal sur leurs fonds investis, celles du collectif de travail qu'il emploie dont il s'agit de tirer le maximum, ce qui peut exiger de lui laisser — ou du moins de laisser à une partie de ce collectif, celle dont le travail complexe n'est pas directement contrôlable — une part des profits. Lieu d'une opposition directe capital-travail sur le taux de profit, l'entreprise est aussi le lieu d'une nécessaire coopération entre les deux, en particulier s'agissant du travail complexe. Cette coopération prend donc de l'importance avec le développement relatif de ce dernier. Le chef d'entreprise est le responsable du maniement de cette contradiction. Aussi bien, au lieu de voir en lui un pur représentant des intérêts des actionnaires comme le fait la tradition marxienne, mieux vaut-il le concevoir comme un individu cherchant à gagner des espaces de liberté à l'égard de ses actionnaires et agissant sous contrainte de valorisation du capital et non nécessairement en maximisant celle-ci.

Il est d'autant plus libre de ses choix que l'actionnaire est généralement incapable de contrôler avec précision si le dirigeant — qui fait en permanence une série de paris particulièrement incertains sur de nouveaux produits, de nouveaux marchés — déploie vraiment tous ses efforts pour rentabiliser au maximum le capital investi dans l'entreprise. En termes techniques on dit qu'il y a asymétrie d'information entre les actionnaires et le dirigeant. Le dirigeant doit certes concéder à ses actionnaires une rentabilité « satisfaisante » (comparée à celle qu'offrent des placements du même type), mais il peut garder pour lui le résultat éventuellement exceptionnellement heureux de ses paris pour élargir son espace de liberté, c'est-à-dire ses moyens de négociation avec le collectif de travail et ses moyens de lancer de nouveaux paris. Remarquons cependant qu'avec la désormais libre circulation des capitaux, les actionnaires peuvent comparer les performances financières du chef d'entreprise sur une base beaucoup plus large et ne seront « satisfaits » que de rendements qui atteindront le meilleur niveau mondial. La mobilité de la monnaie est la raison essentielle de la pression aujourd'hui accrue des actionnaires sur les dirigeants pour obtenir une rentabilité maximale des fonds qu'ils ont investis, ce que certains qualifient, en la critiquant, d'hégémonie croissante de la « logique financière » sur la « logique industrielle ». Les marges de manœuvre des dirigeants d'entreprise n'ont cependant pas disparu, car l'asymétrie d'information entre eux et les actionnaires reste irréductible.

Cela est vrai aussi bien de la grande entreprise, dont le dirigeant n'est pas propriétaire (celle où, du moins, il ne possède qu'une très faible fraction du capital social), que de la petite, plus fréquemment dirigée par son propriétaire. Dans ce cas, si le propriétaire et le dirigeant sont une seule et même personne, il n'en reste pas moins que la contradiction subsiste et qu'il faut donc, conceptuellement, distinguer les deux rôles et les deux attitudes.

La monnaie dont dispose le chef d'entreprise, une fois satisfaits ses actionnaires, est réinvestie par lui dans l'entreprise, dans son extension ou sa diversification, c'est-à-dire dans l'extension des métiers qu'il maîtrise déjà et où il a un avantage compétitif ou dans l'acquisition de métiers connexes ou complémentaires, de manière à conserver, dans une diversification, ces avantages compétitifs. En théorie, l'entrepreneur peut se comporter en pur gestionnaire de portefeuille et investir cette monnaie en titres quelconques, cherchant une valorisation maximale. Mais, ce faisant, il ne se comporterait pas en chef d'entreprise selon les types que nous avons définis. Il en résulte que la mobilité, en théorie extrême, de la monnaie est ici entravée par la nécessité de s'investir dans des cycles concrets non quelconques, déterminés par le passé de l'entreprise, et impliquant du travail et des savoir-faire tacites particuliers. L'égalisation des taux de profit par la concurrence entre activités industrielles n'est en fait jamais réalisée. Les degrés de liberté des firmes globales et des PME enserrées dans des systèmes productifs locaux sont à cet égard différents. Même si des placements objectivement plus rentables que l'extension de son activité existent pour une PME, c'est cette dernière qui sera privilégiée, y compris par un entrepreneur-propriétaire. Les taux de profit acquièrent ainsi une dimension territoriale pour ce type d'entreprises, dimension liée à la qualité du territoire et à la compétitivité des entreprises qui s'y déploient.

Le cas extrême est évidemment encore celui du paysan. S'il est dans une région défavorisée, si son exploitation est trop petite, etc., le paysan, qui est alors un « paysan pauvre », a sans doute intérêt à vendre sa terre, à placer cet argent et à chercher à vendre son propre travail au prix du marché, s'il se comporte comme le « producteur » rationnel de la théorie micro-économique. Il ne le fait pas car il veut jusqu'à la dernière limite rester paysan. Son capital est loin d'être rémunéré au taux de profit moyen, son travail est le plus souvent rémunéré en dessous du salaire minimum.

Répartition et croissance

Ainsi les mobilités différentes et inégales, qu'elles soient intrinsèques ou résultant de politiques étatiques, dessinent-elles un spectre d'activités capitalistes dont les rapports aux territoires et les comportements économiques diffèrent. Or ce point a une importance cruciale. À partir du moment où les acteurs ne peuvent être considérés comme ayant tous le même comportement, il n'est plus possible de faire l'hypothèse d'une indépendance entre répartition de la richesse et création de richesse, hypothèse que font la plupart des modèles de l'économie néoclassique et dont nous verrons les conséquences décisives quant à la question des interventions économiques de l'État.

Une lumineuse illustration de ce point nous est donnée par le modèle de répartition de Ricardo. Nous avons vu que Ricardo considérait la répartition de la richesse comme la seule question pouvant faire l'objet d'une analyse scientifique[22]. En réalité, Ricardo est allé au-delà du programme que sa rigueur le portait à restreindre ainsi. En étudiant les « lois » de la répartition de la richesse entre trois grandes classes, les ouvriers, les propriétaires fonciers, les capitalistes, il montre aussi qu'une modification de cette répartition peut conduire à un accroissement de la richesse totale. Mais comment la répartition peut-elle être modifiée si elle est régie par une loi ? Simplement en changeant d'échelle et en sortant du cadre de la nation pour examiner ce qui se produit dans la mise en communication marchande de deux nations qui diffèrent, par exemple, par la fertilité relative de leurs terres cultivables. Dans une Grande-Bretagne fermée sur elle-même, Ricardo montre que les propriétaires fonciers recevront inévitablement une part croissante de la richesse nationale, au détriment des profits capitalistes. La raison en est l'existence de rendements décroissants dans l'agriculture résultant de ce que, la population augmentant, il faut pour la nourrir mettre en culture des terres de moins en moins fertiles et/ou de plus en plus éloignées des lieux de consommation. Le prix relatif, par rapport aux autres biens, des denrées alimentaires ne peut alors qu'augmenter et avec lui les salaires monétaires, puisque les ouvriers sont censés consommer des quantités constantes de nourriture correspondant à un minimum de subsistance. Les propriétaires des terres les plus fertiles voient donc, sans rien faire, leurs revenus augmenter, tandis que les profits industriels diminuent.

Cette évolution apparaît néfaste à Ricardo. En effet, les propriétaires fonciers — les *landlords* —, parce que leurs rentes augmentent inévitablement, ne sont en rien incités à les réinvestir et de fait en dépensent une large proportion en consommation de luxe. Au contraire, un capitaliste industriel ne peut s'endormir sur ses succès, la compétition le pousse en permanence à réinvestir l'essentiel de ses profits, ce qui accroît la capacité productive et les revenus futurs de la nation. On voit qu'au passage Ricardo fait l'hypothèse que la prospérité future de la Grande-Bretagne serait mieux assurée par le développement de l'industrie capitaliste moderne que par celui de l'artisanat et des services de luxe que consomment les rentiers. Si ces derniers vivaient sobrement en bons puritains, épargnaient leurs rentes foncières et prêtaient cette épargne aux capitalistes industriels dynamiques, Ricardo verrait certainement moins d'inconvénients dans le mécanisme d'accroissement de leurs rentes qu'il décrit. Mais ce n'est pas le cas. Parce que les deux catégories essentielles d'acteurs de son modèle n'ont pas le même type de comportement à l'égard de leur richesse matérielle (les uns, les capitalistes, sont contraints de la maximiser en l'accumulant sous forme de capital industriel, alors que les autres ne sont tenus qu'à en conserver le fondement, qui est la propriété foncière, et peuvent jouir dans l'immédiat du reste), la répartition a un effet sur le taux d'accumulation de capital dans la nation et donc sur sa croissance.

Toutefois Ricardo se garde d'avancer directement cet argument, pour ne pas être entraîné sur le terrain d'un débat de valeurs : en quoi en effet celles des puritains capitalistes qu'il défend sont-elles supérieures aux valeurs et au mode de vie plus traditionnel des *landlords* ? Aussi déplace-t-il le débat sur le terrain de *l'intérêt général*. Ricardo démontre que l'échange entre deux nations disposant d'avantages comparatifs différents accroît, toutes choses égales par ailleurs, la richesse des deux nations. Au nom de quoi peut-on, dans ces conditions, s'opposer au libre-échange ? L'exemple qu'il choisit pour illustrer sa théorie concerne l'Angleterre et le Portugal, la première disposant d'un avantage comparatif dans la production textile, et le second dans les vins. L'Angleterre a intérêt à se spécialiser dans le textile et à en exporter au Portugal en échange d'excellents vins de Porto dont elle ne peut espérer produire que de pâles imitations, de plus relativement bien plus coûteuses. Réciproquement, le Portugal obtient ainsi du textile à bien meilleur compte que s'il avait dû le produire lui-même. Comment donc les *land-*

lords, grands amateurs de porto, pourraient-ils critiquer une telle théorie ? Sa véritable cible n'est cependant pas la libéralisation des échanges de vin avec le Portugal : c'est l'abolition des *corn laws*, ces tarifs douaniers qui protègent les producteurs de blé de Grande-Bretagne. À l'époque il existe une nation, les États-Unis d'Amérique, où les terres sont à ce point fertiles et d'une telle abondance que, malgré les coûts de transport, il est possible d'importer du blé en Grande-Bretagne à un prix moindre que celui qu'il atteindrait si on le produisait sur les terres britanniques les moins fertiles. En établissant le libre-échange entre la Grande-Bretagne et les États-Unis, on peut donc stopper la hausse, inévitable en économie fermée, des prix du blé et l'enrichissement relatif des propriétaires fonciers britanniques, laissant ainsi plus de profit aux capitalistes qui, eux, produiront les biens nécessaires, du textile par exemple, pour pouvoir les exporter en Amérique et importer le blé.

Ainsi, l'avantage général du libre-échange, démontré quels que soient les biens pour lesquels existent des avantages comparatifs, se double ici, lorsqu'il s'agit de la nourriture des ouvriers — seuls biens faisant l'objet, dans le modèle de Ricardo, de rendements décroissants et entrant de façon décisive dans la détermination du niveau des salaires —, d'un effet de répartition interne favorable à la croissance des profits et donc de l'industrie. Une modification de la répartition, en l'occurrence la limitation des rentes des propriétaires fonciers sous l'effet d'une « décision » de politique économique relevant des États (permettre le libre-échange entre les deux nations), a un effet non seulement sur la richesse immédiate de l'ensemble de la nation, mais sur sa croissance future. Néanmoins, une fois les nations mises en communication par le libre-échange, les mêmes « lois » de la répartition s'exercent dans l'ensemble ainsi élargi comme dans chacune d'entre elles auparavant.

Si les propriétaires fonciers avaient à l'égard de leur richesse exactement le même comportement puritain que les capitalistes, la répartition du revenu entre rentes et profits n'aurait aucune influence sur la croissance. Ricardo ne fait pas cette hypothèse. Modifier la répartition au profit des capitalistes a donc, dans son modèle, un effet positif sur la richesse moyenne.

Nous avons étendu l'hypothèse d'une différence entre les logiques économiques de groupes distincts d'acteurs capitalistes, en assignant ces différences à leurs rapports aux territoires, eux-mêmes fondés sur les mobilités inégales et variables caractérisant les flux dans lesquels s'insère leur activité. Voilà pourquoi nous ne retiendrons pas l'hypothèse d'une indépendance entre richesse et répartition.

ACTIVITÉS CAPITALISTES NOMADES ET SÉDENTAIRES

Nous allons maintenant introduire une coupure dans le spectre des activités capitalistes, coupure fondée sur les rapports aux territoires, ce qui nous permettra de distinguer, au sein des activités capitalistes, les nomades des sédentaires. On appellera activités nomades celles qui créent et développent des flux de monnaie et de marchandises entre territoires différents. On appellera activités sédentaires celles qui se déploient au sein d'un même territoire.

De même qu'il existe des nomades vivant exclusivement de razzias sur les sédentaires, il existe des activités capitalistes nomades dont la richesse ne provient que du détournement, de la création-captation, de flux de monnaie. C'est le cas, nous l'avons vu, du spéculateur pur. D'autres activités nomades sont articulées sur les activités sédentaires de manière plus ambivalente : elles peuvent les fertiliser en leur apportant des informations codifiées ou même tacites, en les stimulant par leur concurrence, en trouvant des débouchés à leurs produits, en leur procurant la monnaie offerte en excédent ailleurs; elles peuvent aussi les affaiblir en les mettant en communication avec des sédentaires plus efficaces dans la production de tel ou tel type de marchandises, ou en se substituant à elles dans une activité où leur caractère nomade leur donne un avantage. C'est le cas du gestionnaire de fonds, du négociant international, de la firme globale.

Ce rapport ambivalent aux activités sédentaires se double, pour les activités nomades, d'un rapport ambivalent aux États souverains sur les territoires. En effet, il y a peu — quoique à des degrés variables dans l'histoire, comme nous le verrons — d'activités nomades pures sans aucune attache territoriale particulière. Toutes les activités nomades ont commencé par être sédentaires, généralement en mettant en rapport des systèmes productifs locaux au sein d'un même territoire. Elles gardent donc le plus souvent des liens plus forts avec leur territoire d'origine qu'avec les autres, au sens qu'une plus grande fraction de leur activité, en particulier les fonctions de commandement et certaines activités « stratégiques » (qui sont le cœur de leur compétitivité), y reste localisée. Dans ces conditions, l'envergure internationale de ces activités implique un rapport ambivalent aux États. D'un côté, ces activités capitalistes nomades cherchent l'appui de leur État d'origine. Elles lui demandent de protéger le marché intérieur des nomades étrangers et de les soutenir dans leurs activités extérieures. De l'autre, la puissance des États — leur capacité à entraver les flux de marchandises, de capitaux et d'hommes, leur éventuel pouvoir spoliateur — dresse devant les activités nomades des obstacles qu'elles cherchent à contourner et à abolir, quand ce serait au prix d'une concurrence accrue avec d'autres entités nomades étrangères. Elles sont donc volontiers libre-échangistes et pour une intervention minimale des États sur les circulations entre territoires.

Même si le territoire d'origine des activités nomades leur fournit une solide base arrière, leur sort n'est pas entièrement lié à sa prospérité et elles n'ont aucune raison d'en privilégier le développement, alors que les activités sédentaires, elles, sont captives d'un territoire donné. Dans la typologie précédente, les quatre premiers types sont nomades : le spéculateur, le fonds d'investissement, le négociant international, la firme globale; quant à la PME et au paysan, ils sont sédentaires.

DYNAMIQUES ÉCONOMIQUES, ÉTATS ET CAPITALISMES

Les notions de base qui précèdent permettent de construire les concepts plus complexes de dynamique économique et de croissance et de formuler une première thèse sur les processus d'inégalité, puis d'aborder la question centrale de l'intervention des États sur les dynamiques économiques et de définir les capitalismes.

Appelons dynamique économique le processus d'évolution des inégalités résultant de l'interaction de logiques économiques d'acteurs coordonnées par des mécanismes de marchés. Nous examinerons, dans les chapitres suivants, des dynamiques économiques particulières, soit opérant dans des réseaux surplombant des territoires (chapitre II), soit internes à un territoire (chapitre IV), soit résultant de la mise en communication de groupes de territoires par des activités nomades (chapitre VI). Examinons d'abord les propriétés générales des dynamiques économiques.

En premier lieu, il existe toujours, au cœur de ces dynamiques, des processus simultanés dont les uns tendent à la concentration de la richesse et les autres à sa diffusion. Parmi les premiers, les rendements croissants et externalités positives qui engendrent des économies d'agglomération, ainsi que les situations de monopole. Parmi les seconds, essentiellement les effets de la concurrence, qui est d'autant plus vive que les mobilités sont grandes et donc non entravées. Selon que les processus de concentration sont plus rapides que les processus de diffusion ou l'inverse, l'inégalité croît ou décroît. C'est avant tout une question de rythmes, rythme d'apparition des innovations techniques, rythme de diffusion de ces innovations et plus généralement des informations codifiées et tacites, rythme d'évolution des autres mobilités, qui se combinent pour orienter les dynamiques dans un sens de réduction ou d'ouverture des inégalités. Ainsi, au sein d'un même territoire, tandis que surgissent en permanence de nouveaux pôles cumulatifs de richesse, opèrent aussi, grâce aux libres circulations, de puissantes forces de diffusion de la richesse. En conséquence règne dans un territoire une tendance à l'égalisation des revenus des différentes catégories de force de travail et des taux de profit, qui ne se manifeste pas avec la même puissance entre territoires différents.

En second lieu, les dynamiques sont soumises à des contraintes de cohérence. Par exemple, si le territoire est fermé, donc s'il est le champ d'une dynamique d'activités exclusivement sédentaires, une contrainte de cohérence s'exerce : c'est la contrainte dite de réalisation. Il faut que tout ce qui a été produit sur le territoire y soit consommé, donc en particulier que la répartition des revenus assure que chaque production trouve en face d'elle une demande solvable. Normalement, ce sont les mécanismes de coordination marchands qui exercent « spontanément » cette contrainte. Mais les marchés sont imparfaits et ne fonctionnent que grâce à des institutions régulatrices. Degré d'imperfection des marchés et qualité de l'action des institutions au sein d'un territoire sont donc des facteurs qui influencent les dynamiques économiques et leurs effets sur les inégalités entre territoires et au sein d'un territoire. C'est Keynes le premier qui a expliqué la possibilité de ce qu'il appelait des « équilibres de sous-emploi » engendrés par des imperfections du fonctionnement des marchés, en particulier de celui du travail. Ce type d'analyse peut être étendu et conduire à la mise en évidence de nombreuses autres dynamiques appauvrissantes et/ou inégalitaires en raison d'imperfections de marchés non corrigées par des institutions régulatrices.

Enfin, si le territoire n'est pas fermé, sa richesse par rapport aux autres et la répartition interne de cette richesse dépendent aussi des activités nomades et de la manière dont elles s'articulent avec les activités sédentaires. Ces activités nomades peuvent soit drainer des revenus vers un territoire, soit en exporter de ce territoire vers l'extérieur. Elles peuvent également, dans la durée, stimuler ou au contraire entraver les activités sédentaires. Des dynamiques nomades et sédentaires sont ainsi tressées au sein de chaque territoire.

Phénomènes cumulatifs internes de concentration et de diffusion de la richesse, circulations stimulantes ou destructrices mises en mouvement par les activités nomades : on perçoit bien la possibilité de cercles vertueux ou vicieux affectant les inégalités dans un territoire et entre ce territoire et les autres[23]. Nous appellerons une « croissance » le tressage particulier de dynamiques nomades et sédentaires au sein d'un territoire, avec ses interactions de cercles vertueux ou vicieux, engendrant une évolution, spécifique à ce territoire et à une époque, des inégalités internes et externes. Nous en caractériserons certaines, par exemple la « croissance social-démocrate autocentrée » des pays industrialisés riches après la Seconde Guerre mondiale, qui leur a permis de creuser l'écart avec le reste du monde et de réduire les inégalités internes.

« LE » CAPITALISME EST-IL PRODUCTEUR OU RÉDUCTEUR D'INÉGALITÉ ?

À ce stade, la tentation est grande de poser cette question. Si les logiques économiques des acteurs capitalistes étaient seules à l'œuvre, quels seraient les effets des dynamiques résultantes sur l'inégalité ? En d'autres termes, un capitalisme « pur », entendons par là soumis aux seules logiques économiques des acteurs, est-il « naturellement » créateur ou réducteur d'inégalité ?

Admettons très provisoirement qu'il y a sens à raisonner sur un capitalisme « pur ». Même alors, la simple prise en considération de rendements croissants, d'externalités et d'économies d'agglomération, de concurrence monopolistique et de marchés imparfaits, de mobilités inégales, enfin de ce que les rythmes d'évolution de tous ces facteurs sont différents et variables, rend strictement impossible de formuler un résultat général.

Mais là n'est pas le fond du problème. En effet parler d'un capitalisme pur n'a pas de sens, car il n'existe pas de capitalisme pur. Existent des territoires et des États, qui, toujours, sont intervenus dans les dynamiques économiques capitalistes. Les dynamiques économiques pures sont donc doublement indéterminées quant à leurs conséquences sur l'évolution des inégalités. Pour lever ces indéterminations, il faut d'une part évaluer les différences de « rythmes » qui affectent les processus, internes à chaque dynamique, agissant en sens contraire sur les inégalités, et d'autre part examiner l'effet des interventions des États sur ces dynamiques. Le discours économique doit s'ouvrir à la prise en considération des effets de « décisions » de nature étatique dont la logique ne relève pas nécessairement de l'économie. En bref, il n'y a rien qui puisse se nommer « le » capitalisme; il existe des capitalismes. Venons-en donc aux États et aux capitalismes.

ÉTATS ET DYNAMIQUES ÉCONOMIQUES

Introduisons maintenant plus en détail les États dans notre dispositif. Tout d'abord, précisons que quand nous parlerons d'États nous entendrons « gouvernements ». Comment un État, c'est-à-dire un gouvernement, souverain sur un territoire, peut-il influencer les dynamiques économiques dont nous venons de parler? En maîtrisant les mobilités aux frontières, il est en son pouvoir de contrôler le type d'articulation entre activités sédentaires et activités nomades sur son territoire. Puisque la banque centrale en contrôle l'émission et qu'elle obéit à ses ordres[24], le gouvernement peut agir sur la valeur de la monnaie de son territoire par rapport aux autres, ce qui a pour effet de modifier la compétitivité par les prix des activités présentes sur son territoire, ainsi que l'attractivité de son territoire pour les activités nomades. Le gouvernement peut stimuler la croissance des activités présentes sur son territoire en captant par l'impôt des flux monétaires pour mettre à leur disposition des biens publics (infrastructures, éducation, recherche). Il peut, toujours par l'impôt, opérer des transferts de revenus dont il estime qu'ils influencent les dynamiques économiques internes du territoire dans un sens jugé par lui souhaitable. Les gouvernements, qui se sont octroyé dès l'origine la première liberté, ainsi qu'en partie la seconde, ont ensuite considérablement usé des deux dernières, devenant ainsi des acteurs majeurs dans l'économie mondiale du « premier XXe siècle[25] », pour ensuite perdre de nouveau progressivement ces pouvoirs.

Il est donc possible d'identifier les interventions d'un gouvernement sur les dynamiques économiques à l'œuvre dans un territoire, d'en faire une typologie et de les baptiser « politique économique ». Il est également possible d'analyser l'adéquation entre moyens et fins de ces politiques. Si un gouvernement affiche un objectif d'infléchissement dans un sens donné des dynamiques économiques et entend pour cela mettre en œuvre certaines des interventions possibles à sa disposition, l'analyse peut tenter de porter un jugement sur l'efficacité probable de ces interventions au regard des fins poursuivies, éventuellement suggérer des moyens plus efficaces.

Nonobstant, la question théorique centrale est : pourquoi le gouvernement intervient-il ? Il faut, pour l'aborder, écarter d'abord une confusion souvent faite entre État au sens où nous l'entendons ici, c'est-à-dire gouvernement, et institutions.

Gouvernement et institutions régulatrices des marchés

On sait — c'est désormais un champ de recherche très actif — que les mécanismes de coordination marchande ne fonctionnent pas sans institutions, c'est-à-dire sans organismes, pour certains de nature étatique, fixant un certain nombre de règles et ayant les moyens de les faire respecter. On sait même que cela ne suffit pas, qu'il y faut quelque chose d'encore plus immatériel, qu'on peut appeler un ensemble de « conventions », par quoi se crée le minimum de confiance entre acteurs indispensable au fonctionnement des mécanismes de marché.

La monnaie, par exemple, est créée, dans les sociétés modernes, par des entités capitalistes généralement privées : les banques. Les banques sont soumises, dans leur activité de création monétaire, à des règles édictées et contrôlées par une institution complexe, au cœur de laquelle on trouve la banque centrale. La banque centrale ne se contente pas de faire appliquer des règles aux banques de second rang, elle agit directement sur la création monétaire, en vendant ou en achetant des titres sur un marché particulier qui est le marché monétaire. La banque centrale agit elle-même selon des règles qui lui sont fixées par le gouvernement. Si le gouvernement les fixe une fois pour toutes, on parlera d'indépendance de la banque centrale, la règle ainsi fixée pouvant être de viser un objectif d'inflation nulle, ou de maintenir la parité de la monnaie avec une autre. Mais un gouvernement, s'il est souverain, peut toujours décider de modifier ces règles à sa guise. Il décide toujours de la politique monétaire, l'institution banque centrale ne fait que l'appliquer et régule le marché de la monnaie.

En d'autres termes, si l'on reconnaît que les mécanismes de marché comprennent des institutions et des conventions, alors les mécanismes de marché sont les seuls et uniques régulateurs des activités capitalistes. Cela ne signifie évidemment pas que les dynamiques ainsi régulées conduisent automatiquement au plein emploi, par exemple. Mais un gouvernement en tant que tel n'est nullement nécessaire pour réguler l'activité économique, contrairement à ce qu'induit la conception de l'État régulateur de l'économie, initiée par le keynésianisme. En effet, cette conception a le tort de confondre institutions et gouvernement sous le nom d'État. Ce sont des institutions qui, en permanence, au jour le jour, régulent le fonctionnement des marchés selon des normes inscrites dans des lois ou des règlements administratifs et donc *a priori* durables. La Direction de la concurrence et d'autres administrations régulent les marchés des biens et des services, le ministère du Travail régule le marché du travail, la banque centrale régule le marché de la monnaie, le ministère de l'Économie veille au maintien des grands équilibres macroéconomiques, etc. Le gouvernement ne régule pas, il prend des décisions soit face à des événements exceptionnels[26] dont la maîtrise échappe à l'activité normale des institutions régulatrices, soit qu'il veuille infléchir significativement les dynamiques économiques à l'œuvre sur son territoire. Il intervient, par exemple, en modifiant les règles de comportement de certaines institutions, comme la banque centrale, ou selon l'un des moyens énumérés ci-dessus.

Logique des gouvernements

Si l'on s'interroge sur les raisons pour lesquelles le gouvernement intervient, la question cruciale est : peut-on attribuer une logique économique aux interventions de l'État-gouvernement, par analogie avec les logiques économiques attribuées aux acteurs capitalistes ? La réponse donnée à cette question est de grande conséquence. Car si l'on répond par l'affirmative, alors le comportement de l'État peut être rendu endogène au modèle économique et l'ensemble des phénomènes économiques, interventions des gouvernements comprises, peut être isolé du reste des phénomènes sociaux et modélisé. Il devient alors légitime de prétendre mettre en évidence des lois économiques générales et donc des lois de l'inégalité du monde.

Mais si l'on répond par la négative, alors, *via* les interventions des gouvernements, des logiques d'une autre nature viennent périodiquement infléchir les dynamiques économiques. On ne pourra plus parler de lois économiques générales, mais simplement de régularités repérables dans des séquences particulières au cours desquelles les interventions gouvernementales auront été stables. Ces séquences sont séparées par des événements allant du simple renversement des politiques monétaires ou commerciales extérieures jusqu'à ces phénomènes étatiques majeurs que sont les guerres, événements inexplicables par la seule logique économique, mais qui modifient parfois profondément les conditions étatiques du déploiement des dynamiques économiques.

L'État dans la pensée économique

Examinons d'abord ce qu'il en est de cette question cruciale dans la pensée économique. Marx, les néoclassiques et même Keynes font l'hypothèse d'une logique économique, séparable et stable, des interventions des gouvernements sur l'économie.

Pour Marx, c'est en négatif : l'État est tout simplement incapable d'intervenir sur « l'infernale » dynamique de l'accumulation du capital, parce que c'est un État de classe. Marx porte à son aboutissement l'économie politique classique, dans la forme de sa « critique[27] ». Pour lui, la logique de l'accumulation du capital conduit à une paupérisation absolue de fractions croissantes de la population — sous l'effet d'une concurrence acharnée à laquelle aucun capitaliste ne peut se soustraire sous peine de disparaître en tant que tel — ainsi qu'à l'aggravation de contradictions internes. Il s'agit en particulier du problème de la réalisation de la plus-value croissante extraite d'une exploitation des forces de travail qui n'a d'autre limite, et encore doit-elle être collectivement prise en charge, que la survie physiologique du prolétariat. La suraccumulation de capital conduit à des crises récurrentes de réalisation, qui se traduisent par le fait que ce qui est produit en quantité croissante, en raison de l'accumulation de capital productif, ne trouve pas de demande solvable pour l'acheter.

Marx analyse la logique de déploiement et les contradictions internes d'un « mode de production » capitaliste, qui est une abstraction où se font face deux classes homogènes et antagonistes : bourgeoisie capitaliste et prolétariat industriel. L'État n'étant que le représentant de la classe bourgeoise, il est incapable en tant que tel de s'opposer à la mécanique de l'accumulation du capital ni même simplement d'en tempérer les conséquences. Quand bien même l'État le voudrait au plan du territoire sur lequel il exerce sa souveraineté, prenant ainsi en charge certains des intérêts objectifs bien compris de l'ensemble de « sa » classe capitaliste, la compétition internationale entre capitalistes l'en empêcherait.

Dans son analyse du capitalisme, Marx a fait un pas de trop. Ce pas le conduit de la mise en évidence des contradictions du capital comme rapport social de production à la formulation de lois tendancielles du capitalisme. Le concept qui permet ce passage est celui de mode de production, totalité hiérarchisée où l'État est une superstructure produite par le caractère antagonique de la contradiction de classe principale, elle-même fondée sur le rapport de production dominant (ce rapport caractérisant le mode de production : esclavagiste, féodal, capitaliste), lequel, après avoir puissamment développé les forces productives lorsqu'il s'est substitué au précédent[28], finit par les entraver. Pourquoi et comment peut-il les entraver, c'est ce que montre l'analyse des contradictions du mode de production. N'y a-t-il aucune autre issue que l'aggravation des crises par quoi se manifestent ces entraves ? Marx le pense, mais ce n'est que parce qu'il a transformé les contradictions en lois, glissement qui tient à la nature et au rôle de l'État dans son dispositif conceptuel. L'existence de lois tendancielles (baisse tendancielle du taux de profit, paupérisation absolue, aggravation tendancielle de crises de surproduction récurrentes), conséquences inéluctables des contradictions internes du mode de production capitaliste, résulte dans la pensée marxiste du caractère de classe de l'État, et donc de son incapacité fondamentale à intervenir sur les dynamiques économiques.

La notion de loi, dans la pensée marxiste, est parfaitement illustrée par la citation suivante de Lénine, extraite de *L'Impérialisme, stade suprême du capitalisme*[29] : « Certes, si le capitalisme pouvait développer l'agriculture qui aujourd'hui retarde partout terriblement sur l'industrie, s'il pouvait élever le niveau moyen de vie des masses populaires [...] il ne saurait être question d'excédents de capitaux [...]. Mais alors le capitalisme ne serait pas le capitalisme, car l'inégalité de son développement et la sous-alimentation des masses *sont les conditions et les prémisses fondamentales, inévitables, de ce mode de production*[30]. »

Or, en Europe depuis 1945, en Amérique dès les années 20, des capitalismes singuliers ont développé l'agriculture et élevé le niveau de vie des masses ouvrières à des rythmes jusqu'alors inconnus, ils ont même significativement réduit les inégalités entre classes. En effet, dans certaines conditions (par exemple un capitalisme pratiquement isolé sur un territoire), le taux d'exploitation est en réalité indifférent à ce capitalisme et indéterminé économiquement. Obtenu grâce à des interventions décisives des

États, un abaissement initial du taux d'exploitation, donc un relèvement des salaires, s'est ainsi avéré un extraordinaire moyen de développement de certains capitalismes. La preuve en fut, il est vrai, administrée bien après Marx.

Il n'y a pas de lois économiques et de tendances inévitables du capitalisme, si l'on entend lois et tendances au sens de Marx. Il existe certes ce que nous avons appelé des logiques économiques d'acteurs capitalistes, qui se combinent en dynamiques économiques, dont certaines ont d'ailleurs été fort bien analysées par Marx. Mais, puisqu'elles s'articulent entre elles et se déploient au sein et entre des territoires, les États peuvent en infléchir les effets. Non pas dans n'importe quel sens, sinon il n'y aurait même pas de dynamiques économiques, mais dans des directions non déterminables à l'avance et qui vont dépendre d'un certain nombre de décisions et d'événements.

Chez les néoclassiques[31], l'hypothèse d'une logique économique de l'intervention du gouvernement est fondée sur la séparation, fondamentale dans cette problématique, entre création et répartition de richesse. Prenant le contre-pied exact de Ricardo, les néoclassiques considèrent que la création de richesse est la question scientifique unique. L'économie est une « enquête », pour reprendre l'expression des classiques, sur l'allocation optimale de ressources rares à la satisfaction de besoins alternatifs. C'est l'efficacité de l'allocation des facteurs, autrement dit les moyens de créer le maximum de richesses — en fait le maximum de satisfaction provoquée par la consommation de ces richesses — à partir de ressources limitées qui est l'objet de la science. Le problème de la répartition de ces richesses est un problème secondaire en ce sens qu'il se résout de lui-même pour partie, et que pour le reste il est rendu exogène, hors du champ de l'économie.

Ce qui est exogène, c'est la dotation initiale de facteurs de production dont disposent les individus. Chacun possède toujours sa force de travail, sauf s'il est esclave au sens propre. Mais la question du degré de qualification de cette force de travail et de la façon dont cette qualification a été acquise est exogène. De même, la répartition initiale des droits de propriété sur les moyens physiques de production (terre, machines, etc.) est exogène.

Ce que la théorie détermine, en revanche, c'est la rémunération que reçoit chacun des facteurs de production : les différentes catégories de forces de travail, le capital productif, les terres, etc. Elle démontre que, lorsque tous les marchés sont en équilibre, la rémunération de chaque facteur de production est égale à sa productivité marginale. Ce résultat peut s'appréhender de façon intuitive. Imaginons une situation d'équilibre général de tous les marchés ; un individu supplémentaire se présente sur le marché du travail ; combien pourra-t-il obtenir de son travail ? Exactement la quantité de richesse supplémentaire que ce travail permettra de produire, c'est-à-dire la productivité marginale de ce travail. En effet un employeur qui lui proposerait moins ferait un surprofit par rapport au profit moyen dans l'économie, ce qui inciterait un autre employeur à lui proposer un peu plus, et ainsi de suite, en raison de la concurrence entre employeurs, jusqu'à ce que notre individu obtienne exactement le prix de la production supplémentaire que son travail engendre. Comme la concurrence entre employés implique que toutes les forces de travail de même compétence sont rémunérées de la même façon à l'équilibre, telle est donc la rémunération de l'ensemble de cette catégorie de compétences. De même, un consommateur qui décide de se priver d'un franc de consommation pour l'épargner et le prêter à des entrepreneurs qui l'investissent en biens de production obtiendra de cette épargne une rémunération exactement égale à la production supplémentaire que son investissement en capital productif permet d'obtenir : la productivité marginale du capital détermine ainsi la rémunération du capital. Les hypothèses nécessaires pour établir ce résultat sont très fortes, en particulier celle de concurrence parfaite et donc de parfaite mobilité des facteurs, celle de l'existence généralisée de rendements décroissants et celle de productivités marginales des facteurs individuellement mesurables. Une fois le revenu de chaque facteur de production ainsi déterminé, le revenu de chaque individu s'en déduit, compte tenu de ses droits initiaux sur les facteurs, c'est-à-dire des facteurs de production, sa propre force de travail, entre autres, dont il est propriétaire.

Si la répartition finale de la richesse, due aux droits initiaux et au fonctionnement des marchés qui fixent la rémunération de chaque facteur, est jugée inéquitable, on peut décider de modifier les droits initiaux sur les facteurs, ou d'opérer des transferts de revenus après que le fonctionnement des marchés a attribué à chacun son dû. En effet, comme l'affirme Maurice Allais dans la conclusion de « La théorie générale des surplus », « la théorie générale des surplus montre que les purs transferts de revenus sont sans effet sur l'efficacité de l'économie[32] ». Mais les décisions concernant la répartition sont des décisions politiques, hors champ de l'économie au sens où la question de savoir s'il y a une répartition initiale des droits de propriété plus efficace du point de vue de la richesse totale créée ne se pose pas dans le cadre de cette théorie.

En d'autres termes, la question de l'efficacité peut et doit être traitée indépendamment de celle de la répartition initiale des droits. On peut ensuite, problème disjoint et question politique, modifier la répartition. Ainsi, les néoclassiques démontrent, à la suite de Ricardo, que le libre-échange augmente toujours la richesse totale des deux pays qui s'y livrent. Le libre-échange étant une condition de l'efficacité, il doit être appliqué. Mais ils démontrent aussi que dans certaines conditions le libre-échange peut réduire la rémunération, dans un pays donné, de certains facteurs, par exemple le travail non qualifié. C'est sans importance, car si cette baisse de revenu du travail non qualifié est jugée politiquement ou éthiquement inopportune, le fait que la richesse totale ait augmenté grâce au libre-échange permet d'effectuer des transferts de ceux qui en sont les bénéficiaires vers ceux qui en sont victimes, transferts qui peuvent compenser exactement les pertes de revenus des seconds, tout en laissant un gain net aux premiers.

On voit qu'il y a dans les modèles néoclassiques

une hypothèse théorique fondamentale : la répartition initiale des droits, donc de la richesse, est sans influence sur l'accroissement de cette richesse, laquelle est maximale lorsque sont réunies les conditions de l'efficacité, et ne dépend plus alors que du rythme général du progrès technique.

Conséquence cruciale, la séparation de l'efficacité économique et de la répartition autorise aussi une définition purement économique du rôle de l'État dans l'économie : le rôle de l'État est simplement d'assurer les conditions d'efficacité du fonctionnement des marchés. En effet, si l'efficacité de l'économie est une question séparable de la répartition, alors l'action du gouvernement lui-même peut être séparée en deux logiques. D'une part une logique économique, qui consiste à assurer l'efficacité de l'économie, donc à : 1) assurer partout la condition principale de cette efficacité, à savoir la compétition la plus large; 2) suppléer par des réglementations aux défaillances du marché. D'autre part, une logique sociale ou politique, qui consiste à agir, en fonction de critères éthiques, politiques, sous l'effet de groupes de pression, peu importe, sur la répartition. Mais, en raison de l'hypothèse de séparation entre création de richesse et répartition de la richesse, le gouvernement, s'il est rationnel, a bien évidemment toujours intérêt à agir pour maximiser la richesse du territoire. Pour l'illustrer, supposons un instant, par exemple, en forçant résolument le trait, qu'un gouvernement soit « à la solde des deux cents familles ». Soit. Il n'empêche que, même pour maximiser la richesse des deux cents familles, il a d'abord intérêt à maximiser la richesse totale du territoire, puis à chercher à favoriser l'enrichissement relatif des familles en question, puisque ces deux phénomènes sont supposés indépendants.

Dans la problématique néoclassique, on peut donc affirmer que « maximiser la richesse du territoire » est l'objectif économique du gouvernement et que si ce n'est pas le cas, nous avons affaire à un « mauvais » gouvernement, qui peut être jugé tel selon un critère incontestable. Voilà pourquoi l'hypothèse de séparation entre efficacité et répartition est cruciale et permet aussi à l'économie néoclassique d'être normative et de juger l'efficacité économique des États. L'objectif de maximisation de la richesse totale du territoire peut être considéré comme stable car il est séparable des autres objectifs, quels qu'ils soient, du gouvernement, et il peut être intégré dans un modèle purement économique. L'économie est alors un système où chaque acteur poursuit un objectif économique propre : les entreprises maximisent leur profit ; les consommateurs, leur satisfaction ; le gouvernement poursuit l'objectif de maximisation de la richesse totale du territoire sous sa souveraineté en assurant l'efficacité maximale des mécanismes de coordination marchands.

La pensée de Keynes est entièrement disposée dans cette problématique. Ce qui distingue Keynes des premiers néoclassiques est qu'il ne partage pas leur croyance dans l'efficacité spontanée des mécanismes de marchés. Il identifie des défaillances de marchés plus nombreuses et plus graves que celles qu'admettaient ses prédécesseurs. Par exemple, la rigidité à la baisse des salaires nominaux, ou encore le fait que les entrepreneurs, quand ils sont pour une raison ou une autre pessimistes quant à l'avenir, font spontanément des investissements inférieurs à ceux qu'ils devraient « rationnellement » faire. Keynes définit en conséquence de nouveaux moyens pour que les institutions étatiques améliorent l'efficacité des marchés : il s'agit des techniques de régulation conjoncturelles par le budget et la monnaie.

L'introuvable logique économique des États

Or répartition et croissance de la richesse totale ne sont pas des phénomènes indépendants. Prendre en considération l'existence de mobilités inégales et entravées, de territoires et de rapports très différents des acteurs aux territoires engendrant des comportements non uniformes, d'imperfections de marché irréductibles oblige à abandonner l'hypothèse d'indépendance. Dans ces conditions, favoriser tel ou tel groupe social peut conduire un gouvernement à agir au détriment de la croissance de la richesse totale ou, au contraire, à la stimuler. Même en ne lui supposant pas ce genre de comportement de classe ou clientéliste, mais en posant qu'un gouvernement est soucieux de l'intérêt général, il est impossible de donner une définition purement économique de cet intérêt général. Un gouvernement peut, quand il existe un lien entre croissance de la richesse et répartition, se trouver placé devant l'alternative suivante : accepter plus d'inégalité pour stimuler la croissance, ou privilégier l'égalité sur la croissance. Aucune de ces deux options ne peut être jugée sans conteste conforme à l'intérêt économique général, contrairement à ce qu'il en est dans la vision néoclassique, où tout accroissement de richesse est à privilégier, car il permet toujours, grâce à des redistributions ultérieures supposées neutres par hypothèse, que personne ne soit lésé. Par conséquent, l'hypothèse de séparabilité d'un comportement économique, hypothèse nécessaire à celle de stabilité de ce comportement, ne peut être faite en ce qui concerne le gouvernement. Les interventions économiques du gouvernement ne peuvent être considérées comme soumises à une logique économique pure et deviennent non séparables d'objectifs politiques intérieurs et extérieurs, d'objectifs de cohésion sociale, de soucis électoraux, etc.

On peut « constater » que les États-gouvernements interviennent sur les dynamiques économiques, mais il faut reconnaître que la logique de ces interventions n'est pas de nature purement économique et que ces interventions peuvent être modifiées, parfois radicalement, par des objectifs ou sous l'effet de causalités autres. Notre propos ici n'est pas de tenter la théorie de cet « autre » (qui bien évidemment peut faire aussi l'objet d'une analyse, puisqu'il n'y a aucune raison de supposer les gouvernements irrationnels), car cette analyse n'est pas du champ de l'économie. Nous nous bornerons à vérifier que certaines interventions des gouvernements, tels le protectionnisme, la colonisation, les guerres, interventions qui furent décisives sur les dynamiques économiques, confirment qu'il n'existe pas de comportements purement économiques séparés, et donc permanents, des gouvernements.

Il n'en reste pas moins que l'on observe des séquences pendant lesquelles les interventions des gouvernements sur les dynamiques économiques, autrement dit les politiques économiques, sont, de fait, relativement stables. Entre ces séquences, il y a des ruptures, que l'on peut identifier, mais certainement pas expliquer dans le champ d'une analyse économique. En revanche, l'analyse économique d'une séquence est possible. Elle décrypte, compte tenu des interventions stabilisées des gouvernements, les dynamiques économiques à l'œuvre dans la séquence, et décrit comment elles s'articulent en croissances dans les territoires et quels en sont les effets sur l'inégalité.

LES CAPITALISMES

Nous appellerons « un » capitalisme l'ensemble des activités sédentaires d'un territoire et des activités nomades qui ont ce territoire comme origine et le conservent comme base arrière. On pourra ainsi leur attribuer un qualificatif national et parler de capitalisme britannique, américain, japonais, allemand, français. Il n'est nullement exclu que, dans un avenir peut être proche, certaines activités nomades de ces capitalismes nationaux finiront par se détacher complètement de leur territoire d'origine et par mettre, de manière systématique et sans manifester aucune préférence nationale, l'ensemble des territoires de l'économie mondiale en concurrence pour la localisation de leurs différentes activités. On pourra alors parler, à côté des capitalismes nationaux, d'un capitalisme nomade mondial.

Les capitalismes se différencient par le type de dynamiques économiques qui résulte, au sein du territoire, de l'interaction entre activités nomades et activités sédentaires et des interventions de l'État. Un capitalisme particulier est donc une articulation singulière entre des dynamiques économiques nomades et sédentaires, un territoire et des interventions étatiques, articulation qui n'est appréhendable que dans une séquence où la stabilité des interventions étatiques est observable. Dans la mesure où il inclut le type d'intervention étatique de la séquence, et où ces interventions ne peuvent être considérées comme relevant d'objectifs purement économiques, un capitalisme est un concept non strictement économique[33].

Rien de général ne peut être dit quant aux effets des capitalismes sur l'inégalité. Certains capitalismes, dans certaines séquences, seront réducteurs d'inégalités, d'autres les accroîtront, certains réduiront les inégalités spatiales mais ouvriront les inégalités sociales, ou l'inverse, etc. Il n'y a pas de lois économiques de l'inégalité.

ÉCONOMIE ET HISTOIRE

L'histoire est soumise à la continuité du temps, elle ne peut admettre l'existence de périodes obscures, elle a l'ambition d'expliciter la totalité des causes[34] d'un phénomène donné. Elle travaille sur des causalités hétérogènes. Elle croise les événements politiques et militaires, les données géographiques, les phénomènes économiques, l'évolution des mentalités. L'économie repose sur une clause d'homogénéité. Elle ne peut admettre, pour des phénomènes économiques, que des causes économiques : les objectifs et les comportements économiques des acteurs. D'où l'importance de la séparabilité de ces comportements du reste de la vie des acteurs. D'où la thèse — puisque les comportements des États ne permettent jamais d'isoler une rationalité étatique purement économique — selon laquelle l'analyse économique ne peut porter que sur des séquences où ces comportements sont stables. L'économie prétend alors à l'analyse, dans les séquences où elles se trouvent être lisibles, des dynamiques des capitalismes et de leurs effets sur les inégalités. Ces fenêtres de lisibilité sont séparées par des périodes obscures pour l'économiste, à propos desquelles il ne peut que laisser à l'historien la tâche de tenter d'expliquer, par exemple, pourquoi les États d'Europe continentale sont revenus au protectionnisme dans les années 1870, tandis qu'ils se lançaient frénétiquement dans des conquêtes coloniales, ou pourquoi après la Seconde Guerre mondiale, aussi bien chez les vaincus que chez les vainqueurs, des alliances politiques particulières ont conduit à des décisions étatiques qui ont orienté les dynamiques économiques vers des croissances exceptionnellement égalitaires.

L'analyse économique de ces séquences singulières permet en revanche de les extraire de leurs déterminations historiques multiples, de les caractériser avec les mêmes concepts et donc, par exemple, de comparer selon la même grille de lecture le capitalisme en réseau des grands marchands du XVIe siècle au capitalisme japonais de l'après-guerre. De cette comparaison de singularités ne surgit aucun jugement de valeur et aucune proposition normative. On a vu que pour qu'il en soit ainsi, il fallait faire une hypothèse que nous avons refusée. Mais il devient possible de dire : « Cela aurait pu se passer autrement » si tel événement n'avait pas eu lieu ou si telle décision étatique n'avait pas été prise. Un historien ne peut le dire, puisque tout son effort consiste à expliquer pourquoi ce qui a eu lieu devait avoir lieu. Ainsi l'économie, comme la politique selon Sylvain Lazarus, mais contrairement à l'histoire selon Marc Bloch[35], admet-elle que la catégorie de possible puisse s'appliquer au passé. Quant à l'avenir, il est clair que l'évolution de l'inégalité du monde n'est pas entièrement inscrite dans les dynamiques actuelles des capitalismes que nous analyserons aux chapitres V et VI. Encore faut-il savoir pourquoi et, s'il existe des marges de liberté d'action, en quoi elles consistent.

CHAPITRE II

Les capitalismes en réseaux de l'Ancien Régime préindustriel

Comment s'articulent, avant la révolution industrielle qui débute en Angleterre dans la seconde moitié du XVIIIe siècle, capitalismes, États et territoires, en particulier en Europe ? Qu'est-ce qui y régit l'inégalité spatiale et sociale de la richesse ? Telles sont les questions qu'examine ce chapitre. C'est à Fernand Braudel[36] que nous emprunterons la matière historique de cette analyse. Nous commencerons par interpréter, dans le cadre des concepts définis au chapitre I, la description que donne Fernand Braudel de ce qu'il appelle les « économies-monde », ainsi que de la succession des hégémonies de « villes-centres » qui caractérise l'économie-monde européenne entre le XVe et le XVIIIe siècle. Puis nous soulignerons la rupture que constitue, en Angleterre, la formation d'un véritable territoire, au sens où il a été défini, et l'avènement de ce territoire en tant que tel au sommet de l'économie-monde européenne, succédant ainsi, après une longue lutte avec la France, à la dernière des villes-centres, Amsterdam. Nous interrogerons ensuite le destin particulier de l'Europe : nous y verrons le rôle d'articulations singulières entre États, capitalismes et territoires.

Notre conclusion récapitulera les dynamiques de l'inégalité dans l'Ancien Régime.

LA STRUCTURE DES ÉCONOMIES-MONDE DE L'ANCIEN RÉGIME

Avant la première révolution industrielle en Angleterre, des activités capitalistes nomades existent en Europe aussi bien que hors d'Europe : dans ses colonies américaines, en Inde, dans l'Empire ottoman, en Chine. Partout, ce sont des activités à hauts risques et à hauts profits : commerce lointain de denrées et métaux précieux, commerce de grains entre régions, activités bancaires et de change, également quelques activités directement productives, telles plantations, manufactures d'articles textiles, de luxe et de produits de haute technologie, comme les navires et les armes. Activités internationales, donc, et surtout inter-territoriales, puisque même les États centralisés de l'époque sont loin de constituer des territoires économiques unifiés : les circulations internes des hommes et des marchandises n'y étant pas libres, il s'agit de regroupements, sous une même autorité étatique, d'une mosaïque de territoires économiques de dimensions généralement petites.

Agissant au sein de plusieurs territoires et les mettant en rapport, les activités nomades se développent en réseaux de villes. Elles restent à l'époque des superstructures encore légères, drainant le surplus des activités sédentaires sous-jacentes, elles-mêmes n'étant qu'une simple couche recouvrant l'énorme masse de la production non marchande, c'est-à-dire de la production autoconsommée ou ne faisant l'objet que d'échanges limités dans un espace très restreint tel que le village. À l'époque que nous considérons, cette production inframarchande constitue encore partout l'essentiel de la production.

Les activités capitalistes nomades ne se déploient pas pour autant sur la totalité des territoires du monde, mais dans un espace géographique limité, que Fernand Braudel appelle « économie-monde ». C'est un espace géographique qui n'entretient avec les autres que des relations d'échange marginales, dont il pourrait se passer sans que cela modifie de façon significative ses dynamiques économiques internes. Braudel souligne que cette entité transgresse en général les autres « regroupements massifs de l'histoire ». Elle rassemble généralement — mais pas toujours — plusieurs États et plusieurs zones culturelles ou religieuses. C'est en particulier le cas en Europe.

Au XVIe siècle, avant les grandes découvertes, il existe ainsi une économie-monde européenne qui recouvre l'Europe du Nord, l'Europe de l'Est, jusqu'aux frontières de l'Empire russe, et la Méditerranée européenne. En Méditerranée, elle touche à l'économie-monde de l'Empire ottoman, qui inclut l'Afrique du Nord et le Moyen-Orient, et qui, elle, est connexe à l'économie-monde Inde-Insulinde (les marchands indiens ont tissé à l'époque de denses réseaux en Insulinde). À l'Est enfin, l'économie-monde chinoise. La Moscovie est une économie-monde, les forêts qui la séparent de l'Europe de l'Est étant presque aussi infranchies par les marchands, sinon infranchissables, que l'Atlantique. L'Afrique subsaharienne ne peut à cette époque être considérée comme une économie-monde. Elle est certes relativement isolée des autres, mais le faible développement en son sein des activités capitalistes nomades en fait plutôt une juxtaposition de petits territoires économiques, sans la structuration interne par les activités nomades que présentent les autres économies-monde.

Du XVe au XVIIIe siècle, ces économies-monde présentent deux caractéristiques spatiales principales. Elles sont centrées autour et au bénéfice d'une ville. Elles sont hiérarchisées. Étroitement connecté à la ville-centre par d'intenses circulations, le cœur de l'économie-monde a la forme d'un réseau de villes. Autour de lui s'espacent des zones intermédiaires, ou semi-périphériques, ensemble non nécessairement connexe de territoires où les circulations, tant internes qu'avec le cœur, conservent une certaine intensité. Ces zones intermédiaires sont à leur tour plongées dans des zones périphériques généralement très vastes, juxtaposition de petits territoires où domine la production inframarchande.

LES VILLES-CENTRES

Les villes-centres ont toutes, dans la période que nous considérons, des caractéristiques communes. Elles abritent naturellement le centre d'opération ou de fortes représentations de la plupart des activités capitalistes nomades. Elles ne sont pas isolées, mais possèdent un archipel, un réseau de villes-relais. Elles sont cosmopolites, tous les marchands de l'économie-monde s'y retrouvent, la population y est très mélangée et cela entraîne une relative tolérance, au moins intellectuelle et religieuse. Ce sont les endroits les plus libres de l'économie-monde, de cette liberté indispensable au commerce de grande envergure. Souvenons-nous que Descartes a trouvé sage de passer une partie de sa vie, après l'interdiction de son premier traité, à Amsterdam, qui était alors le centre de l'économie-monde européenne, plutôt qu'à Paris.

Elles sont aussi, par rapport au reste de l'économie-monde, le lieu des plus grandes différenciations sociales. S'y côtoient en effet une bourgeoisie marchande très riche et un petit peuple de serviteurs, d'artisans et déjà d'ouvriers salariés. Les villes-centres sont ainsi des lieux de haute tension économique — en particulier les prix y sont élevés, et par conséquent le niveau de vie des couches populaires y est toujours difficile. Si bien que si ces villes pratiquent le libéralisme politique, elles sont aussi dotées de services de police extrêmement puissants, par lesquels les révoltes populaires sont habilement prévenues et sévèrement contenues.

LA SUCCESSION DES HÉGÉMONIES URBAINES EN EUROPE

Dans l'histoire de l'économie-monde européenne on trouve une succession de primautés urbaines. Pour Fernand Braudel cette succession est la suivante : Venise, Anvers, Gênes, Amsterdam et enfin Londres. Venise établit son hégémonie sur l'économie-monde européenne autour de 1380 et la conserve jusqu'autour de l'an 1500, durant tout le XVe siècle. C'est la découverte de l'Amérique et tout autant de la route maritime vers l'Inde par le tour de l'Afrique qui met fin à l'hégémonie de Venise qui, avec ses villes-relais placées le long de l'Adriatique et en Méditerranée orientale, contrôlait le commerce avec les économies-monde ottomane et, au-delà, indienne et chinoise par la route de la soie. Avec les grandes découvertes et la prise de Constantinople, le centre de gravité de l'économie-monde européenne bascule vers sa façade atlantique. Ce n'est pourtant ni Lisbonne ni Séville, ports qui voient affluer les galions d'or et d'argent des Amériques, ni même Madrid, capitale d'un État parti à la conquête du Nouveau Monde et tentant d'établir, avec Charles Quint puis Philippe II, un empire en Europe, qui parviennent à se hisser en tant que ville au sommet de l'économie-monde européenne et à succéder à Venise. Les villes ibériques échouent précisément parce qu'elles sont des capitales d'États déjà centralisés et que ces États, occupés à bien autre chose que favoriser les activités capitalistes nomades, ne leur laisseront pas la liberté indispensable pour qu'elles deviennent le centre d'opération de ces activités en Europe.

Aussi bien, durant le XVIe siècle, le centre oscille-t-il entre le Nord et le Sud, entre les Flandres et l'Italie du Nord, qui restent des zones fortement urbanisées et riches d'activités capitalistes accumulées au cours du siècle précédent. Il se fixe à Anvers de 1500 à 1550, puis un sursaut de la Méditerranée le déplace à Gênes. Après, le centre bascule définitivement vers le nord, et la Méditerranée, si chère à Braudel, « sort de la grande Histoire ». Au début du XVIIe siècle s'affirme l'hégémonie incontestable d'Amsterdam. Elle dure jusqu'à ce qu'Amsterdam soit remplacée par Londres, à la fin du XVIIIe siècle, après une longue lutte entre la France et l'Angleterre. Le passage de l'hégémonie à Londres introduit un élément de changement qualitatif : avec Londres, la ville-centre n'est plus seulement en rapport direct avec l'ensemble de l'économie-monde, elle réussit à constituer autour d'elle un marché national, un véritable territoire économique unifié. L'hégémonie n'est plus celle d'une simple ville, mais celle d'une ville et du territoire qu'elle dirige.

L'ÉCONOMIE-MONDE EST UN ESPACE HIÉRARCHISÉ

C'est autour de la ville-centre que se situe le cœur de l'économie-monde. Il ne s'agit pas d'un espace qui serait géographiquement localisé autour de la ville-centre. C'est avant tout un réseau d'autres villes. Ainsi le cœur de l'économie-monde d'Amsterdam n'est pas seulement constitué des riches villes des Provinces-Unies et des campagnes qui les entourent et qu'elles ont spécialisées dans les cultures industrielles pour l'industrie textile. Gdansk, par exemple, en fait partie. Pas toute la Pologne, mais la ville de Gdansk, qui est le relais essentiel drainant les surplus agricoles de la Pologne au profit d'Amsterdam, et dont la bourgeoisie polonaise locale est étroitement liée à celle d'Amsterdam. Les villes prospères d'Italie du Nord, qui continuent à commercer avec le Levant, en font aussi partie. C'est donc un réseau de villes qui constitue le cœur de l'économie-monde centrée sur une ville.

Vient ensuite une semi-périphérie, ensemble de territoires où la production et les échanges marchands sont encore relativement développés, avec là aussi des villes-relais plus modestes et plus spécialisées. On distingue enfin la troisième zone, la périphérie, où domine la production pour l'autoconsommation ou pour des échanges limités au sein de minuscules territoires, tels un bourg et les campagnes avoisinantes. Les activités capitalistes nomades n'y ont que de rares antennes, destinées à capter ce qu'on peut prendre des surplus de ces régions.

Il ne s'agit nullement d'une structure concentrique. Le réseau des villes du cœur peut s'étendre très loin de la ville-centre, tandis qu'à quelques centaines de kilomètres de celle-ci des campagnes pauvres et d'accès difficile peuvent être reléguées dans la plus profonde périphérie.

Ces trois zones se distinguent non seulement sur le plan économique (développement plus ou moins grand de la production marchande et du capitalisme nomade) mais aussi sur le plan des rapports sociaux, de la culture, bref sur tous les plans. Examinons par exemple, du point de vue des rapports sociaux, l'économie-monde européenne au XVIIe et au XVIIIe siècle. On constate en son cœur des rapports sociaux modernes, un salariat déjà très développé bien que nous nous situions avant la révolution industrielle. Sur les marges, sur la partie extérieure de la semi-périphérie, on trouve une forme de servage. Ce servage n'est pas un résidu de celui du Moyen Âge, mais une création. C'est le cas en Europe de l'Est : on y trouve des zones où les paysans, qui étaient devenus des paysans libres, ont été repris dans des rapports de dépendance que l'on peut qualifier de servage, sous l'effet des réseaux marchands par lesquels ces zones ont été saisies, au sein de l'économie-monde européenne, et qui leur assignait le rôle de fournisseurs de céréales. Enfin dans les marges extrêmes, on réinvente l'esclavage aux Amériques.

Il n'y a donc pas, comme le soutiendront Marx et Engels, succession historique de « modes de production » : esclavage antique puis servage féodal, puis salariat capitaliste, avec survivance de lambeaux de l'ancien dans le nouveau. Il existe dans l'économie-monde européenne hiérarchisée du XVIIe siècle, par exemple, trois types de rapports sociaux à la fois et, pour ce qui est du servage et de l'esclavage, ce sont des créations et non pas des survivances.

LA RUPTURE INTRODUITE EN ANGLETERRE PAR LA CONSTITUTION D'UN TERRITOIRE ÉCONOMIQUE NATIONAL

Avec Londres, on assiste à la fin de l'hégémonie des cités-États et au début de celle de capitales d'États où s'est constitué un véritable territoire économique au sens où nous l'avons défini, c'est-à-dire un espace géographique où marchandises, capitaux et hommes circulent librement. Ce phénomène, provoqué par la suppression de toutes les barrières de nature étatique aux circulations et par l'intensification de celles-ci sous l'effet du passage de pans entiers de la production inframarchande à la production pour l'échange et de l'approfondissement continu de la division sociale du travail, fut à juste titre identifié par Adam Smith, qui l'observa, comme l'origine de la « richesse des nations ». Sous ses yeux en effet une nation entière devenait un territoire économique unifié.

L'avènement d'un territoire sous souveraineté d'un État comme centre de l'économie-monde européenne est un phénomène qui fait rupture avec les structures et les dynamiques antérieures. Son caractère tardif se comprend aisément. En fonction de ce qui a été dit, on saisit bien pourquoi le centre de l'économie-monde européenne s'était jusque-là localisé dans des villes qui n'étaient pas des capitales de vastes États centralisés, mais des cités-États : ces villes n'avaient pas à se soucier des pesanteurs de la production primaire. Elles n'étaient pas engluées dans l'économie agricole, qui n'avançait qu'au rythme alors désespérément lent des transformations sociales et des progrès techniques. Cette pesanteur, c'est ce avec quoi se débattaient en revanche les grands États européens et les capitales de ces États. Les villes-centres, elles, se contentaient d'acheter leur nourriture et il suffisait pour pouvoir l'acheter d'avoir quelque chose à vendre. Leurs activités capitalistes nomades leur permettaient de vivre de plain-pied avec l'économie-monde dans son ensemble. Les États comme la France, l'Espagne et même l'Angleterre étaient en quelque sorte cloués au niveau inférieur de l'économie-monde qu'était l'énorme production inframarchande. Ces États, même s'ils se souciaient de questions économiques, en particulier des moyens d'accroître le budget de l'État, comme en témoignent les politiques mercantilistes, n'en faisaient cependant certainement pas leur politique unique ni même principale, préoccupés qu'ils étaient de renforcer l'unité nationale contre les forces centrifuges issues des féodalités anciennes ou contre les divisions religieuses introduites par la Réforme, voire de repousser les frontières au détriment de leurs voisins.

En revanche, au moment où l'espace sous souveraineté d'un État se constitue en territoire économique par la libération et l'accélération des circulations en son sein et que se crée ainsi un marché intérieur, l'existence même de ce marché devient un puissant stimulant pour les activités capitalistes. On n'a plus simplement une ville-centre avec ses réseaux étendus sur le monde, mais une ville qui entretient des liens privilégiés et des échanges intenses avec un territoire devenu marché intérieur et qui, au-delà, projette les antennes de ses activités nomades sur le reste du monde. Activités sédentaires au sein du territoire et activités nomades issues de lui s'adossent désormais les unes aux autres et se soutiennent réciproquement dans une puissante dynamique qui va accueillir la révolution industrielle, laquelle à son tour la renforcera. Car l'Angleterre se constitue en territoire et se hisse au sommet de l'économie-monde européenne avant la révolution industrielle.

À la fin du XVIIIe siècle, quand incontestablement le centre passe à Londres, le PIB français est malgré tout deux fois plus élevé que le PIB anglais. C'est assez dire à quel point ce sont les facteurs qualitatifs, en l'occurrence la constitution d'un territoire, qui l'emportent. En France le territoire économique est également en voie de constitution. La Révolution puis l'Empire accéléreront le processus. Dans l'Europe du Nord, en Allemagne, en Italie du Nord, les structures politiques sont toujours éclatées en une multitude de petits États, principautés, villes libres, avec des relations complexes de souveraineté emboîtée. Cependant, dans ces régions restent localisés les denses réseaux de villes riches qui étaient au cœur de l'économie-monde européenne : il ne faudra que quelques décennies pour que, couronnés par l'unification politique de l'Allemagne et de l'Italie, s'y constituent aussi des territoires économiques et s'y diffuse rapidement la révolution industrielle.

LE DESTIN SINGULIER DE L'EUROPE

Le monde, entre le XVe et le XVIIIe siècle, est donc une juxtaposition d'économies-monde qui ont leurs propres différenciations internes mais qui se situent toutes à peu près au même niveau de « civilisation matérielle[37] ». La richesse moyenne y est, encore à la fin du XVIIIe siècle, égale partout. Paul Bairoch[38] donne les estimations suivantes des revenus par habitant, évalués en dollars aux prix américains de 1960, pour l'année 1800. Europe : 213 $; Amérique du Nord : 266 $; ensemble de ce qui sera au XXe siècle le Tiers-Monde : 200 $, dont Chine 228 $, soit plus que l'Europe. De ce point de vue donc, un monde d'égaux.

L'Europe s'est cependant singularisée. Dès le XVe siècle, elle étend ses réseaux sur les autres économies-monde. Avec les grandes découvertes, elle devient hégémonique en Amérique, continent qui se peuple progressivement d'Européens — et de neuf à dix millions d'esclaves africains — après qu'ont été anéanties les civilisations précolombiennes[39]. Mais l'Empire ottoman lui reste encore inaccessible. Traite mise à part, elle ne pénètre pas en Afrique. En Asie, ses capitalistes nomades ne parviennent, avec l'ouverture de quelques comptoirs et des conquêtes territoriales très limitées, qu'à s'articuler sur les réseaux capitalistes existants. Au XVIIIe siècle, sa pression sur les autres économies-monde s'accentue cependant, en particulier sur celle de l'Inde-Insulinde. Les Hollandais ou les Portugais s'étaient d'abord insérés dans cette économie-monde, d'un niveau de développement comparable à la leur, en s'introduisant dans des réseaux marchands existants. Au départ le commerce, comme chacun le sait, rapproche les peuples, puis progressivement, les capitalistes européens manifestant un appétit grandissant et les capitalistes locaux s'y opposant, il fallut envoyer des garnisons. Étape par étape, les Anglais, qui avaient supplanté les précédents, finirent par conquérir l'Inde, et les Hollandais l'Insulinde. Ce fut la suspension, pour deux siècles, de l'autonomie de ces territoires, qui devinrent une zone périphérique de l'économie-monde européenne.

L'expansionnisme européen, qui s'accélère à partir de la fin du XVIe siècle, est sans conteste engendré par des capitalismes particulièrement vigoureux. Partout, sauf aux Amériques — mais on sait que c'est les Indes qui étaient recherchées —, les marchands précèdent les guerriers. C'est donc cette vigueur singulière des capitalismes européens, en particulier celle de leurs activités nomades, qu'il faut interroger. Elle a fait l'objet de nombreux débats. Celui qui s'est développé entre Fernand Braudel et Immanuel Wallerstein[40] nous intéresse ici tout particulièrement car il s'agit d'articulation d'espaces et de rapports entre capitalismes et États.

L'ARTICULATION ENTRE ESPACE ÉCONOMIQUE ET ESPACE POLITIQUE

Wallerstein pose qu'il faut distinguer différents types d'économies-monde. Les uns sont favorables à la naissance et au développement du capitalisme, les autres ne le sont pas. Wallerstein parle d'« empire-monde » quand l'espace politique recouvre exactement l'espace économique. Un empire-monde est une structure très stable car le pouvoir politique ne cesse d'y réprimer les marchands, de réprimer le capitalisme naissant. En Chine par exemple, les marchands étaient étroitement contrôlés par la « bureaucratie céleste », et la transmission de la richesse marchande par héritage était difficile. De même dans l'Empire ottoman. En Europe au contraire les banquiers et les grands marchands agissaient dans un espace économique qui débordait largement les limites d'un seul État. Ils disposaient ainsi, y compris sur des États, de moyens de pression auxquels ne pouvaient prétendre leurs homologues chinois, entièrement soumis à leur empereur. Wallerstein estime que l'originalité de l'économie-monde européenne est qu'il n'y eut jamais d'espace politique qui recouvrît l'espace économique. La seule tentative de constituer un empire européen fut celle des Habsbourg. Elle échoua. De cet échec, avéré au milieu du XVIe siècle, date pour Wallerstein le dynamisme exceptionnel de l'économie-monde européenne et le fait que c'est en Europe, et non pas ailleurs, que s'est véritablement développé « le capitalisme ». Wallerstein a en effet une vision classique et classiste du capitalisme. Pour lui, comme pour Marx, il n'apparaît véritablement qu'avec le capitalisme industriel et la bourgeoisie moderne et il est précédé d'une simple « accumulation primitive marchande ». Accumulation marchande toujours contrôlée et réprimée par les États et capitalisme entravé dans les empires-monde, accumulation marchande libre parce que se déployant dans les interstices des États et donc développement du capitalisme dans l'économie-monde européenne.

Pour Braudel, cette distinction n'est pas pertinente, car il y a du capitalisme (au sens où lui le définit) y compris dans les empires-monde et partout depuis fort longtemps, en fait depuis qu'existent des relations marchandes d'une certaine ampleur entre territoires, donc depuis l'Antiquité. La définition du capitalisme par Braudel est en effet très particulière[41]. La question devient alors de savoir pourquoi le capitalisme, qui existe partout, y compris dans les empires-monde, s'est montré à ce point vigoureux en Europe à partir du xve siècle. Pour Braudel, la première raison de ce dynamisme extraordinaire de l'Europe fut, non pas la disjonction de l'espace politique et de l'espace économique, mais l'existence autour du cœur d'une semi-périphérie très proche de lui, qui le concurrence sans arrêt, le presse et « l'oblige à battre plus vite[42] ». Incontestablement la concurrence Europe du Nord-Europe du Sud puis la concurrence France-Angleterre contre la Hollande, dans le cadre d'une indépendance politique de ces entités, a été un élément de dynamisme de l'économie-monde européenne, élément que n'ont pas connu les économies-monde asiatiques, à la fois plus homogènes et plus centrées comme l'Inde ou la Chine, qui n'avaient pas de véritable semi-périphérie. Braudel reconnaît donc là le rôle qu'a joué le fractionnement politique de l'Europe. Cependant, celui-ci n'explique pas seul la configuration plus dispersée, avec des villes en forte compétition, des réseaux urbains qui furent le cœur de l'économie-monde européenne.

LES HIÉRARCHIES SOCIALES

Mais là n'est pas la raison principale selon Braudel, pour qui le sort des capitalismes s'est avant tout joué face aux hiérarchies sociales. Dans toute société de l'Ancien Régime coexistent trois hiérarchies, statut, argent et religion, la hiérarchie du statut étant toujours plus ou moins liée à la hiérarchie militaire.

Autrement dit, la noblesse, les bourgeois et les prêtres. Dans les empires-monde ou dans les régions à État centralisé fort, la hiérarchie du statut a toujours eu tendance à l'emporter et donc à réprimer ou du moins à contenir la hiérarchie de l'argent, tandis que la mobilité sociale verticale était beaucoup plus forte qu'en Europe. Dans ces empires, l'État avait la propriété éminente sur toute la terre et distribuait les charges. Ainsi, en Chine, le mandarinat permettait à des individus de se hisser très haut dans la société, mais il n'était pas héréditaire. Un lettré pouvait atteindre le plus haut niveau du mandarinat et amasser une fortune. Néanmoins à sa mort tout revenait à l'empereur, qui redistribuait places et richesses. Dans le monde de l'islam également les seigneuries n'étaient pas héréditaires. Elles étaient données à un individu et disparaissaient avec lui ou étaient redistribuées à sa mort. En conséquence, la possibilité de dynasties marchandes, c'est-à-dire d'accumulations lentes, de génération en génération, de grandes fortunes, était restreinte. En revanche cette accumulation a été beaucoup plus facile en Europe, en raison d'un plus grand équilibre entre hiérarchie du statut et hiérarchie de l'argent, de la stabilité et du conservatisme de la structure sociale européenne, marquée par une immobilité sociale verticale bien plus grande. La grande stabilité sociale en Europe y a favorisé une lente accumulation de fortunes familiales et l'apparition de grandes familles commerçantes immensément riches, acteurs d'un capitalisme nomade particulièrement entreprenant. Telle est la thèse de Braudel.

Les divergences entre Braudel et Wallerstein sont

réelles, s'agissant de leurs conceptions du capitalisme ou d'interprétations historiques telles que l'importance pour l'Europe de l'échec des Habsbourg. Mais, s'agissant de la singularité de l'Europe quant aux questions qui nous intéressent ici, leurs positions paraissent plus complémentaires que contradictoires. Structures sociales conservatrices permettant le déploiement de logiques d'accumulation de richesse au sein de dynasties capitalistes, relative faiblesse des États qui ne sont pas en mesure de redistribuer ces fortunes, en particulier en raison du fractionnement politique de l'Europe et de l'absence de la forme empire, telles seraient les raisons de la singularité de l'Europe.

Résumé dans mes propres termes cela peut se dire ainsi : en Europe, pendant la période que nous considérons, les États n'ont pas pu ou pas voulu — peu importe en vérité[43], mais le fractionnement politique a sans doute ici joué un rôle — intervenir pour limiter ou canaliser les dynamiques économiques nomades, qui se sont librement et puissamment déployées dans des réseaux surplombant les États les plus puissants de l'époque. Lorsqu'ils sont intervenus, les États les ont au contraire plutôt favorisées par leur politique d'expansion coloniale. Cela, bien sûr, jusqu'à l'avènement du territoire anglais au centre de l'économie-monde européenne, qui, nous l'avons vu, introduit une rupture dans l'articulation ancienne États-capitalismes.

Ainsi, dans le cas de l'Europe, l'augmentation de la richesse moyenne que va provoquer la diffusion de la révolution industrielle au XIXe siècle trouverait son origine dans l'accumulation préalable des plus grandes inégalités. Dans un tel phénomène, spécifique d'une séquence historique et d'une région du monde particulières, certains n'hésitent pas à reconnaître une loi économique générale. Cela les conduit à des prescriptions, aujourd'hui adressées aux pays pauvres, du type : « Pour parvenir à l'enrichissement de tous, il faut d'abord laisser quelques familles s'enrichir énormément. » Il ne s'agit pas uniquement des théoriciens libéraux occidentaux : c'est en quelque sorte la position du gouvernement chinois depuis les réformes initiées en 1978 par Deng Xiaoping. Cependant, une articulation singulière, dans une séquence donnée, des dynamiques capitalistes et des États ne constitue nullement une loi de l'économie.

L'INÉGALITÉ DANS L'ANCIEN RÉGIME PRÉINDUSTRIEL

LA RÉPARTITION SPATIALE DE LA RICHESSE

Sur le plan spatial, on voit bien quelle configuration se dessine : une vaste pénéplaine, constituée d'une mosaïque de territoires très restreints, dont le revenu moyen s'éloigne peu du minimum vital, quadrillée d'un réseau, centré autour d'une ville-État, de villes riches où se concentrent les flux monétaires et qui stimulent autour d'elles, en y accélérant les circulations internes, les activités sédentaires de quelques territoires. Quels sont les forces, les mécanismes qui maintiennent cette inégalité spatiale dans l'économie-monde européenne, quelles sont les dynamiques qui, malgré tout, ont fait se succéder les hégémonies urbaines ?

La puissance des dynamiques économiques

Entre les zones intermédiaires et le cœur, c'est essentiellement la puissance des dynamiques purement économiques qui s'exerce. La puissance du crédit, le fait d'avoir une flotte commerciale, le fait d'être l'entrepôt du monde, de pouvoir tout acheter et tout vendre à tout moment, le fait de pouvoir tout financer, c'est cela qui oriente les flux vers la ville-centre, qui la place au centre des réseaux nomades et qui, par des phénomènes de cercles vertueux fondés sur des externalités positives, la maintient à cette place. Par exemple, tous les marchands les plus importants du monde sont présents ou représentés au célèbre pont du Rialto de Venise au XVe siècle, et donc chaque marchand ambitieux se doit et tentera d'y avoir accès.

On prend la mesure de la puissance autonome de ces dynamiques économiques quand on examine les efforts infructueux de la France de Louis XIV et de Colbert pour se libérer des filets économiques qu'Amsterdam avait jetés sur elle, y compris par de nombreuses guerres, dont aucune ne fut décisive quant à la puissance économique d'Amsterdam. Au moment de l'apogée d'Amsterdam, le tiers des commerçants bordelais sont des commissionnaires des marchands hollandais, malgré l'interdiction qui leur en est faite. Sur la côte atlantique de la France, les bateaux hollandais sont trois ou quatre fois plus nombreux que les bateaux français. Les armateurs d'Amsterdam possèdent en effet à eux seuls la moitié de toute la flotte commerciale d'Europe. Dans tous les ports de l'Atlantique, les Hollandais ont des intermédiaires qui sont toujours prêts à acheter parce qu'ils savent qu'ils pourront toujours vendre. Au moment de signer un traité à l'issue d'une guerre, les Hollandais cèdent, lorsqu'ils sont vaincus, sur les clauses politiques mais restent intraitables sur les clauses commerciales, que négligent au contraire les grands seigneurs qui négocient pour le royaume de France, au grand dam de Colbert.

Les mêmes phénomènes s'observent dans des zones encore plus éloignées du centre, telle la Suède. La Suède à l'époque, comme la France, est un État centralisé, agressif, doté d'une armée forte, et pratiquant une politique mercantiliste dans le but de constituer un territoire économique et de créer une industrie nationale. En vérité, pour toute une série d'activités, comme la production de goudron ou de bois, une chaîne marchande s'est mise en place, qui aboutit à Amsterdam. Le paysan-forestier suédois ne peut vendre qu'aux marchands allemands qui sont sur place; ceux-ci sont en rapport avec des marchands hollandais qui centralisent toute la production de goudron, essentielle pour la construction navale. Ainsi, sans aucune espèce de rapport de forces visible, la production de goudron s'écoule vers Amsterdam à des prix qui sont décidés par Amsterdam car il n'y a pas d'autres débouchés : la moitié des chantiers navals du monde est là. De même pour la Pologne et Gdansk : tout le blé polonais drainé par

Gdansk est aspiré par Amsterdam et redistribué dans l'Europe entière par ses réseaux marchands.

Un tel type de rapports économiques entre le centre et les zones développées qui l'entourent a donc une grande permanence. Mais, au moins au sein du cœur de l'économie-monde, ils ne peuvent cependant rester figés, car à mesure que s'intensifient les circulations dans le réseau de villes qu'est le cœur, des dynamiques de rattrapage y opèrent également. Les énormes profits des activités nomades du centre suscitent toujours des concurrents particulièrement agressifs et inventifs dans les autres villes du cœur. Avec l'intensification du trafic entre la France et l'Angleterre, par exemple, il se trouvera toujours un marchand londonien et un bordelais pour inventer les moyens de court-circuiter les armateurs et les entrepôts d'Amsterdam, d'économiser ainsi des coûts de transport et de se partager le bénéfice que prélevaient les intermédiaires. Quant aux techniques, y compris les techniques organisationnelles, elles finissent par se diffuser grâce à la circulation des hommes dans le réseau.

Ainsi, au sein du réseau de villes du cœur et dans les territoires proches où elles stimulent vigoureusement les activités sédentaires, aux forces qui poussent à la centralisation s'opposent des forces poussant à la dispersion, à la diffusion dans tout le réseau des activités nomades. Économies d'échelle et économies d'agglomération dues aux externalités positives jouent dans le sens de la centralisation. Coûts de transport, diffusion des techniques, avantages de la proximité quant à la circulation des informations tacites, plus grande pauvreté initiale —

donc moindres coûts —, voire désir d'entreprendre plus vif ou plus constant, jouent dans le sens de la diffusion. Avec l'accroissement moyen, même lent, de la richesse au sein du cœur et avec l'intensification des circulations, le second type de force tend à s'affirmer par rapport au premier. Telle est l'origine des processus de rattrapage qui font que la tendance générale est à la réduction des différences au sein du cœur de l'économie-monde.

Cette tendance ne touche pas simultanément toutes les activités. À l'époque dont nous parlons, les transports sont lents et d'un coût très élevé, tandis que les techniques évoluent lentement et se diffusent plus vite qu'elles n'évoluent, au moins dans l'artisanat et les manufactures, d'autant plus que certains États, comme la France, ont des politiques délibérées d'importation de techniques, qu'ils mettent en œuvre dans des ateliers nationaux. Le rattrapage est donc vigoureux et commence plus tôt dans ce type d'activité. La compétition est plus difficile dans les grandes opérations commerciales nomades, qui supposent des réseaux étendus et solidement ancrés dans de nombreux territoires. Elle l'est encore plus dans les activités purement financières, où les économies d'agglomération sont considérables, comme en témoigne le fait qu'aujourd'hui encore, malgré un formidable accroissement des mobilités des monnaies et des informations codifiées, ces activités restent concentrées dans un petit nombre de places financières d'envergure mondiale. Conséquence de ces inégales vitesses de rattrapage, la suprématie d'Amsterdam, par exemple, s'est affaiblie par pans, traduction d'un phénomène de « mûrissement » du centre. Hégémonique dans l'industrie (pêche en mer du Nord comprise), le commerce et la finance à son apogée, elle est contrainte de se spécialiser progressivement dans le grand commerce et la finance, puis dans la finance seule et, enfin, dans une de ses branches particulières, qu'elle développe d'ailleurs fortement, le financement des princes et des États.

Les basculements d'hégémonie

Quand une ville parvient à se hisser au centre et réorganise les flux principaux autour d'elle, les cercles vertueux de la centralisation jouent donc d'abord, puis les tendances au rattrapage se déploient. Plusieurs villes ou plus tard plusieurs territoires se rapprochent du centre et deviennent objectivement candidats à une éventuelle succession. Mais à quoi attribuer les changements au sommet ? Qu'est-ce qui a permis, en Europe, à une série de villes puis à un territoire de s'y hisser ? Les dynamiques économiques sont ici impuissantes à tout expliquer. Des événements sont parfois clairement identifiables, telles les grandes découvertes et la chute de Constantinople, qui signent le déclin de Venise. Ou encore des politiques, telles celles des rois d'Espagne qui contribuent à l'oscillation du centre entre Anvers et Gênes. Dans le cas général cependant, il apparaît, contrairement à ce que pourraient faire penser les dates de basculement des hégémonies urbaines indiquées ci-dessus, que ce sont des processus cumulatifs lents. La question de savoir qui, de la France ou de l'Angleterre, allait succéder à Amsterdam est une question qui s'est réglée au cours d'une période d'au moins soixante ans, marquée par une série d'événements d'ordres militaire, politique, économique et même culturel, qui se sont accumulés et qui ont fait qu'au début du XIXe siècle les choses avaient visiblement basculé.

Chaque fois qu'une ville-État et surtout, avec l'Angleterre, un territoire se hisse à la première place, on constate que le rôle de l'État a été décisif pour orienter, amplifier et finalement sanctionner, par des guerres en particulier, les dynamiques économiques sous-jacentes. Dans le cas de l'Angleterre, cela avait commencé avec le *Cromwel Act*, qui dès 1660 interdit à tout navire qui n'est pas anglais d'importer ou d'exporter des marchandises en Grande-Bretagne, une mesure pour le moins protectionniste. Ensuite, des mesures internes d'organisation monétaire (stabilité absolue de la livre) permirent d'attirer des capitaux, en particulier hollandais, décisifs pour financer non seulement les activités capitalistes mais les guerres, y compris contre Amsterdam. La stabilité de la livre fut un élément essentiel de la confiance des prêteurs extérieurs. Lorsqu'un État dévaluait sans arrêt sa monnaie nationale par rapport à l'or ou à l'argent, les créances sur cet État étaient naturellement extrêmement douteuses. Or le poids de la livre en argent d'abord et en or ensuite a été maintenu absolument constant de 1560 à 1920, exemple qui n'a pas d'équivalent.

Enfin, c'est au prix de multiples guerres extérieures que l'État anglais a élargi ses marchés à la périphérie, contenu la France, affaibli la puissance d'Amsterdam, coulé sa flotte. En particulier, l'Angleterre avait posé ses pions dans le monde de façon beaucoup plus efficace et plus rapide que la France. Elle se saisit de l'Inde en 1757, expulsant Portugais, Espagnols et Hollandais, et mit la main sur le Canada en 1762, en chassant les Français. Certes les États-Unis s'émancipèrent en 1783, mais l'Angleterre resta le partenaire économique privilégié des États-Unis. Elle s'empara du monde puis cloua la France à l'Europe pendant les guerres de la Révolution et de l'Empire. Ses activités nomades eurent ainsi un accès privilégié et souvent exclusif — c'est le cas en Inde — à de nombreux et riches territoires.

Ici s'ouvre une question, que nous retrouverons à propos de la seconde vague de colonisation de la fin du XIXe siècle. Dans la richesse de la ville-centre, quelle est la part de l'interne, la dynamique économique propre du cœur, et celle des surplus drainés de la périphérie, voire d'autres économies-monde grâce aux conquêtes coloniales ? Les données quantitatives sont rares. En voici quelques-unes, citées par Braudel. Les quatre cinquièmes du commerce d'Amsterdam s'effectuent au sein de l'Europe ; l'ensemble de son commerce lointain, en particulier avec ses colonies d'Insulinde, mais aussi avec l'Amérique et l'Inde, n'en représente donc qu'un cinquième. En 1750, en Angleterre, l'accumulation de capital est de 6 millions de livres par an, ce qui correspond à 5 % du PIB. En 1820 elle est de 19 millions, soit 7 % du PIB. Un économiste indien a évalué qu'à la même époque, entre 1750 et 1850, le surplus extrait par l'Angleterre de l'Inde est de 2 millions de livres par an. On observe donc un transfert net de richesse considérable comparé aux investissements internes effectués en 1750, 33 %, mais qui diminue rapidement avec le développement de la dynamique interne de la révolution industrielle : un peu plus de 10 % en 1820.

En bref, dans la conquête de l'hégémonie économique sous l'Ancien Régime le rôle de l'État sur les plans économique, politique et géopolitique fut toujours essentiel.

LA RÉPARTITION SOCIALE DE LA RICHESSE

S'agissant des inégalités entre groupes sociaux, il faut distinguer trois groupes d'hommes. Le premier groupe est constitué des paysans et des artisans directement connectés à l'économie paysanne par une division sociale du travail élémentaire à l'intérieur même du monde rural. Ce groupe rassemble la très grande majorité de la population à l'époque. Le deuxième groupe est celui des nobles (qui sont propriétaires terriens) et des capitalistes nomades (grands marchands, banquiers, premiers propriétaires de manufactures). Ils sont en mesure de s'approprier l'essentiel du surplus économique produit par le premier groupe, surplus défini comme la part de la production qui excède ce dont le premier groupe a besoin pour survivre. La modalité d'accès des nobles et des capitalistes nomades à ce surplus est cependant différente. Les premiers le reçoivent essentiellement sous forme de revenus fonciers, les seconds le captent en faisant circuler marchandises et argent entre les nobles et entre eux. Ce surplus, le deuxième groupe le dépense auprès d'un troisième, qu'il fait vivre, le groupe des prestataires de services. C'est un groupe hétérogène, allant des mercenaires aux artisans des villes en passant par les domestiques, qui fournit au deuxième un ensemble de biens, essentiellement produits de manière encore artisanale, et surtout de services directs aux personnes.

Compte tenu de la très lente augmentation de la productivité du travail dans l'ensemble des activités productives, et d'abord dans l'agriculture, les dynamiques économiques d'évolution et de répartition sociales de la richesse sont fortement soumises aux phénomènes démographiques. Dans le premier groupe, la lente diffusion d'innovations techniques crée d'abord un surplus dont les paysans parviennent à bénéficier en partie. Puis l'accroissement considérable du nombre des hommes (puisque les paysans vivent un peu mieux, la mortalité fléchit légèrement) finit par les faire revenir au niveau initial de consommation par tête. Les historiens ont ainsi repéré de longues vagues d'amélioration puis de détérioration des conditions matérielles d'existence du peuple. Aucun progrès continu, en tout cas. Malthus n'avait pas tort lorsqu'il théorisa ce phénomène à la fin du XVIIIe siècle : il ne faisait que constater ce qu'il en avait été du passé. Il n'avait simplement pas prévu l'ampleur des conséquences de la révolution industrielle et agricole qui se déroulait sous ses yeux, en Angleterre : pour la première fois dans l'histoire de l'humanité, la richesse matérielle produite allait croître assez rapidement pour que la population ne puisse la rattraper, et ce d'autant plus que l'accroissement ainsi obtenu de la richesse par tête allait faire décroître le taux de natalité.

Phénomène démographique chez les nobles également. Alors que la littérature du siècle de la bourgeoisie triomphante décrira des ascensions sociales fondées sur l'argent, celle de l'Ancien Régime illustre abondamment le phénomène d'appauvrissement d'une partie de la noblesse sous l'effet du trop grand nombre d'enfants entre lesquels il faut partager le patrimoine foncier. Le droit d'aînesse évite que le phénomène ne tourne à la catastrophe, mais il a comme conséquence qu'une partie de la noblesse devient en fait prestataire de services pour l'autre, certes dans des emplois nobles, les armes ou l'Église. Quoi qu'il en soit, les nobles, obligés de partager une part croissante du surplus avec le groupe montant des capitalistes, qui, eux, nous l'avons vu, se montrent en Europe capables d'accumulation dynastique de la richesse, ne peuvent qu'exercer une pression maximale sur les paysans pour augmenter le surplus prélevé et les ramener ainsi au plus vite au minimum vital dès qu'ils s'en sont écartés.

Le groupe des nobles et des capitalistes n'a en outre aucun problème pour dépenser ce surplus. S'il croît, il suffit d'engager davantage de prestataires de services directs ou indirects et la masse de ceux-ci augmente sans difficulté dès lors que l'on puise dans la surpopulation agricole. S'il décroît, une part de ces prestataires de services est réduite à la misère et n'a d'autre ressource que de retourner dans le premier groupe. Il n'y a donc aucun problème de réalisation des marchandises produites : la demande commande strictement l'offre et l'Ancien Régime ne connaît pas les crises de surproduction, sauf éventuellement localement, de denrées périssables. Il connaît bien sûr des crises de sous-production, lors des mauvaises récoltes.

Enfin, les revenus par tête du groupe des prestataires de services, en raison de la concurrence latente d'une paysannerie régulièrement surpeuplée, ne peuvent beaucoup s'éloigner de ceux des paysans, quelles que soient les évolutions de la demande du second groupe. On comprend pourquoi tous les économistes classiques, Marx compris, ont retenu comme une évidence que les revenus du petit peuple (paysans, artisans, premiers ouvriers des manufactures, serviteurs de tout ordre) ne pouvaient durablement s'élever très au-dessus d'un niveau, certes fluctuant, mais situé autour du seuil de subsistance physiologique. Il s'agissait en fait d'un phénomène multimillénaire[44].

On conçoit aussi pourquoi, avant la révolution industrielle, la richesse moyenne dans les trois grandes zones les plus peuplées du monde (l'Europe, l'Inde et la Chine) était du même ordre de grandeur. Les techniques, dans les activités qui représentaient l'essentiel de la production (l'agriculture et les artisanats), évoluèrent, mais lentement, si bien qu'elles ne furent jamais significativement différentes de par le monde. Là où, pour des raisons naturelles, la productivité de l'agriculture était meilleure, ou dans les régions où se déployaient en premier des innovations techniques améliorant la productivité du travail, l'augmentation de la richesse moyenne était accaparée en partie par les riches : on y trouvait plus de riches ; et les riches, nobles et capitalistes, y étaient plus riches, par conséquent le groupe des prestataires de services qu'ils employaient était relativement plus important, ce qui n'implique nullement que ses revenus par tête étaient supérieurs. D'autre part, la population du premier groupe, en raison d'un bien-être accru, finissait par augmenter, ce qui ramenait son revenu par tête et donc celui du troisième groupe à des niveaux proches de la survie biologique. Résultat : aucune économie-monde ne parvenait à se détacher nettement d'une autre en termes de richesse moyenne par tête.

On le voit, c'était un système d'une grande stabilité, les seules évolutions significatives ayant été le déplacement des pôles de richesse que furent les villes-centres et leurs villes-relais, leur progressif enrichissement relatif et, avec lui, celui du groupe des capitalistes. Égalité des richesses moyennes par tête des vastes ensembles qu'étaient les économies-monde européennes, ottomane, asiatiques, immenses inégalités internes, tant spatiales que sociales en leur sein. Telle était l'inégalité du monde dans l'Ancien Régime préindustriel.

Pourquoi cette incursion dans la période antérieure à la révolution industrielle, puisque aussi bien celle-ci a bouleversé notre monde ? Pour deux raisons. D'abord, on y lit un premier exemple de l'articulation entre dynamiques économiques et interventions des États, ainsi que de ses effets sur l'inégalité. Ensuite, parce que ces configurations spatiales d'Ancien Régime, avec des activités capitalistes nomades en réseaux s'étendant sur les vastes étendues des économies-monde, stimulant ici ou là des activités sédentaires, avec sur le plan social d'immenses différences de richesse entre les acteurs de ces capitalismes et le reste de la population, il se pourrait que notre avenir leur ressemble.

CHAPITRE III

Rattrapages et blocages au cours du XIXe siècle

Le XIXe siècle que, classiquement, nous ferons durer jusqu'en 1914, commence par le vigoureux développement de la révolution industrielle en Angleterre. Ce développement place l'Angleterre dans une situation de singularité durable dont une des conséquences est que son gouvernement s'engage dans une politique de libre-échange à partir de 1846, politique qu'adoptent également la plupart des États européens durant une trentaine d'années. Dès 1879 cependant, cette parenthèse libre-échangiste se ferme en Europe, tandis que s'accélère le partage du monde entre puissances impérialistes. Ces deux événements majeurs, le retour au protectionnisme et l'impérialisme, façonnent les dynamiques ultérieures des capitalismes. Pour les étudier, nous distinguerons trois groupes de pays. Ceux qui parviennent à s'industrialiser avant la Première Guerre mondiale (pratiquement toute l'Europe, Russie comprise, ainsi que les États-Unis et le Japon) et qui connaissent de puissantes dynamiques de rattrapage, avec un début de réduction des inégalités internes en fin de période. Ceux dans lesquels les politiques impérialistes de colonisation et de mise sous tutelle bloquent radicalement toute possibilité de développement d'un capitalisme local (l'Asie, l'Afrique et le Moyen-Orient). Ceux enfin qui sont des États indépendants (Amérique latine, dominions britanniques), et dans lesquels se déploient des dynamiques particulières d'articulation entre capitalismes européens et locaux. Nous conclurons en nous interrogeant sur ce qui aurait pu se produire si le libre-échange avait survécu dans un monde sans colonies.

LA RÉVOLUTION INDUSTRIELLE EN ANGLETERRE ET LA PARENTHÈSE LIBRE-ÉCHANGISTE

Le terme « révolution industrielle » a été critiqué. S'agissant d'un phénomène progressif, le terme « révolution » serait inadéquat et, s'agissant d'une profonde transformation des méthodes de production tout autant de l'agriculture que des biens manufacturés, le terme « industriel » serait incomplet. Il s'ensuit que sa datation est difficile et controversée. Cependant, si l'on entend par révolution industrielle la mécanisation de la production textile, le passage à la sidérurgie au coke et les premières machines à vapeur, entraînant le développement des mines de charbon, c'est dans la seconde moitié du XVIIIe siècle que ces phénomènes sont, en Angleterre, groupés.

Contrairement à une vision simpliste de l'« accumulation primitive », les fortunes marchandes anciennes, pour l'essentiel bâties grâce à des activités nomades, ne sont pas directement les acteurs de la révolution industrielle. Celle-ci est en effet d'abord un phénomène relevant des activités sédentaires, d'une intensification, sur la base d'un surplus agricole croissant, des échanges villes-campagnes. Échanges d'abord de proximité, avec le surgissement de nombreuseux petits ateliers textiles puis mécaniques et métallurgiques, fondés par des paysans riches, des artisans audacieux, voire des ouvriers. Crompton, inventeur de la fameuse mule Jenny qui allait jouer un rôle déterminant dans la mécanisation de la filature, a commencé sa vie comme ouvrier fileur.

Ces nouveaux entrepreneurs industriels, initialement sédentaires, ne vont devenir nomades, et le capitalisme ancien ne va investir l'industrie, que lorsque intervient une rupture dans les coûts de transport avec les chemins de fer et les navires à vapeur. En abaissant considérablement les coûts de transport et en élargissant ainsi les marchés potentiels de chaque unité de production, ils vont permettre la mise en œuvre d'innovations augmentant la taille minimale rentable des unités de production et leur intensité capitalistique, c'est-à-dire le rapport capital fixe/capital circulant. C'est le passage de la manufacture à la grande industrie et le développement, à côté du textile qui reste l'industrie dominante même en Angleterre jusqu'au milieu du XIXe siècle, de l'industrie lourde (sidérurgie, mines de charbon et de fer, construction de machines, puis chimie). Or cela n'intervient en Europe que dans la seconde moitié du XIXe siècle, un peu avant en

Angleterre. La première ligne de chemin de fer est en effet ouverte en Angleterre en 1825, aux États-Unis en 1830, en France en 1832, en Allemagne en 1836. Mais en 1860 il existe déjà 100 000 kilomètres de lignes, dans trente-cinq pays. Le tonnage des navires à vapeur dépasse celui des clippers à voile vers 1895. Dès lors se déploient dans l'industrie tous les traits distinctifs des activités capitalistes nomades : volonté de déborder des territoires initiaux, concentration du capital, rapports ambivalents aux États, ainsi que, nouveauté essentielle, application systématique de la science au développement des techniques industrielles qui échappent dès lors à la maîtrise des anciens artisans[45].

Dans les premiers pays où elle se développe, la révolution industrielle engendre donc d'abord une dynamique intraterritoriale d'intensification des échanges villes-campagnes, d'élargissement et de multiplication des échanges marchands au sein d'un territoire qu'elle contribue ainsi à constituer. Son déploiement exige le décloisonnement des anciens territoires beaucoup plus restreints, la suppression des obstacles à la circulation entre eux des marchandises, de la monnaie et des hommes. Lorsque cela ne relève que de l'autorité d'un seul État, ce sera réalisé rapidement. En France, par exemple, c'est la Révolution et l'Empire qui parachèvent ce mouvement, en supprimant toutes les douanes intérieures. En Allemagne, cette unification économique du territoire précédera même, avec le Zollverein, l'union politique et la constitution du Reich.

Les activités nomades du capitalisme anglais, dès qu'elles ont investi l'industrie, réclament logiquement très tôt (au début du XIXe siècle) le libre-échange entre États, s'opposant en cela vigoureusement aux *landlords* britanniques, qui souhaitent le maintien de la protection douanière de l'agriculture et donc du niveau de leurs rentes foncières. Elles manifestent ainsi que, bien que vigoureusement engagées dans l'élargissement du marché intérieur, elles restent toujours dans leur logique propre : chercher, comme elles le faisaient antérieurement, à tirer parti des différences entre territoires.

Ce n'est pourtant qu'en 1846 que le gouvernement britannique abolit les *corn laws,* lois protégeant par des tarifs douaniers élevés l'agriculture britannique, puis supprime progressivement tous les droits sur les matières premières. Il accorde également à ses futurs dominions une autonomie commerciale et douanière très large[46] et, en 1849, abroge à leur égard le *navigation act*[47]. Enfin il se déclare pour le libre-échange international le plus étendu et propose aux autres pays de l'appliquer, tout en affirmant qu'il l'appliquera seul si les autres ne le suivent pas. Au milieu du siècle, l'avance prise par la Grande-Bretagne dans le domaine de l'industrie est en effet énorme. Elle concentre 65 % de l'industrie manufacturière moderne du monde — mais 20 % seulement de l'industrie manufacturière y compris les activités artisanales, c'est dire le poids relatif de ces dernières à l'époque —, 50 % des filatures de coton, 50 % de la sidérurgie, 34 % de la flotte marchande et consomme 60 % des énergies commerciales, essentiellement du charbon entièrement produit sur son territoire, alors que ce petit pays ne représente que 2 % de la population mondiale. Confiant dans cette avance industrielle, le gouvernement, en se ralliant au libre-échange, accepte de sacrifier une très large part de l'agriculture du pays et donc que celui-ci dépende pour se nourrir des importations de blé américain, moins cher malgré les coûts de transport. La baisse du prix du blé rend possible la réduction des salaires monétaires (sans baisse des salaires réels) et augmente les profits au détriment des rentes foncières, tandis que la main-d'œuvre ainsi dégagée de l'agriculture permet d'accroître encore la puissance de l'industrie, qui n'a pas de raison de craindre, elle, l'ouverture de ses frontières mais devrait au contraire bénéficier de celle des autres. Et, de fait, la population active agricole, qui avait déjà fortement diminué sous l'effet de la révolution agricole et qui ne représentait plus que 30 % de la population active dès 1830 — bien qu'elle produit alors 90 % des subsistances consommées dans le pays, ce qui donne une idée de l'importance de cette révolution agricole ! — décroît ensuite rapidement tandis que la dépendance alimentaire augmente. Il en ira très différemment dans les pays d'industrialisation plus tardive, puisque le niveau de 30 % de la population active agricole, atteint par la Grande-Bretagne avant même l'ouverture de ses frontières, ne le sera par les États-Unis qu'en 1910, par la France qu'après 1946 et par le Japon qu'après 1960. C'est là le premier exemple de la singularité du cas britannique, que nous retrouverons dans d'autres domaines.

Cette politique de libre-échange s'analyse d'abord comme une intervention étatique délibérée et à vrai dire brutale sur le partage de la richesse au sein du territoire britannique entre *landlords* et capitalistes industriels, entre rentes foncières et profits industriels. On imagine dans ces conditions que l'opposition des *landlords* fut acharnée et qu'ils jouèrent pleinement de leur poids politique à la chambre des lords. Elle ne finit par être réduite qu'après une très longue lutte, puisqu'on peut considérer que cette lutte devint publique et ouverte avec la publication, par David Ricardo, en 1815, de son *Essai sur l'influence des bas prix du blé sur les profits du capital* et surtout, deux ans plus tard, de son célèbre traité *Des principes de l'économie politique et de l'impôt*, qui « démontre » les avantages de l'échange international et de la spécialisation de chaque territoire dans l'activité dans laquelle il est relativement le plus efficace, c'est-à-dire l'industrie pour l'Angleterre, et l'agriculture pour les autres, en particulier les États-Unis.

Peut-on dire que cette politique est adoptée par le gouvernement non pas parce qu'elle est préférée par les activités industrielles du capitalisme anglais, mais parce que le gouvernement s'est persuadé qu'elle est la plus favorable au territoire britannique dans son ensemble ? Peut-on donc dans ce cas attribuer à l'État une rationalité purement économique de maximisation de la richesse totale du territoire ? La formalisation théorique de Ricardo montre qu'en autorisant le libre-échange tout État améliore la richesse de l'ensemble du territoire quels que soient ses avantages comparatifs et le degré de développement atteint par les différentes branches de la production. La question est donc : le gouvernement britannique est-il devenu ricardien au nom de la

« défense de l'intérêt général », non seulement en Grande-Bretagne, mais dans le monde entier ? En réalité, il a fait un pari sur l'industrie du pays, au détriment des propriétaires fonciers, compte tenu de l'avance que cette industrie avait prise sur ses rivales. Il n'est pas du ressort de l'économie d'élucider les raisons complexes pour lesquelles, après de longs et violents débats, le gouvernement a pris cette décision. En revanche, il lui appartient d'examiner en quoi une telle décision étatique, qui porte sur des mobilités aux frontières de territoires, va ensuite modifier les dynamiques économiques et leurs effets sur l'inégalité.

Or dans un premier temps, les pays européens suivent la Grande-Bretagne dans la voie du libre-échange. En France, Napoléon III abolit en 1860 l'essentiel des barrières douanières et cet exemple est imité progressivement par les autres pays européens. Les États-Unis continuent cependant de protéger leur industrie : les droits de douane sur les produits manufacturés importés sont encore de 44 % en 1913. Les rapports des capitalismes aux territoires semblent alors s'engager dans une prolongation des configurations de l'Ancien Régime, avec cette différence que la révolution industrielle, là où elle s'est déployée, a élargi les anciens territoires, par intensification des circulations marchandes ville-campagne, aux dimensions de pays entiers et que l'un de ces pays, constitué le premier en territoire unifié sous l'autorité d'un État, prétend à la place qu'occupaient les villes-centres d'autrefois. Ce pays, très petit au regard du reste du monde, abandonne pratiquement son agriculture, se concentre sur des activités nomades, et son capitalisme étend ses réseaux sur la totalité des territoires du monde grâce au libre-échange.

Que serait devenue l'inégalité du monde si elle n'avait été soumise qu'au libre développement de capitalismes autorisés à faire circuler sans entraves étatiques marchandises et capitaux, tandis que les hommes auraient été libres de migrer ? Nous essaierons de l'imaginer en conclusion de ce chapitre. Mais il n'en a pas été ainsi. Deux interventions étatiques d'importance marquent en effet la seconde partie du siècle. D'une part le protectionnisme, auquel reviennent tous les États européens à partir de 1879 et plus généralement les politiques volontaristes d'industrialisation, dont le protectionnisme n'est qu'un aspect important. D'autre part l'impérialisme. Il s'agit donc d'analyser comment ces événements ont contraint et canalisé les capitalismes et introduit la première fracture qui allait conduire au XXe siècle à une profonde inégalité entre territoires.

Pour ce qui est des évolutions que nous allons maintenant analyser, il faut distinguer trois groupes de territoires. Le premier est celui des territoires qui connaissent une diffusion de la révolution industrielle avant 1914, soit la plupart des pays européens, les États-Unis et le Japon. Le second rassemble les États indépendants d'Amérique, ex-colonies de peuplement de l'Europe ainsi que les dominions britanniques hors d'Amérique, à savoir l'Australie, la Nouvelle-Zélande, l'Afrique du Sud. Le troisième est constitué des pays déjà colonisés et de ceux qui vont l'être par la seconde vague impérialiste ou qui seront soumis par elle à des situations semi-coloniales, c'est-à-dire toute l'Asie sauf le Japon, l'Afrique, le Moyen-Orient.

LES PAYS D'INDUSTRIALISATION PRÉCOCE

DES DYNAMIQUES DE RATTRAPAGE SOUS PROTECTION

Aux États-Unis, la guerre de Sécession marque la victoire, en 1865, du Nord industriel et protectionniste sur le Sud esclavagiste et libre-échangiste. En Europe également, après la courte période de libre-échange, les États refusent de livrer sans contrôle leur territoire à l'expansion des réseaux du capitalisme britannique. Les mesures protectionnistes, tant de l'industrie naissante que de l'agriculture (dans ce cas à l'égard des États-Unis), sont l'aspect principal de politiques de développement industriel qui en comportent d'autres : formation, implication directe de l'État dans le développement de certaines industries et l'acquisition des techniques les plus avancées.

Frédéric List, économiste allemand, est, contre Ricardo, un des théoriciens principaux de ces politiques. Citons quelques courts extraits de *Das Nationale System der politischen Œkonomie* (1847) : « Les progrès antérieurs des autres peuples, les systèmes de douane étrangers, la guerre enfin ont obligé les nations en retard à chercher en elles-mêmes les moyens d'opérer le passage de l'état agricole à l'état manufacturier, et de restreindre par un système de douane, autant qu'elles le pouvaient, le commerce avec les nations plus avancées qui aspiraient au monopole des manufactures. » List n'est pas pour autant le théoricien dogmatique du protectionnisme que certains libéraux ont fait de lui : « L'éducation économique d'une nation, encore à un degré inférieur d'intelligence et de culture, ou faiblement peuplée relativement à l'étendue et à la fertilité de son territoire, se fait plus sûrement par la liberté du commerce avec des peuples avancés riches et industrieux. Toute restriction commerciale ayant pour but d'y établir une force manufacturière est prématurée, et tourne au détriment, non seulement de l'humanité en général, mais des progrès de la nation en particulier. » On voit bien à qui cette partie du discours s'adresse : d'abord aux pays qualifiés ailleurs dans le texte de « pays de la zone torride », qui selon l'auteur ne sont pas naturellement doués pour l'industrie, « car la région tempérée est la région des efforts intellectuels et physiques », mais qui possèdent heureusement le « monopole naturel de précieuses denrées que la zone tempérée recherche », mais aussi bien aux pays tempérés en retard par rapport à l'Allemagne et qui sont considérés dès l'époque comme l'espace naturel d'expansion de son capitalisme (l'Europe de l'Est et les Balkans). Mais il poursuit, et bien sûr il s'agit alors de l'Allemagne : « Lorsque son éducation intellectuelle, politique et économique, sous l'empire de la liberté du commerce, a été poussée assez loin pour que l'importation des articles des manufactures étrangères et le manque de débouchés[48] pour ces produits mettent obstacle à son développement ultérieur, alors seulement des mesures de protection peuvent se justifier. » Cependant : « La force manufacturière embrasse tant de branches de la science et de l'art, elle implique tant d'expériences, tant de pratiques et d'habitudes, que l'éducation industrielle d'un peuple ne peut s'effectuer que graduellement. Toute protection excessive ou prématurée s'expie par une diminution de la prospérité nationale. » Le professeur Akamatsu, qui théorisa dès 1930 ce que devait être à son avis et ce qu'allait effectivement être la politique économique du Japon dans l'après-guerre, avait sans doute parfaitement lu Frédéric List, à moins qu'il ne l'ait intégralement retrouvé.

Dans la plupart des pays européens et aux États-Unis, le résultat de ces politiques fut l'accélération de dynamiques industrielles grâce à une phase de centrage sur le territoire protégé et stimulé par les États, ce qui supposait donc le développement parallèle de l'agriculture. Elles ont conduit à des taux de croissance supérieurs à ceux de la Grande-Bretagne dans le cas de l'Allemagne après son unification, des États-Unis, mais aussi de la France. Entre 1860 et 1910, les taux de croissance des PIB par habitant, en volume, sont les suivants : Grande-Bretagne, 0,96 %; France, 1,25 %; Allemagne, 1,39 %; les deux pays européens ayant connu la croissance la plus rapide étant la Suède, 1,96 %, et le Danemark, 1,86 %[49]. Entre 1890 et 1913, les chiffres sont : Grande-Bretagne, 1 %; France; 1,1 %; Allemagne, 1,7 %; États-Unis, 1,9 %[50].

D'autres pays s'engagent aussi par la suite dans

ces processus d'industrialisation encadrés par l'État : l'Europe du Nord, la Russie et enfin le Japon. De manière générale, plus le décollage industriel est tardif, plus difficiles sont l'acquisition et la diffusion des techniques les plus avancées et donc plus nécessaires sont à la fois la protection des industries naissantes et un certain recours à l'intervention directe des capitalismes étrangers, ce qui suppose évidemment des politiques plus complexes. En France et en Belgique, les deux pays qui s'engagent en second dans la voie de l'industrialisation, l'importation par quelques entrepreneurs privés, la plupart du temps en fraude, d'un seul exemplaire des machines anglaises, a suffi à la diffusion spontanée et rapide des techniques modernes. Le marché intérieur étant naturellement protégé par les coûts de transport encore très élevés au tout début du XIXe siècle, une protection tarifaire limitée des industries naissantes suffisait. Au Japon, qui n'amorce son industrialisation qu'après la révolution Meiji de 1866, l'État doit prendre en charge l'envoi à l'étranger, pour se former aux meilleures écoles et auprès des industries et des banques européennes, de milliers d'hommes, importer clef en mains les usines textiles les plus modernes, les articuler à l'agriculture et à l'artisanat traditionnel (élevage et dévidage des cocons de vers à soie), les faire fonctionner lui-même plusieurs années avant de les céder au secteur privé, puis recommencer ce processus avec l'industrie sidérurgique. La première usine sidérurgique japonaise est construite en 1901 par l'État, qui la finance d'ailleurs entièrement grâce à une « indemnité » arrachée à la Chine à l'issue d'une victoire dans une guerre coloniale menée contre elle.

À la fin du XIXe siècle, environ cent cinquante ans après son démarrage en Angleterre, la révolution industrielle s'est étendue à une vingtaine de pays, européens essentiellement, plus les États-Unis et le Japon, pays dotés d'États indépendants qui ont tous joué un rôle crucial dans la constitution et la protection de leur marché intérieur. Leur niveau de développement économique en général et industriel en particulier reste inégal, mais l'écart avec la Grande-Bretagne tend à se réduire rapidement pour les plus dynamiques d'entre eux, en raison de la puissance particulière des processus de rattrapage.

LES INÉGALITÉS INTERNES DANS LES PAYS D'INDUSTRIALISATION PRÉCOCE

À la fin du XVIIIe siècle et jusqu'au milieu du XIXe siècle en Grande-Bretagne, pendant les deux tiers au moins du XIXe siècle en France, les inégalités internes s'accroissent par les deux extrêmes : accumulation des fortunes bourgeoises à un pôle, création d'un prolétariat industriel, arraché à la paysannerie et à l'artisanat, à l'autre. La vie du prolétariat industriel naissant dans le noir XIXe siècle a été abondamment décrite. Les études les plus récentes ont en partie corrigé les premières estimations, plus pessimistes. Néanmoins en Angleterre aucune tendance nette d'évolution des salaires réels ouvriers ne se dégage entre 1750 et 1820, ils stagnent en tendance, avec de fortes fluctuations conjoncturelles, malgré l'augmentation de la richesse moyenne par habitant. Entre 1820 et 1850 s'amorce un mouvement de hausse, pouvant atteindre 2 % par an, avec de fortes variations selon les catégories d'emplois, mais les journées de travail se maintiennent à douze ou quatorze heures pour les hommes adultes, et les rythmes de travail s'intensifient. Plus généralement, tous les indicateurs d'inégalité sont en hausse au moins jusqu'au milieu du XIXe siècle en Angleterre : la part des 10 % supérieurs dans les revenus d'activités serait ainsi passée de 28 % en 1827 à 34,5 % en 1851[51].

L'inexorable logique de l'accumulation du capital semblait bien devoir conduire à la « paupérisation absolue » de fractions croissantes de la population que prévoyait Marx. Nous avons vu au chapitre premier que Marx avait imprudemment étendu l'analyse pertinente des contradictions du « mode de production capitaliste » à la formulation de lois tendancielles des capitalismes, et que la racine de cette extension est sa conception de l'État. Or, dès le milieu du siècle, en Grande-Bretagne d'abord puis ailleurs en Europe (tôt en Allemagne, sous Bismarck, bien que, et en réalité parce que, le capitalisme allemand est en rattrapage), les États se soucient de limiter, d'abord très modestement il est vrai, les effets de la concurrence capitaliste sur la force de travail : limitation du travail des enfants, limitation de la journée et de la semaine de travail[52]. Puis ils légalisent la classe ouvrière en lui donnant le droit de vote, en généralisant l'instruction publique et en autorisant les syndicats et les partis ouvriers ; c'est le cas en France, par exemple, dans le dernier quart du XIXe siècle.

Ces mesures interviennent en même temps que l'expansion coloniale bat son plein, ce qui est évidemment plus qu'une coïncidence. Ainsi, la légalisation de la classe ouvrière s'accompagne, au sein du territoire soumis à l'autorité des États, de l'apparition dans les colonies, en dessous des ouvriers, de vastes couches de population qui, elles, ne sont pas légalisées. Elles n'ont aucun droit et certainement pas celui d'émigrer en métropole, alors que les miséreux des pays européens sont, eux, les bienvenus en Amérique et sont incités à chercher fortune dans les colonies. Comme nous le verrons plus loin, la conquête coloniale ne peut en aucune façon être considérée comme la simple réalisation d'un programme économique des capitalismes avancés. Sa fonction économique est très limitée, et n'a certainement pas permis, comme le pense Lénine à la fin du siècle, de créer une « aristocratie ouvrière » corrompue. Sa fonction politique est en revanche évidente, particulièrement en France après l'humiliante défaite de 1870, la perte de l'Alsace et de la Lorraine et l'écrasement de la Commune de Paris. Jules Ferry est l'emblème de cette double politique : républicain, promoteur de l'instruction publique, instrument essentiel de l'intégration de la classe ouvrière dans la République, et colonialiste convaincu.

L'impérialisme accompagne donc le début de l'intégration politique des ouvriers. Les bénéfices économiques de cette opération pour les ouvriers restent d'abord très limités. Ils ne prennent en tout cas pas la forme d'une redistribution d'une part des gains du « pillage des colonies », dont on verra le caractère marginal. Il est cependant probable que le droit reconnu de former des syndicats a permis un début de relèvement des salaires, au moins des catégories les mieux organisées, par pression syndicale, d'autant que la surpopulation ouvrière, l'« armée industrielle de réserve » en qui Marx voyait le lest qui tirait irrémédiablement les salaires vers le bas, est largement « exportée » vers l'Amérique et les colonies de peuplement.

Mais sur l'évolution des inégalités au sein de ces territoires où se développe d'abord l'industrie, un autre mécanisme agit, certainement encore plus puissant. Dans la France d'avant 1914, les ouvriers restent une minorité. Dans l'ensemble des pays industrialisés de notre premier groupe (moins le Japon où la proportion est encore plus grande), les paysans représentent, encore en 1914, 40 % de la population active contre 32 % pour les ouvriers d'industrie. En 1860, les paysans comptaient encore pour 60 %. Le bilan d'ensemble de l'évolution des inégalités doit donc inclure les effets du développement des capitalismes sur l'agriculture et les revenus des paysans. Or ces derniers se sont régulièrement améliorés durant la seconde moitié du siècle. Il faut y voir un effet, à l'intérieur de chaque territoire, de la contrainte de réalisation à laquelle était soumise l'industrie en pleine expansion. Celle-ci ne pouvait se passer de débouchés et elle les a incontestablement trouvés en partie dans l'augmentation des revenus paysans[53], elle-même permise par un flux continu de progrès techniques dans l'agriculture dû à l'utilisation d'intrants industriels. Bref, grâce à une articulation industrie-agriculture, ville-campagne. Le fait que l'industrie « ne pouvait se passer » de ces débouchés n'implique évidemment nullement que les capitalismes européens étaient en mesure, grâce à leurs dynamiques propres, de les créer par eux-mêmes. Bien au contraire, le bas niveau des prix des denrées alimentaires permettant de bas niveaux des salaires ouvriers était dans l'intérêt immédiat des acteurs capitalistes individuels, et donc leur revendication spontanée. Sur ce point aussi Marx a raison. Mais ici encore l'État s'en est mêlé et a fortement contribué à assurer cette articulation.

L'instrument essentiel en fut le protectionnisme. Contrairement à la Grande-Bretagne, aucun des pays qui s'industrialisent ensuite ne sacrifie son agriculture à l'abaissement du prix des subsistances ouvrières. Au contraire, en jouant sur le niveau des protections tarifaires de l'agriculture, ils assurent un exode rural progressif par élimination des paysans pauvres, et un enrichissement des paysans riches qui permet l'articulation industrie-agriculture évoquée ci-dessus. Les revenus des paysans, qui représentent encore la majorité de la population active, et le réservoir de futurs ouvriers et employés, s'élevant, ceux de ces derniers, par simple fonctionnement du marché du travail, sont entraînés[54].

À condition bien sûr que l'exode rural ne soit pas trop rapide. Là intervient l'émigration. Dans les territoires ou régions où cette dynamique s'emballe, soit que les campagnes aient été particulièrement arriérées et surpeuplées, soit qu'une industrie peu vigoureuse ait créé peu d'emplois, le trop-plein des hommes prend le chemin de l'exil (Irlande, régions pauvres d'Allemagne et d'Europe du Nord, Italie du Sud, par exemple). On évalue à un million quatre cent cinquante mille le nombre moyen annuel d'émigrants d'Europe entre 1890 et 1914. Comprenons bien ce que ces chiffres signifient. La population de l'Europe[55] en 1900 est la moitié de ce qu'elle est aujourd'hui. Un tel flux migratoire correspondrait donc de nos jours à près de trois millions de personnes par an. La mobilité des hommes, exceptionnellement forte à la fin du XIXe siècle, mais réservée aux Européens, contribue ainsi à la réduction des inégalités internes dans ces territoires.

Ainsi donc, après s'être accrue, l'inégalité interne aux pays qui s'industrialisent les premiers se stabilise, et commence sans doute à se réduire vers la fin du XIXe siècle, grâce à une articulation ville-campagne maintenue par des politiques étatiques délibérées et grâce à l'ouverture des vannes de l'émigration. En même temps est progressivement légalisée la classe ouvrière, ce qui prépare l'étape suivante, son intégration économique. Mais il faudra pour cela la crise de l'après-guerre, la grande crise des années 30, et de nouveau des interventions étatiques délibérées.

L'IMPÉRIALISME ET LE BLOCAGE DES CAPITALISMES LOCAUX DANS LES COLONIES ET LES SEMI-COLONIES

En 1850, quel est le bilan de la première vague de colonisation du monde par l'Europe, qui a débuté avec les grandes découvertes ? L'Inde est une colonie anglaise, l'Indonésie une colonie hollandaise. Mais, pour le reste, quelques comptoirs et les résidus des empires portugais et espagnols. Le Brésil a en effet obtenu son indépendance en 1808, l'Amérique espagnole en 1824. Puis la Grande-Bretagne s'est implantée en Afrique du Sud, la France a entrepris la conquête de l'Algérie en 1830. Mais, à partir de 1870, un seconde vague de colonisation de grande ampleur déferle, avec de nouveaux conquérants : l'Allemagne, la Belgique, l'Italie, le Japon après 1905. Quant à la Russie, elle poursuit son expansion vers l'Extrême-Orient et les mers chaudes. En 1914 le partage du monde est achevé. Tous les pays d'Asie, d'Afrique et du Moyen-Orient ne sont pas colonisés, c'est-à-dire privés d'États nationaux. Certains, et non les moindres (la Chine, l'Empire ottoman, la Perse), restent formellement indépendants. Cependant leurs gouvernements, par une série de traités avec les puissances occidentales, sont pratiquement mis sous tutelle. Ils ont été contraints d'ouvrir leurs frontières aux produits et aux investissements occidentaux. Ils ont concédé des droits de construction de chemins de fer et d'exploitation de ressources minières extrêmement étendus[56]. Dans certains cas ils ont accepté que des ports et des villes échappent entièrement à leur souveraineté. Poussés à s'endetter lourdement, ils ont ensuite dû pratiquement remettre la gestion des finances publiques aux mains de leurs créanciers. Restés certes indépendants, ils ont cependant été privés d'instruments essentiels d'intervention de l'État sur les dynamiques économiques de leur territoire.

À PROPOS DES CAUSES ET DES CONSÉQUENCES ÉCONOMIQUES DE LA SECONDE VAGUE DE COLONISATION

Les raisons et les conséquences de cette seconde vague de colonisation, au XIXe siècle, constituent à l'évidence une question complexe. Sans en traiter de manière approfondie, il est nécessaire, pour notre propos, d'examiner les raisons, en particulier de nature économique, qui ont été avancées, mais surtout d'en évaluer les conséquences.

Le pillage des richesses accumulées (en particulier en Chine, pays soumis à l'issue de chaque expédition coloniale à de lourds tributs) et l'exutoire que représentent les colonies pour des populations prolétarisées dangereuses ainsi que pour toutes sortes d'aventuriers en sont certainement une des raisons. Encore fallait-il qu'il y ait quelque chose à piller et des possibilités de faire fortune, ce qui était loin d'être le cas partout. L'analyse marxiste de l'impérialisme (Hobson, Hilferding, Lénine, Luxembourg) a mis l'accent sur l'accès à des matières premières à bas prix, l'ouverture forcée de marchés réservés et le débouché pour les excédents de capitaux. Avant eux, les principaux avocats de la colonisation impériale, tels Jules Ferry en France ou Cecil Rhodes en Angleterre, avaient également déclaré la colonisation nécessaire dans la compétition économique entre grandes puissances européennes. Cependant, les travaux d'histoire économique quantitative ont montré qu'il fallait très largement relativiser le rôle économique de la colonisation dans la prospérité des territoires des puissances coloniales.

Jusque dans les années 1930, au cours desquelles on se met à chercher du pétrole presque partout, l'importance du coût des transports terrestres mais aussi maritimes a limité l'exploitation des ressources minières, hors des zones industrialisées, à de minces franges littorales, ou à des substances de grande valeur à la tonne, comme les métaux précieux. L'industrialisation occidentale s'est essentiellement nourrie, au XIXe siècle, de l'énergie (charbon), des métaux et des substances chimiques de base extraits du sous-sol des métropoles. L'Angleterre était encore en 1914 le premier exportateur mondial d'énergie. Les flux liés aux plantations et cultures de traite tropicales sont restés très marginaux comparés aux productions des agricultures des métropoles, engagées avec la mécanisation et la chimisation dans une révolution productive continue. De plus, une bonne part, sinon la majeure partie de ces produits, venait des pays tropicaux d'Amérique, indépendants depuis la première partie du XIXe siècle et dont nous traiterons plus loin. Quant aux matières premières agricoles à usage industriel, essentiellement le coton, seules l'Inde, puis plus tard l'Égypte en furent des exportateurs significatifs. L'essentiel étant ici encore fourni par l'Amérique, en particulier le sud des États-Unis, si bien qu'en 1914 80 % des fibres textiles manufacturées par les pays alors industrialisés provenaient d'eux-mêmes[57]. Voici pour ce qu'il en est de l'aspect accès à des matières premières à bas coût.

S'agissant des débouchés, il fallait que ces pays soient solvables, ce qui renvoie aux capacités d'exportation des territoires colonisés, donc au cas précédent, puisqu'ils n'exportaient pas de produits manufacturés[58]. De fait, les colonies n'ont jamais joué, dans l'ensemble, un rôle de débouché significatif pour la production manufacturière des pays industrialisés. Bairoch[59] estime ainsi qu'entre 1900 et 1938, les exportations de produits manufacturés des pays du premier groupe vers l'ensemble de ce qui sera au XXᵉ siècle le Tiers-Monde, donc non seulement les colonies et semi-colonies dont nous parlons mais également l'Amérique latine dont nous parlerons, ne représentaient que 8 % environ de leur production. Pour les exportations totales (et non des seuls produits manufacturés) l'ensemble de l'actuel Tiers-Monde n'aurait représenté, entre 1900 et 1938, un débouché que pour 1,3 à 1,7 % de la production des pays industrialisés et les seules colonies de 0,6 à 0,9 %.

C'est le cas singulier, déjà signalé, de la Grande-Bretagne, qui a pu accréditer, y compris aux yeux des théoriciens de l'impérialisme cités ci-dessus, l'idée contraire. En effet, pour ce pays, en raison essentiellement de l'ancienneté de sa colonisation de l'Inde et de la spécialisation délibérée et précoce dans l'industrie manufacturière, les chiffres sont plus élevés. Ainsi au début du XXᵉ siècle, l'industrie textile britannique exporte 35 % de ses produits vers l'actuel Tiers-Monde et le taux atteint même 67 % pour les textiles de coton. Sur la période 1800-1938, le Tiers-Monde aurait absorbé 40 % des exportations britanniques de produits manufacturés[60].

Quant aux exportations de capitaux, elles s'accélèrent considérablement à partir de 1900. Leur taux de croissance, qui était déjà de 2 à 2,5 % par an entre

1870 et 1900, passe à 4,5 % par an entre 1900 et 1914. En 1913, ces flux annuels de capitaux atteignent 5 % du PNB des pays investisseurs et leur montant cumulé est égal à leur PNB, un maximum historique absolu qui par la suite n'a jamais été ne serait-ce qu'approché. À la veille de la Première Guerre mondiale, 90 % de ces capitaux investis à l'étranger sont détenus par une demi-douzaine de pays européens, dont 40 % pour la Grande-Bretagne, 20 % pour la France, 13 % pour l'Allemagne. Mais ils s'orientent d'abord vers les pays industrialisés (les fameux emprunts russes), ensuite vers les pays indépendants d'Amérique et les dominions, en dernier lieu seulement vers les colonies et dans ce cas essentiellement pour la construction des chemins de fer. Ainsi en 1913 la part de l'Europe dans le total des investissements extérieurs reçus est de 26 %, celle de l'Amérique du Nord de 24 %, celle de l'Amérique latine de 20 %. L'Afrique reçoit 9 % (essentiellement en Afrique australe), l'Asie entière 16 %, l'Océanie 5 %. Même l'Angleterre, malgré l'immensité de son empire colonial (dominions inclus), n'y a placé que 47 % de ses investissements extérieurs, et encore 73 % de ceux-ci sont-ils placés dans les dominions, Canada, Australie, Nouvelle-Zélande et Afrique du Sud. L'investissement en Inde, à Ceylan et dans tout le reste de son Empire ne représente donc que 13 % du total[61]. On ne peut pas dire que les colonies représentent un exutoire significatif aux « excédents de capitaux » des premiers pays industrialisés. Ceux-ci investissent d'abord entre eux et surtout dans les pays seconds venus à l'industrialisation en Europe, en Amérique du Nord et dans notre troisième groupe, soit en Amérique latine et dans les dominions. Ces flux très intenses manifestent un net mouvement de nomadisation des capitalismes européens, qui s'accélère avant la Première Guerre mondiale.

L'importance des colonies a donc été, au moins jusqu'en 1914, très limitée, voire négligeable dans la croissance de la richesse des pays industrialisés. On peut penser qu'au moins pour les nouvelles colonies, il était encore trop tôt car il fallait du temps pour les « mettre en valeur » et que la frénésie de conquête territoriale qui a saisi la Grande-Bretagne, la France, le Japon et même l'Allemagne était un comportement économiquement rationnel de préemption de vastes territoires. Mais comme, dans la période suivante, de 1914 aux indépendances, leur rôle économique, pour diverses raisons, n'a guère été plus important, ce ne fut, si tant est que ce motif ait existé, qu'une illusion.

En revanche, et ce point est évidemment fondamental pour la question qui nous intéresse ici, la principale conséquence de la colonisation du futur Tiers-Monde fut l'interdiction du développement des capitalismes qui y préexistaient, en particulier leur développement industriel. L'exemple de l'Inde est justement célèbre. Ce très gros exportateur de produits de grande qualité au XVIIIe siècle voit son artisanat textile et le capitalisme commercial qui l'organise détruits ensuite sous le British Raj. *A fortiori*, tout développement industriel de ce secteur est interdit. En Égypte, Mehmed Ali s'émancipe au début du XIXe siècle du sultan turc et conduit une vigoureuse politique de modernisation de l'agriculture et d'essor d'une industrie d'État moderne articulée au développement d'une armée et d'une marine nationales. Une politique à bien des égards semblable à celle que conduira le gouvernement japonais après la révolution Meiji. Dès 1830, le potentiel industriel de l'Égypte est important pour l'époque. Cet élan est ensuite brisé net en raison de la mise sous tutelle du pays par l'Angleterre, qui le force à s'ouvrir à ses produits et contraint le pacha à abandonner toute ambition industrielle autonome. Même en Chine, où pourtant le gouvernement central ne se ralliera que très tardivement à une politique de modernisation industrielle, il existe des initiatives capitalistes modernes lancées par de grands marchands et des gouvernements locaux. C'est ainsi que Chang Chih-Tung, gouverneur de la province de Canton puis du Hupei, est à l'origine de la création, avec des capitaux chinois, de la première sidérurgie moderne dès 1894, soit sept ans avant la première aciérie japonaise et dix-sept ans avant qu'un industriel parsi de Bombay, Tata, ne crée un début de sidérurgie indienne[62]. Mais l'État chinois se montrera incapable de soutenir, de stimuler et de permettre la multiplication de ces initiatives. En aurait-il eu, comme l'État japonais de Meiji, la volonté, il n'en aurait pas eu les moyens car, à partir de 1895, date des premières concessions minières et ferroviaires et du droit accordé aux compagnies étrangères de créer des industries dans les zones portuaires, et surtout après 1900, à la suite du traité imposé par les puissances impérialistes à l'issue de la guerre des Boxers, l'État chinois est pratiquement privé de tout moyen d'intervention économique sur son territoire, qui est livré aux rivalités des intérêts nomades étrangers.

Il ne fait pas de doute à nos yeux que sans la colonisation et les tutelles semi-coloniales les capitalismes actifs aux XVIIe et XVIIIe siècles dans ce qui, au XXe siècle, est devenu le Tiers-Monde se seraient vigoureusement développés et seraient passés au stade industriel, sous l'effet même de la stimulation et du défi que leur lançait l'extension des capitalismes occidentaux. Certes pas partout, ni sans conditions. Parmi ces conditions, sans aucun doute des États forts, indispensables, comme nous l'avons vu, aux dynamiques capitalistes de rattrapage. Probablement aussi une « éthique » favorisant l'« esprit du capitalisme ». Mais, après Max Weber[63], on a constaté que cet « esprit » est en réalité fort divers et que l'éthique protestante est loin d'être la seule à pouvoir en stimuler vigoureusement la diffusion, comme en témoignait, déjà à l'époque où Weber écrivait, le Japon.

Ainsi le principal effet économique du partage du monde entre les puissances impérialistes aura-t-il été de détruire les capitalismes préexistants et d'empêcher leur passage à l'industrie moderne, et non pas d'alimenter par le pillage (sauf au début) et l'exploitation des colonies la croissance des métropoles. Il a entravé le développement du futur Tiers-Monde sans pour autant nourrir significativement celui des pays aujourd'hui riches.

À PROPOS DES THÈSES DE LÉNINE SUR L'IMPÉRIALISME ET LA GUERRE

Discuter ici les thèses développées par Lénine dans *L'Impérialisme, stade suprême du capitalisme* est important, car il s'agit de thèses sur l'articulation capitalismes-États et que cela nous permettra donc d'illustrer certaines des propositions avancées dans le chapitre premier sur cette question. Les thèses de Lénine peuvent se résumer comme suit. Le capitalisme industriel de la fin du XIXe siècle s'est concentré à un point tel que le pouvoir de décision est passé dans les mains de gigantesques trusts. Ce capitalisme financier, résultat de la fusion du capital industriel et du capital bancaire, ne trouve plus assez d'opportunités d'investissement rentables dans les métropoles d'origine et pousse les gouvernements à des conquêtes ou au contrôle de territoires nouveaux pour pouvoir y investir ce surplus de capital. Mais le partage du monde est achevé à la fin du siècle, et les capitalismes les plus jeunes, dont les gouvernements sont partis avec retard à la conquête du monde, en particulier le capitalisme allemand, les poussent à obtenir un nouveau partage, ce qui ne peut passer que par la guerre entre puissances impérialistes. En résumé, « l'impérialisme, c'est la guerre » et, en l'occurrence, la guerre mondiale, puisque le partage du monde est achevé. Un tel phénomène aurait donc une origine essentiellement économique.

Or l'attitude à l'égard de la politique impérialiste des fractions les plus dynamiques et nomades des capitalismes des métropoles a toujours été pour le moins ambiguë. Certes, au sein de leurs empires respectifs, cette politique annulait le danger d'une compétition potentielle des capitalismes en retard et limitait celle de leurs rivaux. Mais, ce faisant, elle limitait aussi les capacités d'expansion mondiale de chacun et ses possibilités d'implantation dans les territoires économiques les plus prometteurs. Si la logique des activités capitalistes nomades a toujours été d'influencer l'État de leur territoire d'origine soit pour qu'il leur réserve une base arrière, soit pour qu'il les aide dans la conquête de nouveaux espaces, elle a également toujours consisté à ne pas s'identifier à la prospérité d'un seul territoire, à jouer des différences entre eux et à investir partout où les perspectives de profits sont les plus élevées, quitte naturellement à passer alliance, pour ce faire, avec certains acteurs des capitalismes étrangers. La tendance à la mondialisation de leurs opérations, présente dès l'origine, est inhérente à la logique de valorisation du capital qui est la leur. Cette logique est clairement perceptible dans le capitalisme nomade de loin le plus développé à l'époque, le britannique. Et son gouvernement en tire des conséquences d'un grand pragmatisme. Le gouvernement britannique gagne une guerre contre les Boers qui voulaient l'indépendance de l'Afrique du Sud. Peu de temps après, il accorde à ce pays une quasi-indépendance avec le statut de dominion, qui permettra d'ailleurs d'importants investissements américains sur son territoire.

On a parlé, à propos de la Grande-Bretagne, d'« impérialisme du libre-échange », par opposition à l'impérialisme de conquête territoriale qui aurait caractérisé la France. De fait, certains historiens ont souligné fortement les différences, tant de méthodes que de motivations, entre les deux impérialismes et avancé la thèse que si, au-delà de l'ancienne colonisation de l'Inde, la Grande-Bretagne a en fin de compte considérablement étendu ses conquêtes purement territoriales à la fin du XIXe siècle, c'est avant tout pour empêcher une France, qui fermait systématiquement aux autres les territoires conquis, d'aller plus loin. Pour ce qui est des pays seconds venus à l'industrialisation, tels l'Allemagne, le Japon et la Russie, une politique coloniale, en raison de la préemption opérée par les premiers pays colonisateurs, y fut sans conteste considérée par certains comme la seule issue, bien que fort restreinte dans un monde déjà largement partagé, aux tendances à la mondialisation de leurs capitalismes émergents. Tout cela semble aller dans le sens de la thèse de Lénine.

Mais même au Japon, qui s'est trouvé tardivement dans cette situation, la politique coloniale n'a pas trouvé de soutien unanime auprès des *Zaibatsu*, les grands groupes industriels et bancaires diversifiés qui étaient l'aile marchande du capitalisme japonais. La première expansion coloniale japonaise fut sans doute très largement approuvée, car la colonisation et la mise en coupe réglée de la Corée et de Taiwan et surtout le pillage de la Chine furent incontestablement, au début du XXe siècle, un puissant stimulant à l'accumulation du capital au Japon. Mais dès les années 20 il s'est trouvé des *Zaibatsu*, et non des moindres, pour estimer qu'une expansion pacifique fondée sur le commerce et l'industrie serait bien préférable à la poursuite d'une politique impérialiste qui exigeait un effort d'armement très lourd, condamnée qu'elle était à se heurter frontalement aux puissances européennes et surtout aux États-Unis. Cette opposition fut réduite au silence par les moyens les plus violents dès le début des années 30. Mais il est significatif qu'elle ait existé. Ses thèses sont en fait devenues la politique officielle du gouvernement japonais dans l'après-guerre.

Quant au capitalisme allemand, son espace d'expansion était, outre l'Amérique à laquelle il avait un accès relativement libre, essentiellement l'Europe centrale et, au-delà, les Balkans et l'Empire ottoman. Le fameux projet de la ligne de chemin de fer Berlin-Bagdad, dont il emporte le contrat contre les Anglais, était autrement plus important pour le capitalisme allemand qu'une colonie au cœur de l'Afrique noire ou même une concession en Chine, et les Britanniques n'ont pas été en mesure, malgré leur forte influence sur la Sublime Porte, de s'y opposer. Quant à la question du contrôle des approvisionnements, elle se posait essentiellement pour la sidérurgie. Pour elle il était en effet crucial de conserver les mines de fer en Lorraine et de charbon en Silésie. Aussi bien cette industrie a-t-elle incontestablement soutenu la politique agressive du Reich, qui d'ailleurs était essentiellement tournée contre la Russie, perçue par lui comme devant inévitablement s'opposer à ses projets d'expansion économique en Europe centrale et dans les Balkans. Mais d'autres fractions de capitalisme allemand, également très internationalisées, comme le puissant

Konzern de l'industrie électrique AEG, étaient, semble-t-il, beaucoup moins favorables au déclenchement des hostilités en 1914.

Les intérêts des différentes fractions des capitalismes des puissances impériales furent beaucoup moins homogènes et le partage du monde, du moins le partage du monde « utile » aux capitalismes européens, nettement moins verrouillé que Lénine ne l'affirme. L'inévitable « développement inégal » des capitalismes (en d'autres termes : les phénomènes de rattrapage), bien perçu par Lénine, n'impliquait pas nécessairement la guerre directe entre puissances impériales comme seul moyen de redessiner des zones d'influence exclusives. La thèse de Lénine résulte d'une double réduction : réduction des capitalismes à des « capitalismes financiers » et même à une fraction seulement des grands trusts financiers, puisqu'il prend l'essentiel des chiffres et des exemples de sa démonstration parmi les industries minière, métallurgique et chimique allemandes, qui avaient en effet de réels problèmes d'approvisionnement; réduction des États à de simples exécutants politiques des volontés de ces capitalismes financiers.

En conclusion, l'impérialisme et la guerre de 1914-1918 ne peuvent être considérés comme le « produit » du capitalisme devenu « financier ». Reste que Lénine, dans ses conjectures sur ce qu'allaient être les conséquences de cette guerre en Russie, comme sur d'autres questions géopolitiques[64], ne s'est pas trompé. Disons que sa clairvoyance politique était grande, mais que les justifications économiques qu'il en donnait, prises dans une problématique marxienne de lois de développement d'un mode de production, étaient erronées. Parmi les causes de la Première Guerre mondiale, on trouve sans aucun doute le fait que de puissants intérêts économiques la souhaitaient, mais inextricablement lié à d'autres déterminations. L'analyse économique doit s'arrêter devant cette guerre, la considérer comme un événement de grande ampleur qui fait rupture, et examiner comment elle a ensuite modifié territoires, États, capitalismes, les rapports entre ces trois termes et les dynamiques qui en résultent.

AMÉRIQUE ET DOMINIONS : L'EXPORTATION DES CAPITALISMES EUROPÉENS

Trois traits distinguent nettement les territoires d'Amérique (hors les États-Unis) et les dominions britanniques (Canada, Australie, Nouvelle-Zélande, Afrique du Sud). Ce sont d'abord des États indépendants depuis la première moitié du XIXe siècle (cas de l'Amérique latine) ou soumis à la souveraineté de la couronne britannique, mais avec de très grandes libertés étatiques, en particulier celle de faire du commerce avec qui ils l'entendent, de fixer leurs tarifs douaniers et d'accueillir les investissements d'autres capitalismes. Ce sont donc des territoires où les capitalismes européens sont en concurrence ouverte, contrairement aux domaines réservés que sont les colonies. Ce sont ensuite des territoires dont les flux commerciaux avec l'Europe sont particulièrement denses et vont s'intensifier dans la fin du XIXe siècle et dont les capitalismes sont de loin les plus extravertis de l'époque. En 1913, le montant des importations de produits manufacturés par habitant est, par rapport à la France ou à l'Allemagne, sept ou huit fois plus élevé au Canada, en Australie et en Nouvelle-Zélande et quatre ou cinq fois en Argentine et au Chili. Argentine, Chili et Uruguay constituent pour l'industrie européenne un débouché presque aussi important que les États-Unis, dix fois plus peuplés[65]. Ce sont enfin des territoires qui vont recevoir des flux migratoires considérables en provenance d'Europe, mais aussi d'Afrique (jusqu'à la fin de la traite des Noirs) et secondairement d'Asie (des Chinois, des Indiens et même des Japonais au Brésil). Il s'agit donc des conditions le plus proches du libéralisme : libre circulation des marchandises, des capitaux et même des hommes.

Le résultat est une exportation des capitalismes européens, qui étendent leurs réseaux dans ces territoires, et l'apparition, ancienne, de capitalismes locaux nomades. Mais, compte tenu de l'importante ouverture des frontières et de l'absence quasi générale de politiques volontaristes des États, ces capitalismes locaux, en association avec les capitalismes étrangers mais souvent également en situation de grande indépendance à leur égard, exploitent uniquement les avantages comparatifs des territoires concernés, qui sont essentiellement leur potentiel agricole et minier. Ils ne se risquent pas spontanément à la compétition industrielle avec l'Europe. Ce type de développement capitaliste local, fortement inséré dans les réseaux des capitalismes européens, crée d'incontestables pôles de richesse, mais ne s'articule pas nécessairement avec les activités sédentaires de ces territoires, il tend plutôt à en entraver le développement.

D'où l'absence des articulations villes-campagnes, agriculture-industrie, nomades-sédentaires, que l'on a constatées, en revanche, dans les dynamiques de rattrapage plus centrées de l'Europe. D'où aussi la coexistence de zones de misère à côté de poches de richesse et donc une forte et souvent croissante inégalité interne aux territoires et entre les territoires différents dont restent fréquemment constitués ces États. Cette « désarticulation », comme on l'appellera plus tard, n'est cependant pas fatale. Dans certains cas, pour des raisons spécifiques et sans pour autant que l'État doive intervenir de façon décisive, s'enclenche une meilleure articulation capitalismes étrangers-activités sédentaires locales et un développement par conséquent plus uniforme du territoire. C'est le cas de l'Argentine jusqu'aux années 30, du Canada, de l'Australie et de la Nouvelle-Zélande.

Autrement dit : des États indépendants — ils ont le choix de la politique commerciale extérieure et mettent en concurrence les capitalismes étrangers — mais faibles — ils n'osent pas tenter des dynamiques de rattrapage industriel — conduisent à un essaimage des capitalismes européens, souvent crucialement porté par les hommes eux-mêmes (les immigrants), et au développement d'un capitalisme précocement extraverti et faiblement articulé aux activités sédentaires locales, ce qui maintient le cloisonnement des pays en territoires différents et une croissance spatialement et socialement très inégale.

UNE PROSPECTIVE RÉTROSPECTIVE

Que se serait-il passé si le libre-échange intégral souhaité par le capitalisme britannique s'était imposé, s'il n'y avait eu aucun obstacle d'origine étatique à la circulation des marchandises, des capitaux et des hommes ? Il est évidemment impossible de répondre avec précision. Mais l'intérêt de la question est de faire mieux comprendre, *a contrario*, l'importance décisive du rôle des États sous la forme du protectionnisme et des politiques industrielles d'une part, de l'impérialisme d'autre part.

Libres de toute entrave, les activités nomades des capitalismes se seraient plus rapidement déployées et auraient suivi les lignes de plus grande pente dessinées par les seules logiques économiques, développant partout les activités au plus haut profit potentiel, dans un environnement de concurrence vive entre elles. Marchés potentiels (c'est-à-dire richesse déjà là), existence de ressources naturelles, coûts des différentes catégories de main-d'œuvre, coûts de transport, économies d'échelle, économies d'agglomération, tels auraient été les facteurs dessinant ces lignes de plus grande pente. Cela aurait conduit, ici à une stimulation des activités sédentaires, là à leur destruction, ici et là ne désignant nullement des territoires unifiés soumis à la souveraineté d'un État, mais des territoires bien plus restreints. La structure spatiale du développement des capitalismes aurait ainsi prolongé, mais avec un changement d'échelle dû au fait qu'ils s'étaient saisis de l'industrie, la forme réseau des capitalismes préindustriels.

L'Angleterre en tant que telle aurait remplacé Amsterdam et sans doute aurait-elle été ensuite détrônée par la côte Est des États-Unis (mais certes pas par l'ensemble du territoire américain) ou par un triangle Ruhr-Berlin-Prague en Europe centrale, comme Amsterdam avait détrôné Gênes. À l'évidence, des pôles capitalistes actifs se seraient développés en Inde, en Chine, en Amérique latine, en Égypte et pourquoi pas en Afrique, ne serait-ce qu'à partir des anciens réseaux des commerçants arabes. Ces capitalismes auraient rapidement débordé eux aussi leurs territoires d'origine, ils auraient entraîné avec eux de fortes migrations : l'Australie et la Nouvelle-Zélande auraient été submergées par l'immigration asiatique entraînée par une diaspora capitaliste chinoise qui aurait investi ces territoires.

La richesse des villes-centres et des villes-relais des activités capitalistes nomades, éventuellement entourées de ceintures agricoles actives, aurait côtoyé de vastes zones effondrées dans la misère, et ce en Europe comme ailleurs. Dans chaque territoire, le type d'inégalité spatiale et sociale caractéristique de l'Ancien Régime se serait très certainement maintenu. L'inégalité des revenus moyens entre territoires se serait d'abord creusée, dans la mesure où certains, tels les territoires européens, du fait qu'ils étaient partis plus tôt dans le capitalisme industriel, en auraient concentré une plus large fraction des activités. Mais la vigueur toujours plus grande des jeunes pousses, entendons par là les capitalismes nouveaux, aurait en permanence tendu à réduire cet écart.

Rien de tout cela ne s'est produit. Les interventions des États ont orienté, canalisé différemment les dynamiques économiques. Nous avons distingués trois groupes de territoires. Dans le premier, protectionnisme et politique industrielle ont permis des dynamiques territoriales de rattrapage. Dans le second, les colonies et semi-colonies, on a assisté au blocage de tout développement capitaliste local, à la destruction d'une partie des systèmes productifs locaux, sans pour autant que cela nourrisse significativement la croissance économique du premier groupe. Dans le troisième, nous trouvons des dynamiques proches de ce qui vient d'être décrit : développement, dans le cadre d'États indépendants mais faibles, d'activités capitalistes prospères, connectées aux capitalismes européens, au sein de territoires fractionnés et divers, dont les activités sédentaires sont, selon les cas, entravées ou soutenues, ce qui laisse des possibilités d'évolution contrastées, dépendant fondamentalement des volontés ultérieures de développement territorial des bourgeoisies locales.

Mais le second groupe représente de loin les populations les plus nombreuses. Bien qu'à la fin du XIXe siècle l'écart des richesses moyennes entre ce groupe et le premier groupe des pays industrialisés ne se soit pas encore profondément creusé — il n'est en effet selon Bairoch que de 1 à 3,5 — les blocages et déstructurations auxquels il est alors soumis, et qui vont se prolonger jusqu'aux indépendances, sont à l'origine de l'inégalité actuelle du monde, même si celle-ci va être renforcée par d'autres facteurs, à l'œuvre dans la séquence suivante.

CHAPITRE IV

L'exceptionnel « premier XXe siècle »

Dans *Les Conséquences économiques de la paix*, un livre publié en 1919, le jeune Keynes décrit ainsi le monde industrialisé d'avant-guerre : « Quelle extraordinaire période dans le progrès économique de l'humanité fut celle qui se termina en août 1914 ! La plus grande partie de la population, il est vrai, travaillait dur et vivait de manière peu confortable, mais elle était cependant, selon toute apparence, raisonnablement satisfaite de son sort. Mais pour tout homme de capacité ou de caractère excédant la moyenne, se hisser dans les classes moyennes et supérieures était possible, là où la vie offrait à bas coût et avec des inconvénients minimaux, des commodités, un confort et des biens hors de portée du plus puissant des monarques de l'ancien temps. Le Londonien pouvait, en buvant son thé le matin, commander par téléphone n'importe quel produit de la terre entière, dans la quantité qui lui convenait et s'attendre raisonnablement qu'il soit livré rapidement à sa porte. Il pouvait en même temps et par le même moyen investir son capital dans les ressources naturelles et les nouvelles entreprises de n'importe quelle partie du monde et partager sans effort ni même le moindre souci leurs profits futurs. Aussi bien pouvait-il décider d'associer le sort de sa fortune à la bonne foi des édiles d'une quelconque municipalité d'importance dans un quelconque continent selon sa fantaisie ou ses informations. Il pouvait s'assurer sur-le-champ d'un moyen de transport bon marché et confortable vers n'importe quel pays ou climat sans passeport ni autre formalité, pouvait envoyer son domestique dans l'agence bancaire la plus proche pour se procurer autant de métal précieux qu'il l'estimait utile et, emportant avec lui de la valeur sous forme de pièces de monnaie, pouvait ensuite se rendre dans des contrées étrangères sans rien connaître de leurs religions, langages ou coutumes. Et il aurait été très chagriné et surpris de la moindre interférence de quiconque dans ses projets. Mais, le plus important de tout, c'est qu'il considérait cette situation comme normale, certaine, permanente, sauf à s'améliorer encore et n'importe quelle déviation de ce cours des affaires comme aberrante, scandaleuse et évitable. Les projets et politiques du militarisme et de l'impérialisme, les rivalités sociales et culturelles, les monopoles, les restrictions et les exclusions, qui allaient jouer le rôle du serpent dans ce paradis, n'étaient rien de plus que des amusements de son journal quotidien et semblaient n'exercer pratiquement aucune influence sur le cours de la vie économique et sociale dont l'internationalisation était en pratique complète[66]. »

Pour Keynes, le monde de la fin du XIXe siècle est prospère et cette prospérité est fondée sur des échanges de marchandises et des flux de capitaux dans le cadre de tarifs douaniers stables, même si on a vu qu'ils étaient élevés, et de règles monétaires internationales qui n'avaient pas varié depuis près d'un siècle. C'est un fait que la période 1880-1914 avait connu une croissance des échanges plus rapide que celle de la production, surtout entre pays industrialisés et entre ceux-ci et le troisième groupe, malgré le protectionnisme de certains territoires, ainsi qu'une croissance encore plus rapide des exportations de capitaux vers les territoires en voie d'industrialisation rapide ou dotés de capitalismes agraires vigoureux. Ces capitaux étaient pour la grande majorité d'ailleurs destinés à des emprunts d'État ou à la construction de chemins de fer, les investissements industriels directs étant relativement limités.

Cela signifiait que les capitalismes en rattrapage suivaient la voie ouverte auparavant par le capitalisme britannique et commençaient à trouver relativement plus profitables les opportunités offertes par les autres territoires, après s'être dans une première phase avant tout déployés au sein des leurs.

C'est cet ordre du monde que Keynes croit, à juste titre, gravement menacé par la paix de Versailles, ce qui justifie la publication d'un livre militant pour une complète révision du traité, la réduction significative des réparations imposées à l'Allemagne, des rapports économiques et politiques « normaux » avec la jeune Union soviétique, l'abandon des cascades de dettes entre alliés et surtout le rétablissement, dans une stabilité monétaire internationale retrouvée, des flux d'échange antérieurs. Keynes alors n'est pas keynésien, du moins si l'on fait de lui, comme le propose l'école de la Régulation dans les années 70, un théoricien de la croissance autocentrée. Pour lui, à l'époque, l'expansion continue ne peut venir que d'une poursuite de la nomadisation des capitalismes, et la rupture de l'ordre économique international ancien, qu'il estime inévitable si le traité de Versailles est appliqué, ne peut que conduire à la catastrophe.

Un ordre économique international, c'est la manière dont les États les plus puissants, nécessairement par accord entre eux puisque aucune autorité supranationale n'existe qui puisse l'imposer, règlent les circulations des hommes, des marchandises et de la monnaie entre les territoires où ils sont souverains, ce qui inclut en particulier l'édiction des règles régissant les rapports entre monnaies, c'est-à-dire le système monétaire international. L'ordre ancien dont Keynes souhaite le rétablissement peut se caractériser comme suit. Convertibilité et stabilité des changes entre grandes monnaies dans le cadre d'un système monétaire international dit de l'étalon de change or : cela supprime les risques de change dans les exportations de capitaux et assure la stabilité des prix relatifs entre territoires. Cela permet également que la compétitivité relative à l'exportation ne varie pas pour des raisons purement monétaires. Liberté, dans ce cadre, de circulation des capitaux. Liberté de circulation des marchandises dans le cadre de droits de douane non nuls mais stables. Liberté de circulation de l'homme blanc.

La guerre a rompu cet ordre. Non pas d'un seul coup, on pourra même penser dans les années 20 l'avoir rétabli pour l'essentiel, mais par ruptures successives. L'effondrement final de l'ordre ancien est avéré dans les années 30 et contribue incontestablement à généraliser et à approfondir la crise économique qui éclate aux États-Unis en 1929. Mais cette rupture jette aussi les bases d'autres dynamiques économiques dans les pays industrialisés, fondées sur une nouvelle articulation des capitalismes aux territoires et une transformation des interventions des États, dynamiques qui vont engendrer, après la Seconde Guerre mondiale, un accroissement exceptionnellement rapide de la richesse moyenne, accompagné d'une forte réduction des inégalités internes en Europe, au Japon et aux États-Unis. Examinons d'abord la rupture, puis les nouvelles dynamiques économiques à l'œuvre pendant les Trente Glorieuses dans les pays riches, enfin ce que devient le reste du monde pendant ce premier XXe siècle, qui s'étend des années 20 aux années 70.

LA RUPTURE DE L'ORDRE ANCIEN

C'est la guerre qui rompt l'ordre ancien. Elle introduit, dans l'articulation spatiale et temporelle des dynamiques économiques antérieures, des ruptures majeures dont la seule chose qu'on puisse faire, si l'on se situe dans le champ de l'économie, est d'en constater les effets et de reprendre à partir de là l'analyse des dynamiques et de leurs articulations.

LA RUPTURE MONÉTAIRE

La rupture la plus immédiate est d'ordre monétaire. Le financement de l'effort de guerre par émission de monnaie-papier rendait impossible le retour à la convertibilité en or des principales monnaies aux parités d'avant-guerre. Les États durent donc choisir d'une part s'ils allaient ou non rétablir la convertibilité en or de leur monnaie et d'autre part la nouvelle valeur en or de cette monnaie, c'est-à-dire l'ampleur de sa dévaluation, ce qui évidemment était d'une importance cruciale pour la valeur des créances libellées dans chaque monnaie.

Pour la première fois, pour certains depuis plus d'un siècle (cas de la Grande-Bretagne), les États changent ainsi d'attitude à l'égard d'un pouvoir économique fondamental, celui de fixer la valeur de la monnaie. Dans l'ordre ancien, celui de l'étalon de change or, les États s'étaient, à partir du moment où ils avaient établi la convertibilité de leur monnaie (ce qui est le cas de la plupart des monnaies européennes, du rouble, du dollar et du yen avant 1914), refusé la liberté d'en modifier la valeur. Cela signifiait qu'ils faisaient passer le maintien de la valeur des actifs financiers privés avant tout intérêt national qui aurait été favorisé par une dévaluation monétaire. En termes plus concrets, durant le XIXe siècle, un Français pouvait détenir des créances (des bons d'État, des obligations, des actions, etc.) libellées en dollars, en livres ou en roubles sans prendre de risque de change, c'est-à-dire sans craindre que la décision unilatérale d'un État vienne réduire la valeur de ses avoirs. De même le rendement réel des titres d'État en monnaie nationale (la fameuse rente omniprésente dans les romans balzaciens) était à peu près garanti.

Après 1918, les États vont user du pouvoir monétaire en fonction de leur perception d'un intérêt national, par conséquent de manière non concertée. Modifier la valeur d'une monnaie signifie d'une part opérer des transferts instantanés de richesse entre débiteurs et créanciers nationaux et internationaux et d'autre part modifier le niveau relatif de compétitivité des activités productives situées sur un territoire[67].

Le gouvernement bolchevique change simplement de monnaie et refuse de reconnaître toutes les dettes passées, dont les célèbres emprunts russes. Les autres gouvernements rétablissent la convertibilité en or de leur monnaie, mais à des niveaux ne prenant en compte que des objectifs nationaux. C'est ainsi que le gouvernement britannique dévalue la livre mais rétablit sa convertibilité à un niveau relativement élevé, contre l'avis de Keynes, choisissant ainsi de tenter de maintenir la prépondérance des activités financières de la City de Londres au détriment de la compétitivité d'une large part de l'industrie britannique. En France, la dévaluation de Poincaré, en 1928, est beaucoup plus forte.

Sur le plan commercial cependant, l'ordre ancien ne s'effondre pas immédiatement. Les années 20 ne sont en moyenne ni plus ni moins protectionnistes que l'avant-guerre. Dès 1923, la plupart des restrictions quantitatives aux échanges issues de la guerre sont levées, et les droits de douane rétablis au niveau d'avant-guerre. Le commerce mondial progresse d'ailleurs de 6 % par an entre 1924 et 1929. Il est donc incontestable que les États, qui ont à l'époque la même perception de ce que devait être l'ordre mondial que celle qu'exprime Keynes dans le passage cité plus haut, cherchent plutôt, après avoir stabilisé leur monnaie en prenant la liberté que j'ai dite, à retrouver l'ordre d'avant-guerre, à l'exception majeure, dénoncée par Keynes, de la volonté essentiellement française de punir l'Allemagne par un traité qui, bien qu'en définitive pas entièrement appliqué, n'est pas sans responsabilité dans la montée du nazisme.

C'est la crise de 1929 aux États-Unis, crise dont on ne peut donc pas dire qu'elle ait été provoquée ni même précédée par un accroissement du protectionnisme, qui modifie vraiment l'ordre mondial et plus profondément encore le rapport des États aux capitalismes.

LA CRISE DE 1929

L'origine de la crise de 1929 aux États-Unis est toujours controversée : crise monétaire pour Milton Friedman, crise de surproduction agricole pour Kindelberger, crise de surproduction industrielle pour l'école de la Régulation[68].

En vérité la question du déclenchement de la crise a peu d'importance et les auteurs cités ci-dessus ont tous probablement touché une part de la vérité. Car l'essence même de toute crise économique, du simple krach boursier à la dépression générale en passant par l'hyperinflation, est de mettre en œuvre des cercles vicieux, des mécanismes cumulatifs qui écartent brutalement les paramètres économiques des dynamiques qui les régissaient avant la crise. Or sur ces mécanismes, tout le monde est à peu près d'accord. Ils sont d'abord internes : l'orthodoxie monétaire et budgétaire rend les gouvernements impuissants à briser des cercles vicieux du type : baisse de la production, chômage, baisse des revenus, baisse de la demande, baisse de la production ; ou : faillites bancaires, fuite devant la monnaie bancaire, crises de liquidité des banques, nouvelles faillites bancaires, ou encore : retournement à la baisse des marchés financiers, ventes de prise de bénéfices, nouvelle baisse, anticipations à la baisse, ventes massives, nouvelle baisse, ventes de détresse des acheteurs à terme devant financer les appels de marge, nouvelle baisse. C'est précisément la critique de l'impuissance des gouvernements devant ces mécanismes cumulatifs internes qui fera la réputation de Keynes.

Mais il y eut aussi, les relayant et les renforçant, des mécanismes externes, c'est-à-dire affectant les circulations entre les territoires. La chute des prix internationaux suscite des réactions protectionnistes, à commencer par celle des États-Unis dès 1930, puis des dévaluations compétitives qui s'enchaînent alors dans des stratégies étatiques défensives propageant la crise par le biais d'un ralentissement drastique des flux de marchandises et de capitaux. Les États jouent alors pleinement des pouvoirs qu'ils se sont octroyés dans l'après-guerre. Le nationalisme économique l'emporte mais sans qu'il se soit encore donné les moyens adéquats d'intervention interne (sauf, en vérité, en Allemagne). L'effet global est évidemment dépressif.

On a cependant tendance à surestimer la profondeur de la crise des années 30 et surtout à noircir exagérément le bilan de la rupture définitive de l'ordre international ancien, qu'elle achève après le soubresaut des années 20.

Ne pas surestimer la profondeur de la crise de 1929

De même que la vision que beaucoup ont du XIXe siècle est excessivement influencée par le cas singulier de l'Angleterre, celle de la crise de 1929 l'est par celui des États-Unis. La crise est incontestablement très forte aux États-Unis, où le niveau du PIB en 1939 est encore inférieur de 3 ou 4 % à son niveau de 1929, alors que le niveau de chômage moyen de la décennie se situe autour de 18 %, le chômage dans l'industrie atteignant une pointe de 38 % en 1933. Mais, dans les pays industrialisés pris dans leur ensemble (Union soviétique comprise), le PIB croît de 1,1 % par an entre 1929 et 1939, contre 3,1 % par an entre 1920 et 1929, qui était alors la période de plus forte croissance que le monde ait connue. Le PIB par habitant, lui, augmente de 0,2 % par an dans la période. Aux États-Unis, il diminue de 1,3 % par an, en France de 0,4 %. Mais il croît de 1,8 % dans l'Europe dans son ensemble, dont 4,2 % en Allemagne (à partir de 1936 ce résultat doit être pour l'essentiel attribué à l'effort d'armement), 4,3 % en Union soviétique, mais aussi 1,1 % au Royaume-Uni et 2,2 % en Suède[69]. Ces différences sont très largement dues aux politiques internes de chacun des pays considérés. Ainsi, au regard des taux de croissance de la fin du XIXe siècle, la « grande crise » est loin d'avoir été aussi profonde qu'on l'a souvent prétendu.

Le bilan de la rupture des années 30, ou comment du mal peut sortir le bien

Les capitalismes ont été contraints de se replier sur leurs territoires respectifs. Aux yeux de la plupart des économistes de l'époque ainsi que de ceux (souvent les mêmes) qui, pour éviter le retour de ce « cauchemar », dessinèrent le nouvel ordre monétaire et commercial mondial de l'après-guerre, ce repli et le coup d'arrêt brutal à l'internationalisation des capitalismes furent la cause majeure de la période de crise économique des années 30. En vérité, ce repli constitua la cause fondamentale de l'extraordinaire croissance de l'après-guerre. Il y fallait cependant une autre condition, car, ainsi repliés sur eux-mêmes, les capitalismes retrouvaient le problème de la réalisation que Marx jugeait fatal.

LA CROISSANCE SOCIAL-DÉMOCRATE AUTOCENTRÉE

Cette condition, c'était transformer les ouvriers eux-mêmes en consommateurs d'une partie suffisante des richesses qu'ils produisaient. Les deux premiers à l'avoir compris furent Henry Ford aux États-Unis dès les années 20, et Hitler en Allemagne dans les années 30. Tous deux estimaient que les ouvriers devaient pouvoir s'offrir une automobile, la Ford T[70] et la Volkswagen, la bien nommée[71]. Mais dans les autres pays aussi, l'État commence, entre les deux guerres, à intervenir sur le partage du surplus économique entre capitalistes et ouvriers. Cette intervention des États fut décisive. Elle était indispensable pour donner à la croissance des capitalismes un nouveau cours. Après l'intégration politique de la classe ouvrière s'engageait ainsi son intégration économique. Ce fut l'une des dimensions des fascismes en Europe, et l'un des aspects du New Deal aux États-Unis. Dans les démocraties parlementaires européennes, mises à part quelques timides tentatives amorcées en France par le Front populaire, il faudra attendre l'après-guerre pour que cette politique se généralise.

Les dynamiques économiques que ces politiques étatiques enclenchent ou du moins soutiennent[72] sont centrées sur un territoire et y impliquent des activités capitalistes essentiellement sédentaires. Une articulation singulière entre des dynamiques économiques, des interventions étatiques et des territoires, c'est ce que j'ai appelé une croissance[73]. Cette croissance est donc d'abord « autocentrée ». Mais au lieu que cet autocentrage soit fondé sur l'articulation agriculture-industrie, comme ce fut le cas dans certains territoires au XIXe siècle, il acquiert une puissance inconnue jusqu'alors en intégrant les ouvriers à une vaste classe moyenne qui accède à la consommation de masse. C'est pourquoi son second qualificatif sera « social-démocrate ». Croissance social-démocrate autocentrée donc (CSDA en abrégé dans la suite), ainsi appellerons-nous le type de croissance qui se déploie dans les territoires des pays industrialisés riches après la Seconde Guerre mondiale.

Avec les CSDA, les capitalismes les plus avancés, qui s'étaient vus contraints de se replier sur leur territoire d'origine et de redevenir très largement sédentaires, engendrèrent un accroissement exceptionnel, par rapport au reste du monde à l'époque, de la richesse moyenne pendant les Trente Glorieuses en Europe, aux États-Unis et au Japon. Cet enrichissement ne doit rien, ni au pillage du Tiers-Monde, ni même à la croissance des échanges internationaux. Examinons quelles furent les dynamiques économiques et les effets sur l'inégalité de ce type de croissance.

LES DYNAMIQUES ÉCONOMIQUES DE LA CROISSANCE SOCIAL-DÉMOCRATE AUTOCENTRÉE

À la source des dynamiques de la CSDA on repère de forts gains de productivité, essentiellement dans l'agriculture et l'industrie, mais aussi dans quelques services tels que le commerce de détail. Contrairement à une vision simplifiée, véhiculée en particulier par certains auteurs de l'école de la Régulation qui qualifient de fordiste cette croissance, l'extension du travail à la chaîne inventé par Henry Ford et ses ingénieurs est loin d'être la seule source de ces gains de productivité.

Le travail à la chaîne a certes permis des gains de productivité du travail rapides dans les usines d'assemblage. Cependant, d'autres facteurs tels que les économies d'échelle économisant du capital fixe ont également puissamment contribué à l'augmentation de la productivité globale. Ce n'est évidemment pas le travail à la chaîne qui est à la source des gains de productivité dans l'agriculture. Or, un trait essentiel et la plupart du temps négligé de cette croissance fut que, pour la première fois depuis le début de la révolution industrielle, les progrès de productivité de l'agriculture ont été plus rapides que ceux de l'industrie, qui pourtant n'avaient jamais été aussi rapides. En trente ans d'une véritable révolution agricole (engagée avant-guerre aux États-Unis, et probablement une des causes de la crise de 1929), les pays riches s'arrachent à une contrainte qui pesait depuis le Néolithique : consacrer une part significative du travail collectif à simplement se nourrir. Désormais 3 % en moyenne de la population active d'un pays industrialisé tempéré suffit à en nourrir l'ensemble et même plus, à nourrir une partie de ceux qui n'en sont pas encore là. Le progrès technique a quasiment libéré l'homme de la contrainte d'avoir à travailler pour se nourrir. Ce n'est pas parce qu'on peut désormais fabriquer des protéines avec du pétrole dans de grandes usines automatisées — on le pourrait d'ailleurs. La terre elle-même continue à nous nourrir, mais avec une dépense de travail humain extrêmement réduite et des paysans devenus de petits entrepreneurs industriels. De même, les progrès de productivité dans les industries de process (sidérurgie, métallurgie, chimie, matériaux de construction, production d'énergie) ne viennent pas du travail à la chaîne, mais essentiellement d'économies d'échelle et de mécanisation des tâches. Dans le bâtiment de même, ce n'est pas le travail à la chaîne qui est source de productivité. Mais peu importe si les immortelles images de Charlot ne sont en fait emblématiques que d'un aspect seulement des « temps modernes ». L'essentiel est que progrès de productivité il y a eu. Et de plus, ici encore et comme à propos des crises, la question importante n'est pas tant de savoir à quoi ils sont dus à l'origine que par quels mécanismes, cette fois vertueux, ils ont été entretenus pendant si longtemps et à un tel niveau.

La réponse est simple : les salaires augmentent; d'une part les industriels étaient sans cesse poussés à économiser du travail et à en augmenter la productivité, d'autre part la consommation donc la production augmentaient. La production augmentant, les économies d'échelle permettaient de produire toujours plus efficacement, c'est-à-dire avec toujours moins de travail direct et indirect. L'étonnant est que cela n'ait pas abouti à un chômage croissant. Là, bien sûr, intervient la répartition, et les interventions décisives des États sur la répartition. Décisives parce que contraires à la logique des acteurs capitalistes, mais *in fine* bénéfiques aux dynamiques d'ensemble. Ces interventions prirent essentiellement deux formes : 1) par la réglementation du marché du travail et la contractualisation des rapports entre représentants du patronat et des syndicats, un rééquilibrage des rapports de forces capital-travail s'opéra au profit du travail; 2) des transferts directs croissants furent organisés par les administrations publiques.

Les cercles vertueux de la croissance social-démocrate autocentrée sont représentés par le schéma suivant :

Les cercles vertueux de la croissance social-démocrate autocentrée
En ovale les points d'application des interventions étatiques

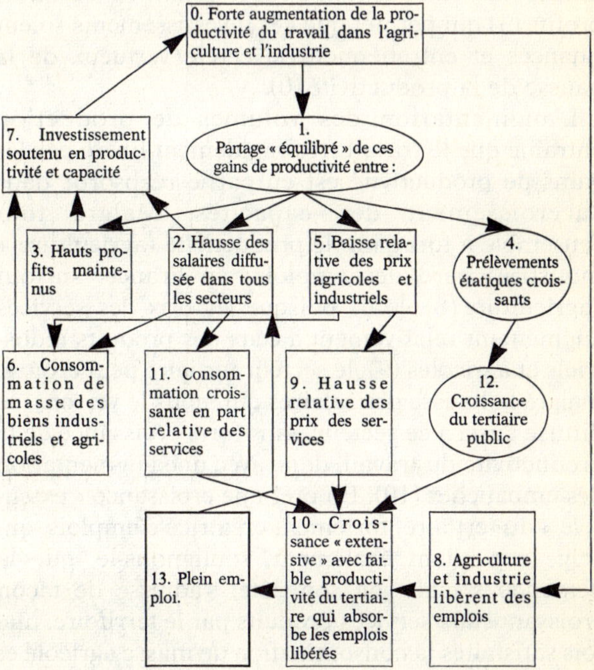

Le partage « équilibré » des gains de productivité (1) entre hausse des salaires (2), maintien des profits à un haut niveau (3), prélèvements étatiques croissants (4) et baisse des prix (5) permet d'une part l'accès progressif de tous les salariés à la consommation de masse de biens industriels et agricoles (6). Cette consommation de masse justifie des investissements soutenus en capacité, tandis que les investissements de productivité sont stimulés par la hausse des salaires (7). C'est le maintien de hauts profits (3) qui permet que ces investissements soient financés et entretiennent le cercle vertueux de la hausse de la productivité (0).

L'augmentation des volumes de production entraîne que le travail très rapidement libéré par les gains de productivité est en partie réabsorbé dans l'accroissement des capacités. Malgré tout l'ensemble à fort gain de productivité (agriculture + industrie) perd des emplois ; en France, surtout l'agriculture (8). Mais puisque les prix des services augmentent relativement à ceux des produits industriels et agricoles (9), le secteur tertiaire peut croître, malgré la hausse des salaires qui, nous le verrons, se diffuse aussi à ce secteur, sans forte croissance de la productivité du travail, donc avec une augmentation des embauches (10). En bref une croissance « extensive » du tertiaire, fortement créatrice d'emplois, qui exige cependant également, soulignons-le, que la demande sociale, de son côté, s'adresse de façon croissante aux services produits par le territoire, une fois satisfaites la consommation de masse agricole et industrielle (11).

Remarquons bien ceci : à moins qu'au sein des services une partie ne glisse en permanence dans une croissance à forte productivité et ne rencontre une demande de « masse », cette dynamique perd nécessairement de sa puissance au fur et à mesure de son succès, c'est-à-dire au fur et à mesure que l'agriculture et l'industrie, secteur à forts gains de productivité, voient pour cette raison même leur part se réduire dans la production globale. Cependant, nous verrons que c'est en fait pour d'autres raisons que cette belle dynamique se déréglera.

L'essentiel dans le succès de ces cercles vertueux entrelacés est donc que la répartition des gains de productivité soit « équilibrée » et qu'il y ait une adéquation de la demande à l'offre globale mais aussi de la demande sectorielle à l'offre sectorielle, donc ici de la demande à l'offre pour les biens industriels (et agricoles) d'une part, pour les services d'autre part. C'est sur cette répartition et cette adéquation que sont intervenus les États.

Les systèmes de sécurité sociale que les États mettent en place font croître la part de revenus des ouvriers et des employés qui ne dépendent pas directement de la vente de leur force de travail, autonomisant ainsi en partie la demande des fluctuations de la production et de la répartition primaire du revenu[74]. Les conventions collectives, l'institution d'un salaire minimum diffusent au sein de l'ensemble de l'économie les augmentations de salaire accordées par les entreprises et les branches les plus productives et poussent à l'augmentation de la productivité en fixant un plancher au prix du travail. Ces mécanismes assurent une espèce de filet de protection qui garantit que les revenus salariaux croissent suffisamment rapidement pour absorber une production elle-même croissante sous l'effet de gains de productivité stimulés par la hausse des salaires.

De plus, dans toute la période, les prélèvements et la dépense publique s'accroissent (4), ce qui signifie que la consommation de biens publics, infrastructures, santé (qui, en raison de son mode de financement, acquiert dans la période le statut de bien public), éducation, etc., s'accroît relativement à la consommation de biens et de services privés (12). Le gouvernement œuvre ainsi directement, puisqu'il s'agit en grande partie de services, sur la tertiarisation à la fois de l'offre et de la demande et donc sur la croissance fortement créatrice d'emplois du secteur tertiaire, en l'occurrence public. Il assume de ce fait — ce point est très souvent passé sous silence dans les analyses de cette période — une fonction de bouclage essentiel dans le maintien du plein emploi (13), qui à son tour stimule les hausses de salaire et leur diffusion dans tous les secteurs (2).

Telles sont les interventions fondamentales des États dans les dynamiques de la CSDA. Mais cela ne suffit pas, il y faut encore un réglage fin, que l'État assure par sa politique conjoncturelle. Si les salaires augmentent trop vite, au détriment des profits, ce qui provoque de l'inflation (le pouvoir d'achat des salaires augmente plus vite que la production disponible), l'administration économique « refroidit » l'économie par une politique budgétaire et monétaire récessionniste. Elle procède à l'inverse si la demande privée n'est pas assez soutenue. Il s'agit typiquement des politiques keynésiennes contracycliques dont il faut bien voir qu'elles agissent aussi à travers le réglage fin du partage des revenus, et pas seulement par la dépense publique et la politique monétaire.

On connaît le résultat : des taux de croissance de la richesse moyenne par habitant que ces pays n'avaient jamais connus jusqu'ici. Entre 1950 et 1974, cette croissance est de 2 % par an aux États-Unis, 7,7 % au Japon[75], 4 % en France, 4,8 % en Allemagne, soit des taux de croissance qui conduisent à un doublement de la richesse par habitant respectivement en trente-cinq ans, neuf ans, huit ans et quinze ans. Quant aux interventions des États dans l'économie, elles se diversifient et les flux que les États mettent directement en œuvre augmentent considérablement. Le volume des transferts de revenus (systèmes de sécurité sociale) et de la dépense publique finit par approcher, dans certains pays, à l'aube des années 80, la moitié du PIB. Cela signifie que ce que l'État produit lui-même et ce qu'il redistribue représentent la moitié de la richesse annuelle créée dans le territoire. En France, la part de la dépense publique dans le PIB est passée de 10 % en 1872 à 50 % en 1974[76] : on mesure l'ampleur de la transformation accomplie.

L'ÉVOLUTION DES INÉGALITÉS INTERNES DANS LA CROISSANCE SOCIAL-DÉMOCRATE AUTOCENTRÉE

Que le niveau de vie moyen augmente rapidement ne nous dit rien des inégalités internes aux pays qui connaissent ce type de croissance. Cependant nous avons vu aussi que des mécanismes comme le salaire minimum étaient en soi réducteurs d'inégalité entre les branches, les contraignant toutes à s'aligner sur des rémunérations minimales qui dépendaient de l'évolution de la productivité moyenne, donc de la croissance moyenne. D'où le nom de SMIC (salaire minimum interprofessionnel de croissance), fort bien trouvé.

De plus, les négociations entre « partenaires sociaux » tendent à légiférer sur l'ensemble des salaires et pas seulement sur le minimum, avec l'établissement de grilles de salaires qui rigidifient les inégalités internes aux branches en fonction des qualifications. Dans ces conditions, les évolutions techniques, rapides, qui modifient en permanence la demande de travail par qualification, ne se traduisent pas par des variations des salaires relatifs, mais par des contraintes quantitatives (on manque tout d'un coup de P3 pneumaticiens et on a plutôt trop d'OS non qualifiés) qui sont relâchées grâce à une forte mobilité du travail et par une modification de l'offre de qualification grâce à un système d'éducation initial et professionnel qui va globalement réussir à fournir les qualifications demandées. En d'autres termes, on assiste à un fonctionnement particulier des différents marchés du travail qui s'équilibrent par variations quantitatives sans qu'il soit nécessaire pour cela que les prix varient.

Pour la théorie microéconomique, lorsque les marchés du travail sont parfaits, les salaires sont égaux aux productivités marginales de chaque catégorie de forces de travail[77]. Mais cela suppose que ces productivités marginales soient connues des entrepreneurs et donc qu'elles soient mesurables. Qu'elles soient mesurables fait partie de ces quelques fables qui furent nécessaires à la théorie microéconomique à l'époque de sa formation, mais qui doivent désormais être abandonnées à l'histoire de la discipline. On admet généralement aujourd'hui qu'étant donné le caractère collectif du travail productif, il est impossible d'observer directement la productivité du travail de chacun[78]. On ne peut donc dire *a priori* pourquoi l'infirmière devrait gagner ce que gagne un ouvrier professionnel, ni pourquoi le salaire d'un ingénieur de production devrait être trois fois plutôt que six fois supérieur à celui d'un ouvrier spécialisé (OS) non qualifié. Reste qu'il existe des marchés du travail et qu'offres et demandes de chaque qualification évoluent dans le temps.

La question devient donc celle du fonctionnement effectif des marchés du travail dans une séquence donnée. Il s'agit en particulier de savoir si ceux-ci ajustent offres et demandes par variation des prix ou par des files d'attente — les deux mécanismes polaires d'ajustement des marchés — ou plus précisément par quelle combinaison, simultanée ou successive, des deux mécanismes ils se caractérisent. Et, bien sûr, il faut considérer les choses en termes de dynamique et non en termes d'équilibre jamais atteint.

Le fonctionnement des marchés du travail dans la CSDA peut alors se décrire comme suit. Il existe des normes sociales négociées qui fixent la valeur des différentes forces de travail. De celles-ci dépendent les prix relatifs des biens et services, donc la répartition de la demande entre ces biens et services et *in fine* les demandes des différentes forces de travail. Naturellement ces demandes de travail sont également influencées par le progrès technique, qui substitue en permanence du capital au travail et les forces de travail entre elles. Au total, sous le double effet de l'évolution de la demande finale et du progrès technique, la demande de chaque force de travail évolue en permanence. Quant à l'offre, elle est produite par le système de formation et par l'usage qu'en font ceux qui se préparent à entrer sur le marché du travail (formation initiale) et ceux qui travaillent (formation permanente). Elle est évidemment elle aussi influencée par les prix relatifs. Si une catégorie donnée de qualification est à la fois attrayante par l'intérêt du travail et considérée comme relativement bien payée, l'offre augmentera. Toute la question est alors de savoir comment les déséquilibres permanents entre offre et demande sont réduits en dynamique. Si des normes sociales rigidifient les prix relatifs, comme dans la CSDA, ce sera par des phénomènes de pénurie ou de files d'attente temporaires. Si une qualification est de moins en moins demandée alors que son offre se maintient, il apparaîtra qu'il devient de plus en plus difficile de trouver du travail dans ce « métier » et l'offre diminuera d'elle-même sans qu'il soit nécessaire que le prix baisse, les offreurs de travail non satisfaits se tournant vers d'autres métiers.

On voit bien qu'une des conditions de ce type de fonctionnement est une forte mobilité du travail et une demande de travail globalement soutenue, se traduisant par le fait que, si elle diminue pour une qualification particulière, c'est qu'elle augmente rapidement pour d'autres. Dans ces conditions, c'est essentiellement un ensemble de normes sociales qui détermine les salaires relatifs. Un indice de ce qu'il s'agit de normes sociales, et non pas de logiques purement économiques résultant du fonctionnement « pur » des marchés par variations des prix, en est d'ailleurs que pendant la période de croissance social-démocrate autocentrée des différences significatives existent entre pays, les deux pôles extrêmes étant certainement les États-Unis et le Japon. On sait qu'au Japon, au sein d'une entreprise, les salaires dépendaient pour l'essentiel de l'ancienneté, et qu'ainsi un jeune ingénieur était embauché à un salaire inférieur à celui d'un ouvrier ayant douze ans d'ancienneté — il commençait d'ailleurs sa carrière par de longs passages à la production en tant qu'ouvrier et technicien. Ce n'était pas le cas aux États-Unis, où de plus l'éventail des salaires était bien plus ouvert[79].

La CSDA est donc une articulation de dynamiques où la répartition et les inégalités sont commandées par deux phénomènes. En premier lieu, l'évolution moyenne des revenus salariaux est soumise à une contrainte de réalisation : il faut que ce qui est produit sur le territoire soit pour l'essentiel vendu sur le territoire, donc que le pouvoir d'achat nécessaire pour l'acheter ait été distribué. Cette contrainte ne fixe pas de norme absolue au partage salaires-profits, mais une norme d'évolution des salaires en fonction de la productivité. Différents taux de partage salaires-profits, ou plus précisément de partage consommation finale des ménages-épargne, conduisent à des taux d'accumulation de capital, donc toutes choses égales par ailleurs à des taux de croissance différents. En second lieu, les inégalités internes entre salariés résultent d'un certain nombre de normes sociales.

L'essentiel est que ce genre de dynamiques n'est possible que dans le cadre d'une croissance autocentrée où les firmes sont en compétition à l'intérieur d'un même territoire et fort peu avec les firmes des autres territoires, ce qui fait qu'il n'y a pas non plus de compétition entre territoires. Ce qui compte en effet avant tout pour une firme, c'est que ses concurrents soient traités de la même façon qu'elle. De ce point de vue, tant le niveau moyen des salaires que les disparités de salaires entre forces de travail et l'importance des prélèvements et des dépenses de l'État lui sont indifférentes, pourvu que toutes les firmes en concurrence avec elles soient soumises aux mêmes conditions. Les firmes s'adaptent à ces conditions.

En conclusion, pendant cette période, partout dans les pays industrialisés les inégalités internes tendent à se réduire. Le ratio entre le revenu des 20 % les plus riches et celui des 20 % les plus pauvres passe ainsi aux États-Unis de 14 en 1940 à 11 en 1944, à 10 en 1950, et à 7 en 1970. En Allemagne, il passe de 5 en 1950 à 3 en 1970[80]. Comme on le voit, en 1950, l'ouverture des écarts de revenus est aux États-Unis le double de ce qu'elle est en Allemagne. En Allemagne, comme d'ailleurs au Japon, le désastre de la défaite s'accompagne de la suppression des fortunes privées qui avaient soutenu l'effort de guerre, et l'énormité des tâches de reconstruction implique une mobilisation collective qui ne peut se fonder, au départ, que sur une relative égalité des revenus. Ce sont d'ailleurs ces deux derniers pays, avec la France — où l'alliance gaullistes-communistes à la Libération conduit aussi à une idéologie égalitaire — qui connaîtront les taux de croissance les plus rapides de l'après-guerre.

ORDRE INTERNATIONAL, NOMADES ET SÉDENTAIRES DANS LA CROISSANCE SOCIAL-DÉMOCRATE AUTOCENTRÉE

Les croissances social-démocrates autocentrées se déploient dans un nouvel ordre monétaire et commercial international que ses promoteurs, tirant des leçons des politiques protectionnistes et de dévaluation compétitive à leurs yeux désastreuses de l'entre-deux-guerres, ont voulu progressivement libre-échangiste et fondé sur des parités fixes entre monnaies, réduisant les risques de change et facilitant les mouvements de capitaux. Cet ordre international était donc favorable à la nomadisation des capitalismes et avait explicitement été conçu pour cela. Il faut donc examiner ce qu'il en a été, pendant cette période, de la nomadisation des capitalismes et comment elle s'est articulée aux dynamiques essentiellement sédentaires, c'est-à-dire internes à chaque territoire, que nous venons d'analyser.

Cinq points doivent être soulignés. La nomadisation est incontestable, comme en témoigne une croissance du commerce international plus rapide que celle de la production mondiale. Cependant, compte tenu d'une situation initiale de très fort repli des capitalismes sur leur territoire, elle ne provoque qu'une ouverture lente des grands territoires des pays industrialisés. Cette nomadisation est, au moins jusqu'aux années 70, fondée sur une complémentarité des capitalismes. Conséquence des deux points précédents, la nomadisation n'entre nullement en contradiction avec les dynamiques sédentaires de la CSDA, mais au contraire les renforce. Contrairement à ce qui est souvent affirmé, ce n'est pas le commerce international qui a tiré la croissance, mais l'inverse. Explicitons ces cinq points.

À partir des années 50, le commerce international croît nettement plus vite que la production mondiale[81]. D'autre part, c'est le commerce entre territoires industrialisés qui se développe le plus vite, la part relative du commerce Nord-Sud décroisssant. Enfin, en termes de biens échangés, et cela est évidemment en rapport avec le fait précédent, le développement du commerce s'accompagne d'une décroissance de la part relative des matières premières au profit des produits manufacturés[82]. Ces faits témoignent d'un incontestable mouvement de nomadisation des capitalismes des pays industrialisés. Le poids relatif des activités nomades, en l'occurrence la part des activités consacrées à l'exportation, y augmente régulièrement par rapport à celui des activités sédentaires qui restent inscrites dans un seul territoire.

Cependant ce mouvement part d'une situation, la fin de la guerre, où, après les années 30 et 40 et bien sûr en raison de la guerre elle-même, les capitalismes avaient été contraints de se replier sur leur territoire d'origine. Les taux d'ouverture[83] des territoires des pays industrialisés les plus peuplés, les États-Unis et le Japon, sont très faibles en 1950 et n'augmentent ensuite que lentement. Le taux d'ouverture des États-Unis en 1960 n'est encore que de 4,5 % (7,2 % en 1976), celui du Japon de 4,6 %

(8,7 % en 1976). On voit que l'idée, parfois encore avancée, que la croissance japonaise aurait été tirée dès l'après-guerre par les exportations, est une idée fausse. La croissance japonaise a été, jusqu'aux années 80, remarquablement centrée sur le territoire japonais. Il n'en est pas de même pour les pays européens. Mais ici il faut changer d'échelle. À partir du traité de Rome de 1958 commence à se constituer un territoire économique européen. Et si les échanges extérieurs de chacun des pays d'Europe ont crû très rapidement, conduisant à des taux d'ouverture élevés dès les années 70, c'est essentiellement le commerce intraeuropéen qui en est responsable. La croissance autocentrée, en Europe, s'accompagne incontestablement d'un processus d'intégration économique. Mais l'ouverture de l'Europe dans son ensemble progresse plus lentement, à des niveaux bien moins élevés que ceux de chaque pays européen pris individuellement, quoique supérieurs à ceux des États-Unis et du Japon[84].

Il est vrai que le taux d'ouverture ne mesure pas à lui seul le degré de nomadisation d'un capitalisme. Il faut tenir compte aussi des activités implantées à l'étranger. Une mesure acceptable en est le stock d'investissement direct productif à l'étranger des entreprises issues d'un territoire donné. Dans ce domaine, on constate dans les années 50 et 60 une prépondérance britannique et américaine. La prépondérance britannique est historique, il s'agit d'un reliquat du fort courant d'investissement à l'étranger de ce capitalisme à l'époque — avant la Première Guerre mondiale — où il était le plus puissant et le premier à s'être lancé dans un processus de nomadisation. La singularité américaine s'explique avant tout par la supériorité industrielle écrasante de son capitalisme à la fin de la guerre. Quoi qu'il en soit, le stock d'investissements américains à l'étranger reste très faible par rapport au stock accumulé dans le territoire. En conclusion de ce point, soulignons que, quoique rapide, le mouvement de nomadisation des capitalismes des pays industrialisés riches n'entame pas significativement, sur le seul plan quantitatif, la prédominance écrasante des activités sédentaires dans ces territoires avant les années 70.

Quelle était la nature de ce commerce entre territoires ? Disons, en termes techniques, que c'était surtout un commerce interbranche et non un commerce intrabranche. De quoi s'agit-il ? Quand l'Europe ne savait pas fabriquer des avions civils gros porteurs, elle les importait des États-Unis, où se trouvaient les trois seules firmes sachant les produire et elle les payait en exportant, par exemple, du vin français, dont les États-Unis, malgré leurs efforts remarquables, n'arrivaient pas à reproduire la qualité, ou des biens dont le territoire américain avait abandonné la fabrication, parce qu'ils étaient nettement moins chers en Europe. C'était du commerce interbranche. Aujourd'hui Boeing vend en Europe et Airbus vend aux États-Unis, c'est du commerce intrabranche. Durant les Trente Glorieuses et particulièrement pendant les vingt premières années, le commerce, tant entre les trois grands territoires industrialisés (États-Unis, Europe, Japon) qu'entre eux et les pays du Tiers-Monde, est principalement un commerce interbranche pour deux raisons. La première est l'écrasante supériorité industrielle des

États-Unis en 1945. Cette supériorité n'est pas tant, soulignons-le, fondée sur une avance scientifique et technique[85] que sur une application beaucoup plus large et plus systématique de ces connaissances à l'industrie et sur l'important développement dès avant la guerre des techniques, en particulier organisationnelles, de la production de masse, lesquelles ont été de plus énormément perfectionnées durant la guerre dans les usines d'armement. En conséquence, les capitalismes d'Europe et du Japon ne sont pas capables, dans l'après-guerre, de produire tout ce que le capitalisme des États-Unis sait produire, et produire massivement. Ils devront donc importer ces biens des États-Unis ou, mieux, permettre à des firmes américaines de venir les produire sur leur propre territoire. Solution préférable tant pour le territoire que pour le capitalisme local, d'une part parce que cela crée des emplois et injecte des revenus dans les dynamiques internes et d'autre part parce que ces activités, étant sur place, sont plus faciles à imiter, ne serait-ce que par la circulation des hommes qui s'y forment. La seconde raison est que les pays du Tiers-Monde, de leur côté, commencent à peine à s'industrialiser, ou ont renoncé à poursuivre les tentatives antérieures — cas de certains pays d'Amérique latine — et restent donc principalement des exportateurs de matières premières que les pays industrialisés ne produisent pas ou qu'ils produisent à prix nettement plus élevé ; c'est le cas du charbon européen, qui va être progressivement remplacé par du pétrole importé du Moyen-Orient.

Ainsi, la nomadisation des capitalismes est

d'abord fondée sur la complémentarité des territoires. Et si les activités nomades sont fortement en concurrence, c'est une concurrence entre activités dont la base arrière est un même territoire. Boeing est concurrencé par Mac-Donnel Douglas et non par Airbus, qui n'existe pas encore. Il y a peu de concurrence directe entre activités basées dans des territoires différents, sauf bien entendu à l'intérieur de l'Europe (au sens large), mais nous avons vu que l'Europe se constitue en fait, à l'époque, en un territoire économique progressivement unique.

Conséquence des deux points précédents, le développement des activités nomades non seulement n'entrave en rien les dynamiques sédentaires que nous avons décrites, mais les stimule pendant toute cette période. Importer des machines américaines permet de gagner du temps dans l'accroissement des gains de productivité. Importer du pétrole moins cher que le charbon local, ou du minerai de fer d'Afrique plutôt que de le produire en Lorraine, abaisse les coûts donc les prix et accroît le pouvoir d'achat, ce qui stimule ainsi encore plus la demande. Certes dans ce dernier cas il faut fermer les mines de charbon et de minerai de fer, mais le taux de croissance dans cette période est tel qu'on peut le faire progressivement et que les salariés licenciés retrouvent sans grande difficulté un emploi. Le gain économique de l'échange (il accroît le pouvoir d'achat réel des consommateurs) ne se paye alors pas par des pertes d'emplois. Qu'il existe une articulation vertueuse pour la richesse de chaque territoire entre activités nomades et activités sédentaires résulte non seulement de la complémentarité des territoires, mais aussi du point précédent, à savoir le caractère quantitativement limité des activités nomades par rapport aux sédentaires. Quand le rapport quantitatif se sera suffisamment modifié au profit des nomades, un changement qualitatif va intervenir dans cette articulation, que nous examinerons au chapitre V.

Il est intéressant à ce stade de se demander pourquoi ce mouvement de nomadisation n'a pas été encore plus rapide et si les États, agissant sur les libertés de circulation des marchandises, de la monnaie et des hommes entre territoires l'ont freiné ou plutôt encouragé. La raison pour laquelle la nomadisation des activités capitalistes en Europe et au Japon ne fut pas encore plus rapide se comprend aisément. La dynamique sédentaire était à ce point puissante, la demande intérieure croissait si vite qu'il n'y avait que peu d'incitations à aller s'intéresser aux autres territoires et donc à entrer en concurrence avec les activités capitalistes de ces territoires quand on avait déjà fort à faire avec la concurrence interne. Le cas du Japon est à cet égard très significatif. Tous les grands groupes japonais dont le monde entier a découvert la compétitivité et l'agressivité commerciales dans les années 70 et surtout 80 ont d'abord construit cette compétitivité par une concurrence acharnée entre eux sur le marché intérieur japonais qui croissait en moyenne de 10 % par an. Et cela suffisait largement à mobiliser toutes leurs forces. On constate en conséquence que les firmes japonaises n'ont commencé à s'intéresser aux territoires étrangers que lorsque la lutte interne eut sélectionné deux ou trois firmes sur un marché donné, devenues de ce fait très puissantes — n'oublions pas que le marché japonais était, en termes de population, le second du monde industrialisé avant l'unification du marché européen — et que de plus, pour des raisons conjoncturelles ou plus structurelles, la demande sur le marché japonais avait significativement fléchi. L'exportation devenait alors le seul moyen de continuer à croître. Mais ce phénomène est intervenu assez tard, guère avant le premier choc pétrolier de 1973. La situation était un peu différente pour le capitalisme américain. Parce que, dans certains domaines, ses firmes possédaient une sorte de monopole mondial, mais aussi parce que la croissance de la demande sur le territoire américain était moins soutenue qu'en Europe et au Japon, leurs activités nomades se sont développées plus tôt et plus vite.

Les États ont-ils entravé ou favorisé ce mouvement de nomadisation ? Dans l'ensemble, ils l'ont plutôt favorisé. Les différents cycles de négociation du Gatt ont progressivement abaissé les barrières douanières. Les mouvements de capitaux sont restés longtemps très contrôlés — c'était d'ailleurs une condition de bon fonctionnement du système monétaire international de Bretton Woods — mais ils ont été progressivement facilités. Cependant, la période n'a pas manqué d'initiatives étatiques visant à protéger des activités sédentaires menacées par des nomades étrangers, voire à constituer de toutes pièces des industries sédentaires, pour les pousser ensuite à la nomadisation. En Europe, par exemple, la construction volontaire d'une industrie aéronautique et spatiale, la création de compagnies pétrolières publiques (Elf en France, l'Eni en Italie), les « grands programmes » français dans le domaine de l'énergie et des transports (programme nucléaire, TGV), et enfin la politique agricole commune, qui a fait de l'Europe, de dépendante qu'elle était des exportations alimentaires américaines en 1950, le grand rival des États-Unis sur les marchés mondiaux dans ce domaine à partir des années 70. Et bien sûr au Japon, un protectionnisme de fait, ne laissant entrer les marchandises et les firmes étrangères que dans la mesure où cela pouvait être utile à son capitalisme, alors sédentaire.

Enfin, il résulte clairement de ce qui vient d'être dit que l'ordre économique international de l'après-guerre, s'il a contribué à la croissance vigoureuse de la richesse moyenne des territoires, tant celle des pays riches que celle du Tiers-Monde, ne peut être désigné comme la cause principale, le moteur de la croissance dans les pays industrialisés riches. Encore une fois, ces causes sont internes, ce sont les cercles vertueux des dynamiques de la CSDA. L'expansion rapide du commerce international et le mouvement de nomadisation n'en sont qu'une conséquence. C'est la très vive croissance de chacun des territoires et leurs inégalités initiales de développement, combinées à une reprise de la décélération des coûts de transport internationaux, qui ont conduit à faire jouer la complémentarité entre les territoires. Que cela n'ait pas été délibérément entravé, mais dans l'ensemble plutôt soutenu par les États, au moins jusqu'en 1971 — où commence à s'effondrer l'ancien système monétaire —, a certes eu des effets positifs en retour. Mais il ne faudrait pas prendre la conséquence pour une cause.

LE TRIOMPHE DES CAPITALISMES OCCIDENTAUX

En moins de trente ans, les capitalismes occidentaux et japonais balayent magistralement les craintes quant à leur avenir qu'exprimaient en 1945 certains des esprits profonds de ce temps. Il est assez étonnant de relire aujourd'hui ce que des hommes comme Keynes ou Schumpeter pensaient alors de l'avenir. Face à leurs rivaux les socialismes, ils ne donnaient en vérité pas cher des chances des capitalismes, tout en le regrettant beaucoup. Au lieu de cela, les capitalismes l'emportent haut la main dans la compétition économique avec les socialismes, par une dynamique qui intègre la classe ouvrière dans une vaste et croissante classe moyenne.

Il est d'ailleurs significatif que la critique radicale du capitalisme soit alors obligée de se réfugier, s'agissant d'économie, dans des théories prétendant que la croissance exceptionnelle des Trente Glorieuses n'est due qu'à l'exploitation par une minorité de pays riches de l'immense masse humaine du Tiers-Monde en cours de paupérisation absolue. Même si ces analyses ont produit des résultats intéressants quant aux dynamiques du développement et du sous-développement dans le Tiers-Monde, la thèse que la richesse du Nord reposait alors sur l'exploitation du Sud est une pure affabulation.

On tombe enfin dans le grotesque quand la critique devient « écologique radicale » et prétend qu'une croissance capitaliste se paye inévitablement d'une dégradation souvent irréversible de l'environnement. De même qu'ils sont, lorsqu'ils sont autocentrés, indifférents au taux d'exploitation, les capitalismes sont indifférents au degré de protection de la nature. Si une société dans son ensemble veut plus du bien collectif « nature protégée », elle peut parfaitement l'obtenir de son capitalisme — une fraction de celui-ci en fera d'ailleurs une occasion de profit. Ici encore, ce qui peut gêner chaque capitalisme, c'est tout au plus de ne pas être traité sur ce point comme l'ensemble de ses concurrents[86].

Aussi bien la critique du capitalisme, qui souleva la jeunesse du monde entier en 1968 et dans les quelques années qui suivirent, fut-elle essentiellement politique. La conjonction de la permanence de luttes armées de libération nationale contre les impérialismes finissants et de la révolution culturelle lancée par Mao Zedong en Chine, critique radicale du socialisme soviétique proposant une subordination absolue de l'économie à la politique, nourrit un mouvement de révolte politique contre la société qu'engendrait le capitalisme triomphant. Mais ici, nous sommes sur un tout autre plan.

L'extraordinaire prospérité, accompagnée d'une réduction des inégalités internes aux territoires, des pays industrialisés riches, dure au moins jusqu'au milieu des années 70. Après s'introduit progressivement un changement qualitatif du rapport des capitalismes aux territoires. Mais examinons d'abord ce qui, pendant ce temps-là, s'est passé dans le reste du monde.

CROISSANCE ET INÉGALITÉS DANS LE RESTE DU MONDE AU COURS DU PREMIER XXe SIÈCLE

S'agissant du reste du monde dans le premier xxe siècle, il convient de reprendre les distinctions qui s'étaient imposées à l'analyse de la fin du xixe : Amérique latine et dominions d'une part, c'est-à-dire pays dotés d'États indépendants, colonies et semi-colonies d'autre part. Mais il faut désormais aussi distinguer le premier pays socialiste, l'Union soviétique. Nous traiterons donc de l'évolution de la richesse et de l'inégalité successivement en Union soviétique, en Amérique latine et dans les dominions — un groupe de pays qui se scinde dans la période, puisque certains se hissent au niveau des pays industrialisés, tandis que d'autres, en Amérique latine, s'enfoncent dans ce qu'on va appeler le sous-développement —, enfin dans les colonies et les semi-colonies. Nous analyserons d'abord la période qui précède les indépendances, puis les défis lancés aux nouveaux États indépendants, enfin la grande diversité des réponses apportées à ces défis et des résultats obtenus, qui font éclater rapidement le concept, un moment unificateur, de Tiers-Monde.

L'UNION SOVIÉTIQUE

L'Union soviétique suit évidemment une voie entièrement originale puisque y sont supprimées progressivement la monnaie comme équivalent général et donc l'économie elle-même. Il n'y a en effet pas d'économie dans le socialisme[87], puisque la production n'y est pas mise en mouvement par un ensemble d'acteurs poursuivant chacun des objectifs d'augmentation des flux monétaires qu'ils captent et font circuler, comme c'est le cas des acteurs des capitalismes dans les autres pays. Dans le socialisme, la production est mise en mouvement, ses objectifs sont définis et elle est coordonnée et affectée directement par le parti-État. Le moteur de la production n'est pas la résultante de la poursuite par une multitude d'acteurs de leur objectif propre, c'est une série de campagnes politiques de mobilisation collective, pour la réalisation et le dépassement des plans, la conquête de nouveaux espaces, l'augmentation des cadences et des rendements.

En termes de développement industriel, les résultats sont d'abord remarquables. Après la fin de la guerre civile, en 1921, le taux de croissance de la production en Union soviétique est systématiquement plus élevé que dans les pays capitalistes. L'Union soviétique se hisse au niveau de seconde puissance économique et industrielle mondiale en à peine deux générations, alors qu'elle était, avant 1914, en Europe, le dernier venu des grands pays dans la révolution industrielle, et que son capitalisme était encore faible et largement subordonné aux réseaux des capitalismes ouest-européens, une situation proche par certains aspects de celle de l'Amérique latine, avec cependant un capitalisme industriel plus développé.

Dans les années 50, l'hypothèse que le socialisme soviétique pourrait se montrer supérieur, sur le plan économique, aux capitalismes qui dans l'entre-deux-guerres avaient connu une si grave crise est en fait une conviction très largement répandue hors d'Union soviétique : chez de nombreux dirigeants ou futurs dirigeants des pays qui gagnent à l'époque leur indépendance, mais aussi, on l'a dit, chez de nombreux intellectuels non communistes des pays riches. Il n'en sera pas ainsi, mais principalement parce que les capitalismes vont faire preuve de l'exceptionnelle vitalité que nous avons analysée, car la croissance de la richesse matérielle reste soutenue dans l'Union soviétique de l'après-guerre, avec cependant un net fléchissement à partir des années 70.

D'autre part ce développement est égalitaire à un degré inconnu jusqu'alors dans l'histoire mondiale[88]. Il est incontestable que la mince couche de la nomenklatura bénéficiait d'avantages matériels considérables. Mais, dans le reste de la population, les écarts étaient réduits et intégralement réglés par des normes politiques, en ce sens que celles-ci étaient édictées par le parti-État, sans aucune force de rappel de nature économique, ne serait-ce que parce qu'il n'y avait pas de « marché du travail », la mobilité interne des hommes étant étroitement contrôlée.

L'AMÉRIQUE LATINE ET LES DOMINIONS

Dans les années 30, l'Amérique latine et les dominions se trouvent dans la même situation que les pays industrialisés : leurs capitalismes sont contraints par la crise de se replier sur leur territoire. Mais l'ampleur de l'adaptation nécessaire y est encore plus forte, car ces capitalismes, on l'a dit, étaient nettement plus extravertis, en particulier dans des activités agro-exportatrices, et ne disposaient que de faibles noyaux d'activités industrielles, généralement minières et donc également extraverties. Or la régression du commerce mondial, dans les années 30, se double d'une chute spectaculaire du prix des matières premières. Celles-ci, en effet, sont plus sensibles que les produits manufacturés à une baisse de la demande. Certains États (Chili, Brésil, Argentine, Mexique) tentent alors des politiques d'industrialisation sous protection douanière, suivant en cela l'exemple des capitalismes seconds venus de l'Europe d'avant 1914. Mais, tandis que les dominions (Afrique du Sud, qui est évidemment un cas particulier, mis à part) rejoindront les pays industrialisés, ces tentatives vont en général échouer en Amérique latine, quoique à des degrés divers, dans l'après-guerre.

On peut en trouver les raisons dans le fait que les bourgeoisies nationales n'ont pas voulu intégrer politiquement et économiquement les classes ouvrières, il est vrai naissantes, qu'en leur sein les fractions liées aux capitalismes européens (en particulier les fractions exportatrices de matières premières) ont repris le dessus à la fin des années 40 quand le redémarrage du commerce mondial ouvrait de nouveau pour elles des perspectives de développements extravertis, enfin dans des facteurs plus structurels, telle la petite taille des marchés intérieurs qui aurait exigé, pour être surmontée, des processus équivalents à celui de l'intégration économique européenne, que les bourgeoisies rivales de ces pays n'ont pas su mettre en œuvre.

De là date véritablement le « sous-développement » de l'Amérique latine, qui est, on le voit, d'origine et de nature différentes de celui des pays colonisés, pays qu'elle rejoint dans les années 50 pour former le Tiers-Monde, même si au sein de ce Tiers-Monde les territoires d'Amérique latine restent alors en général les plus riches. De cela, les bourgeoisies locales, au moins celles des grands pays (Argentine, Brésil, Chili, Pérou, Mexique, Venezuela et Colombie), qui avaient d'incontestables marges de manœuvre, sont très largement responsables.

LES COLONIES ET LES SEMI-COLONIES JUSQU'AUX INDÉPENDANCES

Les colonies, elles, restent des colonies jusqu'à la période des indépendances, qui va de la fin des années 40 au début des années 60. L'Inde et le Pakistan parviennent à l'indépendance en 1949, qui est aussi l'année de la fin de la guerre civile grâce à la victoire du Parti communiste en Chine : cette année-là les deux géants démographiques sont enfin dotés d'États nationaux indépendants.

Avant ces indépendances, rien ne change fondamentalement, par rapport au XIXe siècle, du point de vue des conditions du développement économique. Tout n'est pas immobile pour autant. Dans certaines colonies s'implantent solidement des excroissances du capitalisme de métropole : des maisons de commerce, des plantations, des banques. Pour la France, c'est le cas surtout en Algérie[89] et en Indochine, et cela donnera lieu à la création d'un lobby colonial, en vérité simple fraction du capitalisme français mais qui trouvera assez de force et d'appuis pour retarder les indépendances de ces deux territoires. En Inde, certains entrepreneurs locaux, tel le célèbre Tata, réussissent, malgré les entraves, à créer quelques embryons d'activités capitalistes industrielles.

C'est également dans cette période que se créent les premiers mouvements de lutte pour l'indépendance et que se forment dans ce cadre les futurs dirigeants de ces pays. Modalités et intensité de cette lutte, références et modèles, et en particulier rapport à la IIIe Internationale issue de la révolution d'Octobre et à l'Union soviétique, vont profondément influencer les voies qui seront empruntées ensuite au moment des indépendances et la capacité des nouveaux groupes dirigeants à développer leur pays.

Enfin, et ceci est une tendance de fond d'une importance décisive, dans l'ensemble des territoires de ce qui deviendra le Tiers-Monde débute une véritable explosion démographique, essentiellement par diffusion des méthodes d'hygiène et de soins médicaux de base qui font chuter la mortalité infantile, tandis que les taux de natalité se maintiennent. Cette essor démographique leur donne des structures de pyramides d'âge inconnues jusqu'alors dans l'histoire de l'humanité, avec une population jeune croissant rapidement et par conséquent d'énormes besoins d'investissements matériels (infrastructure, urbanisation) et immatériels (éducation) que les puissances coloniales ont très diversement assumés, et qu'ils vont devoir supporter seuls après les indépendances.

Mais s'il fallait caractériser d'un seul trait le sort de ces territoires pendant la période coloniale, je dirais volontiers, ce qui peut paraître trivial mais désigne l'essentiel, qu'ils ont été privés d'États nationaux, ce qui, conjugué avec leur ouverture aux réseaux marchands des métropoles, a interdit tout développement significatif de capitalismes locaux. Dans ce domaine, ils ont donc perdu entre un et deux siècles, selon les cas.

Quel en est le bilan en termes d'inégalités entre territoires ? Reprenons la distinction entre pays dits développés (toute l'Europe, Russie et Europe de l'Est comprise, l'Amérique du Nord et le Japon) et Tiers-Monde (les anciennes colonies, semi-colonies et l'Amérique latine). En 1953, l'écart de richesse moyenne entre ces deux groupes s'est encore creusé par rapport à 1900, où, rappelons-le, il n'était « que » de 1 à 3,5. En effet entre ces deux dates, le début de l'explosion démographique dans le Tiers-Monde fait croître sa population de 60 % (de 1,1 à 1,76 milliard d'hommes) tandis que celle des pays développés n'augmente que de 30 %. Le PIB du Tiers-Monde, lui, passe entre ces deux dates de 190 à 380 milliards de dollars américains de 1960. D'où une croissance, très faible en cinquante-trois ans, du PIB par habitant de 174 à 216 dollars, ce qui correspond à un taux de 0,4 % par an, avec de grandes différences géographiques, puisque, dans la Chine dépecée et ravagée par des guerres civiles, le PIB par habitant a très certainement décrû pendant la première moitié de ce siècle. Le PIB des pays développés, lui, croît de 2,37 % par an et le PIB par habitant de 1,47 % par an. On est loin des taux que le PIB par habitant connaîtra au cours des Trente Glorieuses, et à peine un demi-point au-dessus de sa croissance moyenne entre 1800 et 1900 pour ces pays. Mais cette différence est suffisante pour que l'écart de richesse moyenne par tête entre les deux groupes de territoires double presque par rapport à 1900, pour atteindre un ratio de 5,5 en 1953[90].

APRÈS LES INDÉPENDANCES : UNITÉ ET DIVERSITÉ DU TIERS-MONDE

Initialement hétérogène, puisqu'il rassemble des territoires aux parcours différents, ce qui s'appelle alors le Tiers-Monde rassemble donc l'Afrique, l'Asie et l'Amérique latine. Son acte de naissance est politique : c'est la conférence de Bandoeng de 1955. Cette unité politique, fondée sur le soutien aux luttes en cours pour l'indépendance et sur la volonté affichée de non-alignement sur les deux autres mondes, celui des pays capitalistes développés et le bloc soviétique, se dissout avec la fin de la décolonisation. La tentative, conduite par certains pays exportateurs de matières premières, de refonder cette unité sur le terrain de l'économie, en opposant le « Sud » à un « Nord » qui l'exploiterait, échouera pour de multiples raisons, dont la principale est que cette exploitation n'existait pas.

À partir des années 70, le concept de Tiers-Monde se vide de son contenu et les pays qui le composaient s'engagent dans un processus de différenciation, dû en particulier aux capacités très variables des États à promouvoir et orienter les dynamiques économiques. Mais, au moins jusqu'aux années 70, plusieurs traits communs massifs peuvent être distingués.

Des traits communs

Le premier est toujours la démographie. Tous les pays du Tiers-Monde sont en cours de transition démographique, alors que tous les pays industrialisés ont achevé la leur[91]. La croissance de la population s'accélère même par rapport à la première moitié du siècle. Entre 1953 et 1990, dans la plupart des pays, les taux de croissance sont supérieurs à 2 % par an (doublement en trente-cinq ans) atteignant parfois 3 % (doublement en vingt-trois ans), avec une moyenne de 2,27 %. Ce taux moyen est supérieur à celui de la période 1900-1953 (0,9 %) et de tels taux sont restés inconnus dans les pays européens tant au XIXe siècle, où il était de 0,83 %, qu'ensuite où il reste inférieur à 1 %. La population du Tiers-Monde est multipliée par 2,3 et compte, en 1990, quatre milliards d'individus. Elle retrouve ainsi, par rapport à celle des pays développés, le même poids démographique relatif que présentaient ces deux zones au XVIIIe siècle, quand elles avaient le même niveau de richesse moyenne, soit 75 % contre 25 % de la population mondiale. Simple coïncidence cependant car, quand la population mondiale, à la fin du XXIe siècle, se sera probablement stabilisée autour de onze milliards, ce rapport devrait être de l'ordre de 90 %/10 %, nous disent les démographes.

Le second trait commun est que, sauf exception, jusqu'au milieu des années 70 pour la plupart, et jusqu'à aujourd'hui pour certains (dont l'Inde et la Chine, c'est-à-dire la moitié de la population mondiale), ces pays connaissent des taux de croissance économique exceptionnels comparés à ceux de l'Europe quand elle amorçait son industrialisation et avait encore, comme ce fut le cas des pays du Tiers-Monde à leur indépendance, des pourcentages d'actifs agricoles supérieurs à 50 %. Le PIB du Tiers-Monde dans son ensemble croît de 4,2 % par an entre 1953 et 1990, soit une multiplication par 4,23. C'est non seulement incomparablement supérieur à la croissance du PIB des pays qui s'industrialisent durant le XIXe siècle, laquelle n'est que de 1,9 % par an, mais aussi supérieur au taux des pays industrialisés riches pendant la même période — pays pourtant engagés dans les CSDA dont on a vu la puissance —, qui est de 4 % par an.

Toutefois la combinaison de ces deux tendances, démographique et économique, conduit à un taux d'augmentation du revenu par habitant beaucoup plus modeste : 2 % en moyenne sur la période. Ce taux n'étant dépassé que par quelques petits pays aux dynamiques d'industrialisation extrêmement rapides, tirées par l'exportation de biens manufacturés, qui constituent des cas singuliers (Corée, Taïwan). Pendant ce temps les pays industrialisés, où la population augmente beaucoup plus lentement et, chez certains, cesse d'augmenter en fin de période, voient les revenus moyens par habitant croître presque deux fois plus rapidement, au moins jusqu'au milieu des années 70 dans les pays capitalistes. Les inégalités entre territoires, entre les pays industrialisés du Nord et le Sud, continuent donc à se creuser, malgré, répétons-le, une croissance économique, sauf exception, très rapide dans le Sud. Le ratio de Bairoch atteint ainsi 8 en 1990.

Le troisième trait commun est que jusque dans les années 70 les écarts de revenus, qui étaient en moyenne plus grands au début des années 50 dans ces pays que dans ceux du Nord, ne croissent pas dans les premières décennies de l'indépendance et que même ils se réduisent dans les pays socialistes.

Finalement, la démographie est la seule caractéristique structurelle qui permettrait de parler, encore aujourd'hui, d'un Tiers-Monde opposé à un monde industrialisé[92]. Elle impose à ces pays des contraintes et dessine des priorités qui leur sont encore largement communes. La croissance rapide de la population et la structure de la pyramide des âges dans les pays du Tiers-Monde ont en effet les conséquences économiques suivantes.

On constate l'apparition localisée de graves problèmes d'insuffisance de ressources naturelles et de dégradation de l'environnement : la densité des hommes, quel que soit l'effort technique, entraîne des inadéquations locales société/nature. La seule solution serait le déplacement des populations. Massive à partir de l'Europe au XIXe siècle, cette solution est aujourd'hui dramatiquement bloquée par l'affirmation générale du fait national. Le XXIe siècle devra, d'une façon ou d'une autre, renouer avec les migrations massives : du Sud au Nord, mais au moins autant dans le Sud lui-même, par exemple au sein de l'Afrique.

L'accroissement très rapide de la population ne permet pas sa mise au travail avec des intensités capitalistiques équivalentes à celles des pays industrialisés. De très larges secteurs de la production doivent donc rester travail-intensifs. C'est vrai en particulier de l'agriculture, dont le développement devrait être une priorité absolue dans les pays peuplés. Mais l'augmentation de la production agricole doit résulter davantage d'une augmentation des rendements à l'hectare que d'une augmentation des rendements par agriculteur. Car l'agriculture ne doit pas libérer trop rapidement de la main-d'œuvre, sinon l'industrialisation ne pourra jamais l'absorber assez vite, et les pays du Tiers-Monde ne disposent pas aujourd'hui de la soupape qu'a constituée dans ce cas l'émigration pour les pays européens. D'autre part l'espace cultivable est très souvent limité dans les pays densément peuplés[93]. La terre y étant un facteur relativement plus rare que l'homme, ce n'est pas ce dernier que le progrès technique doit économiser. Cette nécessité d'utiliser des techniques intensives en travail ne s'impose pas dans l'industrie « moderne » où ces pays ont intérêt à adopter les techniques les plus avancées compatibles avec la formation de leurs ouvriers et de leurs cadres techniques. Je ne crois pas, en ce domaine, à l'intérêt des « technologies appropriées », thème qui fut à la mode il y a quelques années. Adopter les techniques des pays industrialisés dans l'industrie susceptible d'exporter, c'est maximiser l'avantage compétitif lié aux bas salaires, c'est gagner du temps dans le processus de rattrapage technique. En revanche dans l'agriculture, adopter les méthodes américaines dévoreuses d'espace et de capital serait une aberration. De même dans le bâtiment, la distribution, etc., toutes activités par nature sédentaires et non concurrençables par les nomades étrangers. D'ailleurs, si un développement intense en travail dans ces activités ne se produit pas, le résultat est immédiat : la main-d'œuvre libérée se retrouve inévitablement dans un vaste secteur informel, essentiellement urbain, qui, lui, est particulièrement travail-intensif, c'est-à-dire qu'il n'exige pratiquement pas de capital.

Même si le développement de l'exode rural est relativement maîtrisé, la croissance urbaine reste très vigoureuse. *A fortiori* s'il ne l'est pas, elle devient alors explosive. Les plus grandes villes sont déjà situées dans le Tiers-Monde : Mexico, São Paulo, Shanghai. Cette croissance urbaine exige d'énormes investissements. Lewis faisait remarquer : « Au XIXe siècle, ce sont les différences du rythme d'urbanisation qui ont distingué les prêteurs européens et les riches emprunteurs. Tandis que les pays dont la population urbaine augmentait de moins de 3 % par an (France, Grande-Bretagne, Allemagne) baillaient des fonds, ceux où elle se développait à un rythme supérieur (Australie, USA, Canada, Argentine) empruntaient »... cela en raison du « coût exorbitant de l'urbanisation[94]. » Enfin, le poids relatif des jeunes est très important. Dans de nombreux pays, plus de 50 % de la population a moins de quinze ans. L'investissement, cette fois humain (alphabétisation, formation, santé...), que l'État doit assurer est donc aussi très lourd. En conséquence, les pays du Tiers-Monde ont évidemment besoin, et pour longtemps, d'être massivement des emprunteurs nets de l'épargne des pays du Nord pour financer non seulement le développement de leur capitalisme, mais des investissements publics matériels et immatériels extrêmement lourds.

Éclatement du Tiers-Monde

Mais, au-delà de ces traits communs, le Tiers-Monde connaît aussi un processus de différenciation économique tel que le concept va être vidé de son contenu dès la fin des années 70. Ces différences résultent des succès relatifs des politiques de développement. Quand les colonies obtiennent leur indépendance, le nouvel État devient en effet responsable du développement économique de son territoire. Quelles que soient les séquelles du passé colonial (absence d'industrie, de cadres administratifs, apathie des activités sédentaires locales, souvent assujetties aux anciennes entreprises coloniales, infrastructures orientées par les seuls intérêts de ces dernières, pays trop petits, séparant artificiellement des populations ou en rassemblant d'autres qui n'avaient entre elles que peu de relations marchandes, etc.), les nouveaux États disposent cependant de certaines marges de manœuvre pour orienter le développement économique, et leur responsabilité est dès lors engagée dans ce qu'il advient de la richesse et de sa répartition sur leur territoire.

En ce qui concerne ces politiques de développement, il convient d'insister sur deux points. Le premier porte sur les particularités des dynamiques économiques que l'on voit se déployer dans les territoires qui s'industrialisent après la Seconde Guerre mondiale, dans une situation de forte croissance et d'ouverture progressive des territoires des pays riches. Ces dynamiques exigent des États des interventions spécifiques. À ces exigences, ils ont répondu de manière extrêmement variable selon les pays. Là se trouve une des raisons essentielles de la forte différenciation que l'on observe à partir des années 70. Le second point porte sur la singularité du cas des « dragons » du Sud-Est asiatique.

Les politiques de développement

On a encore coutume d'opposer, s'agissant des politiques de développement économique du Tiers-Monde, stratégies extraverties et stratégies autocentrées et, plus généralement, libéralisme et dirigisme étatique. Deux thèses contradictoires se sont en effet vigoureusement affrontées au cours des années 70 et 80, avant que la première, que l'on peut qualifier de libérale, finisse par l'emporter. Ces deux thèses peuvent se résumer comme suit[95]. Première thèse : pour un pays en voie de développement, l'ouverture sur l'économie mondiale est le seul moyen d'augmenter le rythme et la qualité de la croissance. Seconde thèse : l'ouverture sur l'économie mondiale provoque une désarticulation de l'économie, et donc le non-développement de secteurs entiers de la société. Examinons en détail ces deux thèses et leurs arguments.

L'ouverture permet à un territoire de se spécialiser

dans les activités pour lesquelles il dispose d'avantages comparatifs. Ces avantages comparatifs sont soit liés à la détention de richesses naturelles exploitables à bas coût, soit à de bas coûts salariaux dans l'industrie, soit aux deux. Les rentes différentielles foncières ou minières d'origine naturelle et les profits ainsi captés par les acteurs capitalistes ou les États de ces territoires, s'ils sont réinvestis, autorisent de forts taux d'investissement, aussi bien publics que privés. L'ouverture à l'économie mondiale permet d'autre part d'écouler un volume de marchandises qui ne pourrait l'être dans un territoire fermé (pas de problème de réalisation), et de bénéficier ainsi pleinement des économies d'échelle, sources de productivité. L'ouverture permet enfin d'importer et de bénéficier des techniques les plus avancées, donc les plus productives. Soulignons cependant que si l'investissement matériel (les machines) peut s'acquérir sur le marché mondial, il n'en est pas de même de l'investissement humain (les connaissances et le savoir-faire largement tacites), dont l'insuffisance est très fréquemment un des facteurs de blocage du développement économique des pays du Tiers-Monde. Mais si un pays du Tiers-Monde utilise pleinement un avantage comparatif pour s'approprier un surplus élevé et acquérir les techniques les plus performantes adéquates à son capital humain, il est capable de s'engager dans des processus de rattrapage très rapides. Il vient « après » et n'est donc en aucune façon contraint par les limites aux gains de productivité qu'impose dans les pays les plus avancés l'évolution propre des techniques. La seule véritable limite à la rapidité de la croissance est la capacité d'apprentissage collectif des techniques et des rapports sociaux d'une économie capitaliste moderne.

La thèse adverse reconnaît que l'ouverture sur le marché mondial permet le développement de pôles d'activités capitalistes nomades connectées à celles des pays développés, mais elle souligne qu'ils peuvent demeurer déconnectés du reste des activités sédentaires locales. Cela n'a pas été le cas des pays d'industrialisation ancienne. Leur industrialisation a exigé une bonne articulation entre l'industrie et l'agriculture et une cohérence sectorielle interne au territoire. L'échange international a certes permis pendant une période, par amélioration des termes de l'échange (se procurer par exemple des matières premières à meilleur coût), d'accélérer la croissance, mais fondamentalement l'agriculture et l'industrie ont dû créer leur propre marché au sein même de ces territoires. Les pays qui furent les premiers à s'industrialiser furent donc astreints à une cohérence interne des dynamiques économiques. C'est dans des crises, certes, que cette cohérence s'est imposée, mais elle a toujours fini par s'imposer. Dans les pays du Tiers-Monde, au contraire, la contrainte de cohérence est aujourd'hui beaucoup plus faible, sinon nulle. L'existence d'un marché mondial prêt à tout absorber et sur lequel on peut tout se procurer non seulement autorise mais pousse à des développements désarticulés, où des activités nomades prospèrent sans stimuler ou même en étouffant les activités sédentaires locales, laissant ainsi des pans entiers de la société dans la misère.

En vérité, ces deux thèses ne sont pas contradictoires. On peut les articuler ainsi : l'ouverture sur le marché mondial permet en effet d'accélérer les dynamiques de croissance économique dans les pays du Tiers-Monde, à condition que l'État assure les contraintes de cohérence que le fonctionnement des marchés, c'est-à-dire la résultante des logiques spontanées des acteurs capitalistes, n'assure pas par lui-même.

Aussi bien les débats concernant l'alternative autocentrage (encouragé par un grand nombre d'économistes dans les années 70) ou ouverture (presque unanimement préconisée aujourd'hui) et libéralisme ou étatisme sont-ils fort mal posés. On a constaté des croissances extraverties réussir, mais toujours grâce au rôle très contraignant d'un véritable État planificateur, par exemple en Corée. On a vu des croissances extraverties complètement désarticulantes, par exemple dans un grand nombre de pays exportateurs de matières premières. On a constaté des périodes de croissance autocentrées très vigoureuses : le miracle brésilien des années 1968-1973, suivies d'un essoufflement parce que l'État n'a pas voulu ou pas pu élargir au-delà d'une petite bourgeoisie urbaine les cercles vertueux d'une croissance social-démocrate autocentrée qui s'était pourtant bien enclenchée.

Quant à la question de l'inégalité sociale interne et de son rapport à la croissance dans les processus de rattrapage des pays de l'ex-Tiers-Monde, le problème se pose comme suit. Une condition nécessaire de la croissance rapide est un taux très élevé d'accumulation de capital productif, matériel et immatériel, et donc, outre le recours maximal à l'emprunt d'épargne à l'extérieur, un taux d'épargne élevé à l'intérieur. Historiquement, en Europe et aux États-Unis, cette accumulation d'épargne a pris la forme de la constitution de grandes fortunes capitalistes privées, que la compétition poussait sans cesse au réinvestissement, pour l'essentiel, dans un premier temps, au sein même du territoire où elles s'étaient construites. Dans le Japon de l'après-guerre, c'est plutôt l'épargne populaire, drainée par un très puissant système financier, qui a alimenté la croissance. En France, pendant les Trente Glorieuses, l'accumulation de capital par l'État dans l'industrie publique et les infrastructures a joué un rôle essentiel. Il n'y a donc pas de voie unique pour que soit remplie cette condition nécessaire.

Et pourtant, ici encore, le débat à propos des pays en développement a tendance à s'enfermer dans une dichotomie excessivement réductrice. On oppose l'accumulation étatique, jugée inefficace et source de corruption, à l'accumulation privée, efficace, certes inégalitaire, mais perçue comme un mal nécessaire et temporaire. Il est tout à fait exact que de nombreux États, ayant concentré entre leurs mains l'essentiel de l'épargne d'un territoire, qu'il s'agisse de rentes issues de l'exploitation de ressources naturelles, d'aide publique au développement ou simplement d'emprunts extérieurs, l'ont dramatiquement gaspillée en dépenses improductives ou, pire encore, simplement « privatisée » par la corruption, engendrant de grandes fortunes privées totalement improductives pour le territoire, car investies en placements immobiliers et financiers à l'extérieur. Mais il est naïf de penser que l'accumulation privée conduit nécessairement au développement du territoire. Les détenteurs de fortunes privées sont des acteurs capitalistes ayant désormais accès à toutes les possibilités d'investissement dans l'espace entier de l'économie mondiale. Ils n'ont aucune raison de privilégier leur territoire d'origine. La prudence leur recommande même de ne pas concentrer ainsi leur fortune, soumise qu'elle serait aux aléas et éventuellement aux capacités spoliatrices d'un seul État. En d'autres termes adopter dès qu'il le peuvent une logique nomade est pour eux un comportement rationnel et aujourd'hui facile à mettre en œuvre. Pour que l'enrichissement rapide de certaines familles et de certains groupes, donc une forte inégalité initiale, stimule la croissance de la richesse moyenne, il faut qu'un grand nombre de conditions étatiques, politiques et même culturelles soient réunies, qui assurent le réinvestissement productif massif de ces fortunes sur le territoire. L'État joue ici toujours un rôle central, qu'il soit contraignant ou simplement fortement incitatif[96].

L'autre dimension de la question est la constitution du marché intérieur. Même dans un pays relativement peu peuplé (quelques dizaines de millions d'habitants), la croissance ne peut reposer uniquement sur des activités nomades. Seules des villes-États comme Singapour et pour quelque temps encore Hong Kong peuvent, telle Venise au XVe siècle, ne vivre que de leurs activités nomades. Il faut donc que les activités nomades s'articulent à de puissantes dynamiques sédentaires, qui exigent la constitution d'un marché intérieur et donc une progression relativement uniforme et pas trop inégalitaire du pouvoir d'achat de la grande masse de la population. C'est ainsi que, dans les années 60, une réforme agraire réussie, donnant la terre aux paysans, stimulant la coopération entre eux, protégeant l'agriculture et enclenchant une dynamique d'articulation ville-campagne fut, dans le cas de Taïwan et de la Corée, un facteur initial essentiel de développement rapide. Dans les années 80, il fut nécessaire pour soutenir la croissance de passer à l'étape suivante et d'intégrer économiquement les ouvriers, en permettant une rapide hausse de leurs salaires, ce qui exigeait, avec la reconnaissance des syndicats, une relative libéralisation politique. Ainsi, dans le Tiers-Monde également, la croissance maximale exige, en tout cas au bout d'un certain temps, la mise en œuvre des mêmes mécanismes réducteurs d'inégalités qu'avait connus l'Europe : articulation ville-campagne puis répartition des revenus ouvrant à la consommation de masse. Mais l'ouverture à l'économie mondiale et la possibilité de développements nomades extravertis font que ce n'est en aucune façon une nécessité.

Dans tous les cas, la vraie question est celle du rôle de l'État. Là où s'est formée une bourgeoisie nationale véritablement soucieuse du développement et aux commandes d'un État fort, c'est-à-dire intervenant délibérément sur les circulations internes et externes, sur la monnaie, sur le partage spatial et social de la richesse, le développement économique a eu lieu, quelles que soient les voies qu'il a prises, voies d'ailleurs variables entre pays, et dans chaque pays avec le temps. La crise du développement est toujours une crise de l'État.

Or sur ce plan, les contrastes entre les pays nouvellement indépendants, comme d'ailleurs au sein de l'Amérique latine, sont frappants. Ils ne se manifestent pas immédiatement en termes de développement économique. On l'a vu, dans les années 50 et 60 et dans la première partie des années 70, la croissance d'ensemble est très soutenue, et les disparités entre pays du Tiers-Monde sont encore peu visibles. Mais les facteurs de crise ou au contraire de renforcement des capacités étatiques s'accumulent dans cette période, d'autant que la génération qui a conquis l'indépendance y est progressivement remplacée. Si bien qu'à l'occasion de la récession mondiale du milieu des années 70 et encore plus de celle du début des années 80, les différences éclatent : certains poursuivent une croissance soutenue, à l'autre extrême d'autres s'effondrent.

Le cas singulier des « dragons »

Une dernière remarque, portant sur les dragons du Sud-Est asiatique (Corée, Taïwan, Singapour, Hong Kong), doit être faite. Ils ont connu les croissances les plus rapides de l'histoire par des dynamiques d'industrialisation extraverties d'exportation de biens manufacturés, d'abord simples (textiles, habillement), puis de technologie plus complexe. Leur croissance n'est, de ce point de vue, en rien comparable à celle du Japon, qui fut jusqu'au début des années 80 essentiellement autocentrée, bien qu'on les présente souvent, à tort, comme ayant suivi la voie du Japon. Ils ont bénéficié d'une conjoncture favorable : l'ouverture à leurs exportations des immenses marchés des pays industrialisés. Comme ils étaient de petits pays et peu nombreux, cette ouverture n'a pas posé de difficultés. Leur spécificité est d'avoir su les premiers s'engouffrer dans la brèche et profiter de cette aubaine. Une porte étroite s'est ouverte, les premiers à l'emprunter se sont hissés à des vitesses jusqu'alors inconnues au niveau des pays industrialisés riches. Une telle trajectoire peut-elle être empruntée massivement par les autres, ou va-t-on vers de longues files d'attente devant la porte étroite ? D'autres trajectoires sont-elles possibles ? Au point où nous en sommes, remarquons simplement, avec Paul Bairoch, ceci : « En 1990, ces quatre pays assuraient à eux seuls 53 % des exportations de biens manufacturés (à l'exclusion des réexportations) du Tiers-Monde, alors que leur capacité industrielle n'était que de 14 % de celle de l'ensemble de la région, et leur population de moins de 2 % de celle du Tiers-Monde. Un calcul simple mais parlant indique que si le Tiers-Monde devait aujourd'hui exporter par habitant la même quantité de produits manufacturés que les quatre dragons, l'ensemble approcherait les besoins de consommation de tous les pays développés. En d'autres termes, les pays occidentaux verraient toutes leurs industries disparaître[97]. » Nous verrons ce qu'il faut penser de cette extrapolation.

Le monde aborde donc les années 80 de notre siècle après une période d'une soixantaine d'années à bien des égards exceptionnelle, et que j'appelle pour cette raison le premier XXe siècle. Les inégalités de revenus moyens entre territoires se sont énormément accrues tandis qu'au sein de chaque territoire, pour des raisons diverses que nous avons analysées (et avec il est vrai de notoires exceptions, comme c'est le cas dans la plupart des pays d'Amérique latine), l'inégalité interne s'est plutôt réduite. Quelles tendances dessinent pour l'avenir les dynamiques économiques à l'œuvre aujourd'hui ? C'est à cette question que nous consacrerons les deux derniers chapitres.

CHAPITRE V

La nomadisation des capitalismes et la compétition entre territoires

Les croissances social-démocrates autocentrées des Trente Glorieuses dans les pays industrialisés s'accompagnent d'une intensification des échanges internationaux de marchandises et de capitaux plus rapide que la croissance elle-même, tout particulièrement entre pays industrialisés, donc d'une ouverture accrue de ces territoires et d'une nomadisation de leurs capitalismes. De plus, elles sont d'inégale intensité, ce qui provoque le phénomène classique de rattrapage du premier par les seconds, des États-Unis par l'Europe et le Japon. Ces changements quantitatifs, progressifs au cours des Trente Glorieuses, provoquent dans les années 70 une rupture qualitative : les territoires, dont les capitalismes étaient sédentaires et complémentaires, deviennent les bases arrière de capitalismes de plus en plus nomades et concurrents.

Les gouvernements en prennent acte dès le début des années 80. Partout dans les pays industrialisés, la logique même des politiques économiques change. De gardiennes des cercles vertueux de la croissance autocentrée, qui se brisent, elles deviennent soutien à la compétitivité internationale de leurs capitalismes. Mais ceux-ci s'autonomisent de manière croissante de leur territoire d'origine et se déploient sur la totalité des territoires, les mettant en concurrence. Pour un territoire donné, l'évolution de la richesse dépend alors de plus en plus de son attractivité pour l'ensemble des capitalismes, quelle que soit leur origine nationale.

Examinons ces évolutions, qui structurent le monde dans lequel va se jouer la prochaine grande partie, objet du chapitre suivant : l'émergence des pays à bas salaires et à capacité technologique.

DE LA COMPLÉMENTARITÉ À LA CONCURRENCE

On l'a déjà dit à deux reprises, lorsque un certain nombre de conditions de nature étatique sont remplies, les dynamiques économiques de rattrapage peuvent être extrêmement rapides, leurs seules limites étant finalement les capacités d'apprentissage collectif, dans les territoires en rattrapage, de ce qui fait l'efficacité du capitalisme du territoire rattrapé. Or le niveau technologique de l'Europe et du Japon d'avant-guerre était déjà très élevé. C'est évident pour l'Allemagne, moins connu pour le Japon. Mais il suffit de se rappeler que l'avion de combat *Zéro*, produit par Mitsubishi, était, semble-t-il, supérieur aux avions américains au début du conflit. Restait alors pour l'essentiel à importer et à assimiler les méthodes de gestion américaines et les technologies de pointe, pour beaucoup développées pendant la guerre elle-même. Pour les raisons essentiellement politiques que l'on connaît (le début de la guerre froide), le gouvernement américain facilita ces transferts. Dans le plan Marshall, les « missions de productivité », qui permirent à un très grand nombre de cadres européens de visiter l'industrie américaine et de s'imprégner de ses méthodes, eurent sans doute encore plus d'importance que les transferts initiaux d'épargne destinés à financer la reconstruction en Europe.

Le rattrapage fut donc rapide. Les ratios entre le PIB par habitant en Europe et au Japon et le PIB par habitant américain évoluent comme suit. Entre 1953 et 1974, ils passent de 25 % à 82 % au Japon, de 59 % à 92 % en France, de 50 % à 84 % en Allemagne[98].

Parallèlement, l'ouverture de chacun des territoires industrialisés augmentait, car le commerce mondial, tout particulièrement le commerce entre ces territoires, augmentait plus rapidement que la production. Nous avons vu qu'il fallait analyser ce phénomène comme une conséquence de la vigueur des croissances autocentrées et de la complémentarité des territoires, favorisée par un ordre international adéquat, et non pas comme la cause même de cette croissance.

Mais, au fur et à mesure que les niveaux techniques se rapprochent et que ce commerce se développe, il change progressivement de nature. Il devient de manière croissante un commerce intrabranche, manifestant par là que les capitalismes américains, européens et japonais, quoique encore largement sédentaires et centrés sur leur territoire, rentrent cependant en compétition, *via* des exportations et même des implantations sur les territoires des autres qui se font dans des branches où existent localement des entreprises dont on attaque ainsi le marché intérieur. Ainsi, d'après des calculs de l'OCDE[99], la part du commerce intrabranche pour les produits manufacturés est déjà en 1970 de 45 % entre le États-Unis et l'Europe, et de 24 % entre les États-Unis et le Japon. Vingt ans plus tard, ces chiffres sont passés à 63 % et 32 % respectivement.

Un changement qualitatif s'opère donc : d'essentiellement sédentaires et complémentaires qu'ils étaient, les capitalismes des pays industrialisés deviennent progressivement nomades et concurrents. La perception de ce changement par le gouvernement américain peut être précisément datée : c'est l'année 1971. En août 1971, le président Nixon suspend la convertibilité du dollar en or et contraint les gouvernements allemand et japonais à réévaluer leur monnaie. Il estimait en effet que ces monnaies étaient sous-évaluées par rapport au dollar et que cela mettait en danger la compétitivité du capitalisme américain. Vue du côté japonais, cette mesure tombe avec deux autres la même année : la reconnaissance de la Chine par les États-Unis, sans que le Japon en ait été préalablement averti, et la suspension, pour des raisons purement internes, des exportations américaines de soja, alors que le gouvernement américain, sous l'effet des pressions du lobby agricole, avait forcé le gouvernement japonais, très réticent, à ouvrir ses frontières aux exportations de soja. Cet ensemble est appelé au Japon le *Nixon shock*, d'importance bien supérieure en vérité au futur choc pétrolier. Les Japonais ont en effet compris cette année-là que, d'alliés privilégiés et meilleur élève protégé, ils étaient devenus des concurrents économiques du capitalisme américain, et que le gouvernement des États-Unis considérerait désormais la défense des intérêts de ce dernier comme un objectif au moins aussi important que bien des objectifs politiques.

Première sanction de cette mise en compétition des capitalismes, les États, à commencer par les États-Unis, reprennent la liberté monétaire qu'avaient réduite les disciplines du système monétaire international mis en place sous l'égide des États-Unis à Bretton Woods en 1944. Ce système monétaire international était adéquat à des capitalismes complémentaires sous hégémonie américaine. Il ne l'est plus à une situation de compétition croissante. Il est donc abandonné, à l'initiative des États-Unis, au profit d'un système où le dollar n'est plus la seule devise clef, mais est progressivement concurrencée dans ce rôle par le yen et le mark. Les taux de change entre ces devises clefs deviennent flottants, c'est-à-dire déterminés au jour le jour sur les marchés des changes, sans que les autorités monétaires des États concernés s'estiment contraintes de les conserver dans certaines limites collectivement acceptées. Au contraire, ils reprennent la liberté de mener des politiques monétaires et économiques plus indépendantes qui influencent le prix de leur monnaie sur le marché des changes.

LA RUPTURE DES CERCLES VERTUEUX DE LA CROISSANCE SOCIAL-DÉMOCRATE AUTOCENTRÉE ET SES CONSÉQUENCES

L'ouverture croissante des territoires à la compétition d'autres capitalismes est la cause principale de la rupture des cercles vertueux de la croissance social-démocrate autocentrée et de l'engagement des capitalismes dans une autre dynamique impliquant un autre rapport aux territoires. Pour expliquer la crise qui s'ouvre à partir du milieu des années 70, certains analystes de l'école de la Régulation ont mis l'accent sur un autre phénomène : l'« épuisement interne » de la croissance qu'ils qualifient de « fordiste ». Cet épuisement aurait pour cause d'une part la révolte des OS contre les conditions de travail à la chaîne, qui aurait ralenti les gains de productivité, et d'autre part une « saturation » des marchés de biens de consommation durables (automobile, électroménager et équipement des ménages, logement et infrastructure), qui auraient « tiré » la croissance fordiste. J'ai en effet souligné au chapitre IV que la croissance social-démocrate autocentrée — fondée sur l'articulation entre un secteur à fort gain de productivité, moteur de la croissance, et un secteur à faible gain de productivité (en l'occurrence essentiellement le tertiaire) qui absorbe les emplois libérés par le premier — pouvait perdre de sa puissance, c'est-à-dire de sa rapidité, si le premier voyait ses gains de productivité ralentir et sa part relative dans l'économie diminuer. Mais, premièrement, ralentissement n'est pas épuisement; deuxièmement rien ne permet de dire que le secteur à forts gains de productivité et à forte demande potentielle se soit rétréci. Tout au contraire, avec la diffusion des techniques de la microinformatique, il s'est probablement élargi. Ce n'est donc pas à mon avis dans un « moteur » défaillant qu'il faut voir la fin de cette dynamique de croissance, mais bien dans son incompatibilité avec une mise en compétition de capitalismes issus de territoires différents. Ce point est essentiel. Il suffit pour s'en convaincre d'examiner les conséquences de l'ouverture sur les deux principaux cercles vertueux schématisés par la figure du chapitre IV : celui qui passe par l'augmentation des salaires et celui qui passe par les prélèvements de l'État.

COÛTS SALARIAUX ET COMPÉTITIVITÉ

Le cercle vertueux qui passe par l'augmentation des salaires est, rappelons-le, le suivant : augmentation de salaires —> augmentation de la demande —> croissance de la production —> gains de productivité —> partage équilibré des gains de productivité (ici l'État intervient) —> augmentation des salaires. Il est renforcé par un cercle plus court : augmentation des salaires —> substitution du capital au travail (investissements de productivité) —> gains de productivité —> partage équilibré de ces gains —> augmentation des salaires. Or, à partir du moment où une entreprise située sur un territoire vend une part significative de sa production dans d'autres territoires et est elle-même concurrencée sur son territoire par des importations, ce cercle vertueux, qui part de l'augmentation des salaires, se brise. Pour ce qui est des exportations, une augmentation des salaires n'est qu'un coût supplémentaire qui met en danger la compétitivité à l'étranger. De plus, sur le marché intérieur, elle permet aux entreprises situées à l'extérieur et qui ne la supportent pas de gagner également des parts de marché. Nous avons vu qu'un ensemble d'entreprises en compétition sont en fait indifférentes au niveau absolu de salaires (au taux d'exploitation, aurait dit Marx) pourvu qu'elles soient toutes soumises au même régime, ce qui est le cas d'un ensemble d'entreprise sédentaires au sein d'un même territoire, par définition. Que ces entreprises deviennent nomades et vendent dans plusieurs territoires ou qu'elles restent sédentaires tout en subissant une concurrence issue d'autres territoires, alors le niveau relatif des salaires dans leur territoire d'origine par rapport aux autres devient un paramètre crucial de leur compétitivité. Or on sait qu'entre territoires différents, il n'y a pas de mécanismes de péréquation des salaires aussi puissants qu'à l'intérieur d'un territoire pour la raison simple qu'il n'y a pas circulation des hommes entre territoires.

Il existe cependant des mécanismes de péréquation des coûts salariaux entre territoires. Voyons d'abord comment ils fonctionnent en théorie. Soit deux pays A et B, de même niveau moyen de salaire à l'instant *t* au taux de change de l'instant *t*. Supposons que, toutes choses égales par ailleurs, les salaires réels augmentent en A et pas en B. Les entreprises de A perdent en compétitivité, les exportations de A vers B diminuent et celles de B vers A augmentent : A est en déficit commercial avec B. En théorie, le taux de change de la monnaie de A contre celle de B doit alors baisser de manière à ramener les salaires de A au même niveau que ceux de B au nouveau taux de change, et à rétablir ainsi les compétitivités relatives et l'équilibre du commerce entre les deux pays. En théorie donc, la circulation des biens se substitue, *via* les mécanismes de change, à la circulation des hommes pour égaliser les salaires dans les deux pays. C'est formellement exactement ce qui se produit aussi lorsqu'il y a divergence, non pas des salaires réels, mais des rythmes d'inflation dans les deux pays. Le pays dont l'inflation est la plus forte perd en compétitivité au taux de change initial et le taux de change doit normalement baisser pour compenser exactement le différentiel d'inflation.

Le problème est qu'en réalité ce mécanisme ne fonctionne ni instantanément ni avec cette simplicité théorique. D'abord, les taux de change ne s'ajustent pas immédiatement, ce qui laisse subsister des périodes où il y a divergence des compétitivités relatives, et pousse le moins compétitif à des efforts de productivité pour diminuer ses charges salariales. Ensuite, d'autres facteurs, en particulier financiers, interviennent dans la détermination des taux de change, si bien qu'ils n'ont pas de raison de se stabiliser rapidement à des niveaux égalisant les coûts salariaux réels.

Il en est résulté, à partir des années 70 et des fortes fluctuations des changes qui succèdent à l'abandon du système monétaire de Bretton Woods, que les capitalismes des différents territoires se sont trouvés alternativement en situation favorable et défavorable de compétitivité. Ces coups d'accordéon dans une situation d'ouverture croissante les ont contraints à des efforts tendant à réduire leurs coûts nettement plus intenses que ceux qui s'imposaient à eux dans le cadre d'une concurrence oligopolistique entre sédentaires au sein d'un territoire homogène du point de vue des coûts salariaux.

LE RETOUR DE LA COMPÉTITION PAR LES PRIX

Prenons d'abord bien conscience qu'il y a différentes intensités, mais aussi différentes formes de la compétition entre activités capitalistes. Une compétition incessante et acharnée par les prix n'est pas ce que préfèrent les chefs d'entreprise. Ils considèrent plutôt que « c'est l'enfer », et, sauf périodes de stratégies délibérées de guerre des prix visant à éliminer les plus faibles pour s'entendre ensuite si possible avec les survivants, leur comportement normal consiste plutôt, quand ils sont peu nombreux sur un marché, à former des oligopoles modérant la compétition par les prix et à faire porter la compétition sur la différenciation des produits, qui passe par des innovations techniques, commerciales, dans le dessin ou l'emballage des produits, la construction d'une forte image de marque, la fourniture de services associés aux produits, etc.

Or tous les industriels des secteurs ouverts à la compétition entre capitalismes le disent : à partir du milieu des années 70, la concurrence par les prix est devenue nettement plus vive. Même dans les industries où c'est l'innovation et la différenciation des produits qui constituent l'axe principal de la compétition, une très forte contrainte de coûts s'est imposée de l'extérieur. Dans ces industries, c'est bien toujours par l'innovation produit qu'on gagne des parts de marché, mais sous une contrainte qui est de ne pas vendre significativement plus cher que le meilleur en termes de coûts au niveau mondial.

Dans toute entreprise capitaliste, il y a toujours des zones où l'on est loin d'atteindre la productivité maximale qu'autoriserait en théorie l'état des techniques et les formes les plus efficaces d'organisation du travail. Ce ne serait pas le cas si le chef d'entreprise cherchait à tout instant et par tous les moyens possibles à maximiser son profit. Or un chef d'entreprise est toujours pris entre les exigences des actionnaires, qui, eux, recherchent la valorisation maximale de leur capital, et celles du collectif de travail qu'il emploie et dont il doit obtenir un certain degré de coopération. Indispensable au chef d'entreprise est en effet une attitude coopérative des employés dont on ne peut mesurer directement l'intensité du travail, en raison de sa complexité même et encore moins s'assurer qu'ils ont donné le maximum d'eux-mêmes. Cette coopération ne peut être fondée que sur des incitations et des assurances, lesquelles exigent qu'on utilise à cette fin une partie des profits de l'entreprise. Il en est d'autant plus ainsi que les actionnaires ne peuvent jamais s'assurer directement que le « manager » fait les meilleurs efforts pour rentabiliser au maximum les capitaux qu'ils ont investis dans l'entreprise et qu'ils doivent à son égard aussi mettre en place des systèmes d'incitations pour s'assurer qu'il privilégiera leurs intérêts. En conséquence, tant qu'une entreprise est en croissance, fait des profits et en distribue aux actionnaires une part telle que ceux-ci s'estiment satisfaits, il n'est pas nécessairement dans l'intérêt du chef d'entreprise de pressurer au maximum ses salariés et d'en réduire le nombre. Tout change évidemment si l'entreprise fait des pertes et que son existence est ainsi en danger.

Or, durant la CSDA, un grand nombre d'entreprises se trouvèrent dans des situations de concurrence oligopolistique par différenciation produit au sein de territoires homogènes du point de vue des coûts salariaux, et elles ne furent donc pas poussées à maximiser en permanence leur productivité. Mais l'ouverture et la compétition par les prix avec d'autres territoires qui, soit avaient des coûts salariaux plus faibles (ce fut le cas du Japon dans les années 70), soit avaient un avantage de compétitivité, même s'il était temporaire, en raison de la baisse de leur monnaie, les ont contraintes à traquer partout le moindre gain de productivité susceptible d'abaisser leurs coûts. Elles ont accéléré la substitution du capital au travail et pourchassé impitoyablement les « sureffectifs ». Elles ont ainsi commencé non seulement à ne plus embaucher, mais à licencier périodiquement. Une étude aux résultats très frappants réalisée par Chevalier et Durre illustre parfaitement un aspect de ce phénomène[100]. Cette étude montre, sur un échantillon de vingt-quatre entreprises européennes ayant mis en œuvre des plans de restructuration à la suite de pertes ou simplement de fortes baisses de résultats dans les années 90, que le nombre de suppressions de postes était étroitement corrélé à la perte annoncée, le coefficient de proportionnalité étant le coût moyen d'un employé dans l'industrie européenne soit 200 kF par an. Autrement dit 100 millions de francs de perte entraînent environ cinq cents suppressions de postes, 200 millions entraînent mille suppressions de postes, ce qui est censé ramener les comptes à l'équilibre. Cela prouve qu'il existait bien des réserves de productivité et que le ratio capital/travail n'était certainement pas optimisé en permanence, comme l'impliquerait un strict comportement constant de maximisation de profit.

Mais ce n'est pas tout. Cette nouvelle compétition engendre un autre effet : la norme de progression de la productivité, et pas seulement son niveau relatif par rapport aux autres territoires, vient désormais de l'extérieur. Autrement dit, il ne suffit pas d'avoir une productivité telle que sa compétitivité est assurée par rapport aux concurrents des autres territoires, il faut la conserver dans la durée. C'est donc le territoire où la croissance de la productivité est la plus rapide qui impose son rythme aux autres. Il s'ensuit que, la croissance de la productivité venant sur le long terme essentiellement de l'investissement — une fois les ajustements évoqués ci-dessus faits —, les entreprises en concurrence doivent en gros avoir le même taux d'investissement. Cela signifie que le partage salaire-profit, dont nous avons vu que, dans le cadre d'une croissance social-démocrate autocentrée, il pouvait dans une certaine mesure être socialement choisi (un partage plus favorable au profit accélérant la croissance), ne peut désormais plus l'être et qu'ici encore c'est le territoire qui a le partage le plus favorable aux profits, donc la croissance potentielle la plus forte, qui impose sa norme. En France par exemple, il devint ainsi nécessaire de modifier ce partage en faveur des profits à partir du milieu des années 70, pour que les entreprises situées sur le territoire de la France puissent investir au même niveau que les entreprises des territoires concurrents.

L'ÉTAT LUI-MÊME EST DÉSORMAIS SOUMIS À UNE CONTRAINTE DE PRODUCTIVITÉ

Le taux d'investissement dépend non seulement du partage salaire-profit, mais aussi de la part de leurs revenus que les ménages épargnent et donc prêtent aux entreprises pour investir, et à l'État pour financer le déficit public.

C'est ici que l'ouverture et la compétition croissante entre territoires met en cause un second cercle vertueux de la croissance social-démocrate autocentrée, celui qui part des transferts et des dépenses de l'État, dont on a vu le rôle non seulement stabilisateur à court terme, mais plus profondément de bouclage du plein emploi.

À consommation privée donnée, si, toutes choses égales par ailleurs, la consommation publique et donc les dépenses de l'État croissent, l'épargne susceptible d'être prêtée aux entreprises, qu'elle leur soit laissée sous forme de profits ou que les ménages la constituent pour la leur prêter, décroît et donc la capacité des entreprises à défendre leur compétitivité se réduit. Le niveau et surtout l'évolution des dépenses publiques deviennent ainsi directement un facteur de compétitivité des firmes.

Il est vrai que la question est complexe, car certaines dépenses publiques (recherche, éducation, infrastructures, par exemple) peuvent s'analyser comme des investissements productifs collectifs du territoire, puisqu'elles contribuent à accroître la productivité du travail employé par les entreprises situées sur le territoire. Mais on voit bien que l'ouverture impose ici une réelle contrainte : les dépenses publiques doivent être globalement « efficaces ». Leur niveau ne peut plus varier pour de simples considérations de politique conjoncturelle ou de maintien du plein emploi. En particulier, ce niveau ne peut plus croître plus vite que celui des autres territoires, si c'est pour financer des consommations publiques moins « productives » que ne le seraient des investissements privés. Avec l'ouverture, c'est l'État lui-même qui est désormais soumis à une contrainte de productivité. L'État ne peut plus « faire l'ajustement » en toute liberté, car le volume et la nature des dépenses publiques deviennent un élément de la compétitivité de l'ensemble du territoire.

CONSÉQUENCES DE LA RUPTURE DES CERCLES VERTUEUX DE LA CROISSANCE SOCIAL-DÉMOCRATE AUTOCENTRÉE

Les délicats cercles vertueux, dont l'articulation définit la croissance social-démocrate autocentrée, sont rompus. Dès lors, soit le chômage se développe, c'est le cas en Europe, soit les inégalités s'accroissent, c'est le cas aux États-Unis, soit un capitalisme réussit nettement mieux que les autres dans la compétition internationale et reste de plus principalement localisé sur son territoire d'origine — la croissance autocentrée y est relayée par le succès des exportations et le chômage n'augmente pas; c'est le cas, dans les années 80, du Japon. Examinons en détail pourquoi la rupture des cercles vertueux de la CSDA entraîne nécessairement ce type de conséquences.

L'industrie, qui est le secteur le plus ouvert à la compétition internationale, fait, on l'a dit, d'énormes efforts pour réduire ses coûts. Si elle ne peut abaisser le coût unitaire du travail, et les formes de régulation social-démocrate toujours en vigueur lui interdisent de le faire, particulièrement en Europe, mais moins aux États-Unis, elle doit augmenter sa productivité. Donc, à production constante, elle doit réduire l'emploi. La compétition impose également à la plupart des capitalismes d'augmenter le taux d'investissement. Donc l'épargne doit augmenter au détriment de la consommation. Même si évidemment, à moyen et à long terme, cela stimule la croissance, le premier effet est de réduire la demande de biens de consommation finale sur le territoire. Restent alors les exportations. Si le capitalisme du territoire concerné réussit à gagner des parts de marché dans les autres territoires, donc si le solde net des échanges de produits industriels est non seulement positif mais croissant, cela peut compenser les pertes d'emplois liés aux gains de productivité et l'industrie peut continuer à créer des emplois, ou du moins à ne pas en détruire. Ce fut le cas du Japon et de quelques pays en développement industriel rapide tels les quatre dragons du Sud-Est asiatique, qui émergent dans les années 70 et 80. Dans la plupart des autres territoires, l'industrie ne crée plus d'emplois, elle en détruit. Ainsi, en France, entre 1954 et 1973 l'industrie a créé 1,3 million emplois, et entre 1974 et fin 1994, elle en a perdu deux millions.

Reste le tertiaire, donc les services, secteur très hétérogène. Distinguons d'abord le tertiaire marchand du tertiaire non marchand, essentiellement l'État. Dans le secteur tertiaire marchand, il faut encore distinguer les services aux entreprises des services aux ménages. Au sein des premiers, certains services connaissent une vigoureuse croissance. En effet, un aspect de la stratégie de réduction des coûts des entreprises industrielles fut d'externaliser des fonctions qui étaient auparavant assurées à l'intérieur de l'entreprise, ce qui a favorisé une vive croissance des sociétés de services divers aux entreprises, informatiques, de gestion, publicitaires, juridiques, financiers, de nettoyage, de facturation, de paye, etc. Mais si les entreprises ont ainsi externalisé ces fonctions, c'était pour abaisser leurs coûts. On peut donc faire l'hypothèse que ce ne fut pas un simple transfert d'emploi, mais qu'au passage la productivité a nettement augmenté ici aussi. D'autres services marchands, telles les banques et les compagnies d'assurance, d'énormes machines soumises à de faibles pressions concurrentielles internes dans la CSDA, créèrent dans cette période beaucoup d'emplois. Elles sont désormais elles aussi progressivement soumises à une concurrence croissante venant de l'extérieur, quoique à un moindre degré, le phénomène étant encore largement devant nous. Néanmoins, elles ne sont plus en mesure d'absorber massivement les emplois libérés.

Restent donc les services aux ménages. Mais les revenus des ménages croissent moins vite, pour les raisons qu'on a dites et aussi, c'est là un cercle vicieux, parce que le chômage commence à se développer. Le seul moyen pour que ces services aux ménages absorbent les chômeurs serait donc qu'il en soit consommé nettement plus. Mais, pour ce faire, il faudrait que leur prix baisse, donc que le coût du travail qu'ils emploient baisse. En Europe, toujours pour les mêmes raisons, il ne peut baisser. Aux États-Unis, il baisse, et ce secteur a créé des millions d'emplois dans les années 70 et 80.

Restent enfin les services non marchands, donc essentiellement l'État. C'est lui qui assurait le bouclage ultime dans la CSDA. En France, de 1954 à 1994, l'emploi dans ce secteur augmente de 2,1 millions, passant de 2,5 millions à 4,6 millions. En 1974, il était de 3,3 millions. Le rythme de création de ces emplois s'est donc maintenu, puisque l'augmentation a été de 32 % entre 1954 et 1974 et de 39 % entre 1974 et 1994. Mais, pour les raisons déjà exposées, la compétition entre capitalismes limite désormais la croissance de l'État. Le rythme n'a donc pu s'accélérer significativement et l'État fut donc incapable d'absorber en totalité les emplois libérés par l'industrie et non absorbés par le tertiaire marchand.

Ouverture des territoires et nomadisation croissante des capitalismes ont donc introduit deux transformations majeures. Premièrement, un autre rapport de chaque capitalisme à ses salariés : dans l'industrie et plus généralement les secteurs exposés de façon croissante à la compétition des autres capitalismes, leurs salariés sont de moins en moins collectivement leurs consommateurs. Ce sont en revanche toujours des éléments de coût, et les questions de coût deviennent décisives quand on entre en compétition avec des territoires où ils diffèrent. Il faut donc se débarrasser sans états d'âme et au plus vite de tous ceux dont on estime, à tort ou à raison, que le coût est supérieur à la contribution productive et améliorer celle de ceux qui restent. Bien sûr cela intervient surtout « à chaud », c'est-à-dire quand l'entreprise est en crise. On a vu avec quelle admirable régularité : tant de millions de pertes, tant d'employés en moins. La célèbre politique du *Five dollars a day* de Henri Ford (j'augmente mes ouvriers pour qu'ils puissent ensuite m'acheter une voiture) est périmée. Deuxièmement, l'État, soumis à une contrainte de productivité, a perdu une part considérable de ses marges de manœuvre.

En résumé, les conséquences de cette rupture des cercles vertueux de la CSDA sont les suivantes : soit un capitalisme améliore en permanence sa compétitivité relative et le plein emploi est ainsi maintenu;

soit le chômage augmente, soit il n'augmente pas, mais alors au prix d'un abaissement du coût du travail substituable avec profit par du capital dans l'industrie et du coût du travail dans les services, en particulier aux ménages, ce qui accroît les inégalités de revenus.

LES POLITIQUES ÉCONOMIQUES : DE LA DEMANDE À L'OFFRE

Durant cette période allant du début des années 70 à aujourd'hui, les gouvernements ont dû prendre acte de ces transformations des dynamiques des capitalismes et de leurs rapports aux territoires. Ils ont modifié en conséquence la nature de leurs interventions, le contenu de la politique économique. On est ainsi passé de la politique, tant conjoncturelle que structurelle, de la CSDA, qui fondamentalement consistait à agir sur la demande, à une phase de transition pendant laquelle les politiques d'intervention sur la demande, encore efficaces, se combinaient avec des politiques néomercantilistes de renforcement direct de la compétitivité internationale de capitalismes encore très largement, quoique inégalement selon les pays, localisés sur leur territoire d'origine. Mais avec la globalisation des capitalismes, forme actuelle de la poursuite du processus de nomadisation, les politiques économiques tentent d'évoluer vers le renforcement de l'« attractivité » d'un territoire pour l'ensemble des capitalismes : il s'agirait de faire en sorte qu'un territoire « offre » des conditions qui amènent une part croissante de la production mondiale à s'y localiser et qui permettent d'y attirer une part croissante des revenus mondiaux. Les résultats de ces tentatives sont pour le moins incertains et, en matière de politique économique, l'impuissance et le désarroi dominent désormais dans certains des territoires les plus ouverts à la nomadisation des entreprises.

L'INEFFICACITÉ CROISSANTE DES POLITIQUES DE LA DEMANDE

Que les politiques conjoncturelles de « réglage fin » de la CSDA, autrement dit les politiques keynésiennes, soient devenues progressivement inefficaces en situation d'ouverture croissante des territoires et de libre circulation des capitaux est un fait trop connu pour qu'il soit nécessaire de faire ici autre chose que rappeler l'essentiel. Une relance de la demande par déficit budgétaire favorise autant les importations que la production intérieure. Elle provoque donc un déficit de la balance commerciale qu'il faut corriger par une dépréciation de la monnaie. Celle-ci favorise *a priori* les exportations et renchérit les importations. Mais rien n'assure que les exportateurs, soumis à forte concurrence, fasse autre chose qu'en profiter pour rétablir leurs marges, sans accroître leurs parts de marché ni embaucher. De même des sédentaires qui produisent et vendent sur le marché national et pour qui la dépréciation a relâché un peu la pression compétitive des nomades extérieurs. Au terme des processus enclenchés par la relance budgétaire, rien ne garantit vraiment une augmentation de la production nationale et une résorption du chômage. En revanche, on est sûr d'avoir un peu plus d'inflation, sous l'effet de la relance de la demande et de la dévaluation qui augmente le prix des importations incompressibles.

Quant à la politique monétaire, en situation de circulation presque parfaitement libre des capitaux, elle a un effet immédiat sur le taux de change. Elle tend donc à devenir l'un des instruments essentiels de la politique de change, et perd de ce fait des degrés de liberté quant à un usage de relance intérieure. La question devient alors celle du niveau de change souhaitable. Mais là encore les marges de manœuvre sont faibles pour un pays de poids économique moyen, comme la France. Un pays de ce type ne peut espérer attirer pendant de longues années ce qu'il faut d'épargne mondiale pour compenser un déficit commercial, ce dont les États-Unis, en revanche, sont capables. Son taux de change ne peut être que celui qui équilibre en moyenne période sa balance commerciale. La question devient : comment obtenir cet équilibre, c'est-à-dire avec quel type de spécialisation des firmes localisées sur le territoire ? Une politique de change élevé pénalise les entreprises présentes sur le territoire qui sont en compétition sur le marché mondial principalement par les coûts. Elle pousse donc ces entreprises à se spécialiser sur les produits où la compétition est « hors prix », c'est-à-dire se gagne par une innovation produit plus rapide ou plus imaginative que celle des firmes concurrentes, donc sur les produits des secteurs à technologie avancée ou à forte intensité de design, de conception, etc. (tels les produits dits de luxe), secteurs utilisant surtout du travail très qualifié et des compétences spécifiques. Les industries de main-d'œuvre peu qualifiée sont, elles, pénalisées. Inversement, une politique de change plus faible avantage ces dernières.

Comme le taux de change ne saurait jamais, pour un pays comme la France, être assez faible pour permettre aux industries de main-d'œuvre peu qualifiée de soutenir la compétition avec les entreprises des pays à bas salaires, on comprend pourquoi les gouvernements français, depuis 1983, pratiquent une politique dite de franc fort. Mais face aux très rapides destructions d'emplois dans l'industrie dont nous avons décrit le mécanisme, on comprend aussi que certaines voix s'élèvent en faveur de l'« autre politique[101] ». Nous n'entrerons pas ici plus avant dans ce débat, car de l'avoir simplement posé suffit à dresser la conclusion qui nous intéresse : la politique monétaire, directement articulée à la politique de change, ne peut plus être l'instrument keynésien indépendant de régulation de la conjoncture qu'il fut. C'est en fait un instrument stratégique d'action sur la spécialisation et la compétitivité du territoire.

Il y a donc inefficacité des politiques conjoncturelles. Cependant, l'intervention des États dans la CSDA ne se réduisait pas à cela, il s'en faut de beaucoup. Essentiels étaient l'intervention sur le partage salaire-profit et le rôle de l'État producteur-consommateur de services non marchands. Dans ce domaine, ce n'est pas de perte d'efficacité qu'il faut parler, mais des dilemmes graves que pose le maintien de ces politiques en économie ouverte. Nous avons décrits ces dilemmes ci-dessus. Soyons plus brutalement explicite en les illustrant d'un exemple. Maintenir le Smic et notre système de protection sociale signifie fixer un plancher au coût (salaire + charges) du travail. Certes, comme au temps de la CSDA, c'est un filet de sécurité qui maintient la demande. Mais, d'abord cette demande fuit en partie à l'étranger et d'autant plus que les entreprises situées sur le territoire français ont des coûts salariaux élevés; ensuite les entreprises industrielles du territoire sont contraintes à des efforts constants de productivité, donc, on l'a vu, à ne plus créer d'emplois ou à en détruire; enfin, le développement de la demande de certains services, en particulier aux ménages, est entravé car ils sont trop chers. Quant aux dépenses publiques, qui jouaient le rôle de bouclage sur le plein emploi de la dynamique, les voilà dorénavant elles aussi soumises à des contraintes de productivité.

Smic et protection sociale, État pourvoyeur d'emplois et de services publics étaient un élément essentiel de certaines formes de cohésion sociale, celles précisément de la CSDA. Si ces formes ne sont plus viables, peut-on en trouver d'autres? Nous reviendrons sur cette question dans l'épilogue.

LES POLITIQUES NÉOMERCANTILISTES

S'appuyant sur le constat de l'impuissance et/ou du caractère désormais pervers des formes antérieures d'interventions étatiques, s'est développé au cours des années 80 un discours libéral dont l'argument central était qu'il fallait par tous les moyens réduire le rôle de l'État au profit du libre fonctionnement des marchés, aux plans interne et international. Ce discours avait d'abord pour fonction principale de détruire le consensus autour des formes d'intervention de l'État dans la CSDA. Il avait une autre fonction, plus subtile, celle de masquer l'émergence d'autres formes d'intervention qui, elles, mettaient en opposition les territoires les uns avec les autres. Les gouvernements avaient donc le plus grand intérêt à pratiquer ces interventions sans le dire tout en tenant un discours libéral qui les condamnait en principe et permettait ainsi de montrer du doigt ceux qui, moins discrets, moins habiles ou moins puissants, parvenaient moins à les dissimuler. Ces politiques peuvent être qualifiées de néo-mercantilistes.

À partir du moment où l'ouverture des territoires aux circulations est croissante, mais où les activités nomades conservent encore principalement leur territoire d'origine comme base d'opérations, il y a évidemment une possibilité de conjonction d'intérêts entre un État, qui se fixerait comme objectif d'augmenter la richesse moyenne de son territoire, et des entreprises situées sur ce territoire, dont l'objectif est, simplifions, d'être protégées chez elles des nomades étrangers et aidées à gagner des parts de marchés dans les territoires étrangers.

Défendre cette communauté d'intérêts est l'essence même des politiques mercantilistes. Il est clair qu'elles sont potentiellement conflictuelles.

Schématiquement il s'agit de favoriser les entreprises nationales à l'exportation et de protéger autant que possible leurs marchés intérieurs des exportations des autres. Cela passe par la combinaison d'une politique de change (le yen fut longtemps objectivement très sous-évalué) et d'une politique commerciale dite stratégique, maniant les obstacles non tarifaires, les accords d'autorestriction, etc. Cela passe aussi par des mesures internes visant à restructurer si nécessaire les entreprises de façon à leur donner la « taille critique » pour attaquer les marchés des autres territoires, à financer largement leurs coûts de recherche-développement, à éviter entre elles une concurrence destructrice, etc.

Les plus efficaces en la matière furent bien sûr les Japonais, en raison du caractère très sédentaire que présentait leur capitalisme dans les années 70 et même 80. Mais les Américains, malgré la nomadisation déjà bien avancée du leur, n'eurent pas grand-chose à leur envier, d'où de sérieuses frictions commerciales entre ces deux pays. La France des grands programmes (nucléaire, aéronautique, spatial) et de la politique industrielle sectorielle active initiée sous Pompidou et destinée à renforcer un ou deux champions « nationaux » dans chaque secteur connut aussi ce genre de politique. Elle est inspirée du concept de « guerre économique mondiale » ainsi que le définissait Bernard Esambert[102], d'ailleurs conseiller de Georges Pompidou à l'époque ici considérée, où ceux qui s'affrontent sont en fait des territoires, les « entreprises nationales » formant les « bataillons de choc » du conflit, celles qui sont « au front » et que le reste du pays, l'arrière, doit soutenir de toutes ses forces.

Mais ce ne fut qu'une phase. Nous n'en sommes plus là. Car, conséquence logique de l'ouverture des territoires et de la libre circulation des capitaux, les entreprises ne se contentent plus d'exporter, elles se « globalisent » — terme à la mode, qu'il faudra préciser — et se déploient désormais sur l'ensemble des territoires. Leur sort, dans la compétition qu'elles se livrent sur la scène mondiale, est de moins en moins lié à celui de leur territoire d'origine et inversement leur succès ne bénéficie plus uniquement, ni même dans certains cas principalement, à ce territoire. Enrichissement d'un territoire donné et enrichissement des activités capitalistes nomades qui en sont issues sont deux processus qui ne se confondent plus. Il en résulte de nouveaux défis pour les interventions étatiques.

LA GLOBALISATION DES ENTREPRISES

L'intervention par des investissements directs des capitalismes en dehors de leur territoire d'origine est un phénomène ancien. Nous avons vu, avec Braudel, qu'il est bien antérieur à la révolution industrielle. Dans le monde moderne, les « multinationales » industrielles existent depuis le XIXe siècle. Mais la logique de ces premières formes d'internationalisation était soit d'aller chercher les matières premières là où elles se trouvaient (entreprises pétrolières et minières), soit de pénétrer des marchés locaux, par des filiales commerciales d'abord, puis éventuellement par des filiales de production. Néanmoins, la segmentation géographique des marchés, sauf pour certaines « commodités » (matières premières et biens intermédiaires standardisés pour lesquels la compétition passe exclusivement par les prix), est restée forte jusqu'à récemment. En témoigne, par exemple, le fait que les automobiles construites par les filiales européennes de Ford et de General Motors n'avaient rien à voir avec les automobiles produites aux États-Unis par les maisons mères. Ainsi, lors de cette première phase de nomadisation de certaines firmes industrielles, couramment appelée multinationalisation, soit le siège, les laboratoires de recherche-développement et, de manière plus générale, les fonctions stratégiques restaient dans le territoire d'origine et seules des unités d'extraction de matières premières ou de montage final se trouvaient réparties dans le monde, soit les filiales s'autonomisaient et devenaient de véritables entreprises « nationales » dans leur territoire d'implantation, au contrôle du capital près, comme ce fut le cas des filiales de l'industrie automobile américaine en Europe.

Les vingt dernières années ont vu se développer un phénomène de nature différente, appelé globalisation. Une entreprise globale est un réseau qui conçoit, fabrique et vend des produits « mondiaux » et localise ses unités opérationnelles dans différents territoires, en fonction des qualités propres de chacun. Une entreprise globale considère ses marchés comme étant d'emblée mondiaux, et non une juxtaposition de marchés locaux. Sa stratégie produit est donc mondiale, ce qui n'exclut pas une variabilité cosmétique du produit destinée à l'adapter à des préférences locales, mais la production de masse contemporaine, qui a beaucoup gagné en flexibilité, permet justement ce type d'approche. D'autre part, une telle entreprise répartit ses unités (de production, de recherche-développement, de commercialisation, financières, de gouvernement-coordination, etc.) dans les différents territoires, en fonction des qualités propres de ces territoires pour un type d'activité donné. Jusqu'au siège social peut être déplacé si tel est l'intérêt, fiscal en particulier, de l'entreprise.

Chaque entreprise globale devient ainsi un réseau constitué d'unités opérationnelles réparties dans le monde sous un même commandement. Ces réseaux de base que sont les entreprises globales sont, de plus, connectés entre eux par des politiques d'alliance et des liens de coopération plus ou moins étroits et durables, pouvant concerner n'importe quel type d'activité, de la recherche à la commercialisation, coopération à la fois entre firmes globales issues de territoires différents et entre ces grandes firmes et de nombreuses firmes moyennes (équipementiers, sous-traitants), qu'elles entraînent d'ailleurs souvent avec elles dans le mouvement de globalisation. Ces liens de coopération forment donc des réseaux de réseaux encore plus vastes et diversifiés dans leurs implantations territoriales. C'est entre eux que se déroule la lutte pour les parts du marché mondial. Ainsi, telle petite entreprise d'ouvriers qualifiés du Puy-de-Dôme travaillant autrefois pour Manufrance, à Saint-Étienne, s'est-elle, à la suite d'une reconversion réussie consécutive à la faillite de Manufrance, transformée en

PME de haute technologie, sous-traitante de second rang mais partie intégrante d'un vaste réseau dont les entreprises de tête sont allemandes et américaines et qui a comme adversaire principal un autre réseau, produit d'une alliance nippo-américaine, où le rôle de notre PME est joué par une entreprise de Singapour. Le sort de cette PME et de ses employés ne dépend plus du succès rencontré par le dernier catalogue de Manufrance ni donc de la conjoncture en France et de ce qu'est la politique économique du gouvernement français. Il dépend, par exemple, de l'issue de l'intense bataille que se livrent les deux réseaux pour pénétrer les marchés chinois et indien. On retrouve donc, cette fois à l'échelle du monde entier, le type de configuration qui caractérisait les capitalismes nomades de l'Ancien Régime au sein de leur économie-monde.

Une globalisation croissante et concernant un nombre croissant d'entreprises, telle est donc la tendance. Dans ce processus, les entreprises non seulement contournent les obstacles que pouvait dresser devant leur expansion le découpage du monde en territoires différents soumis à des pouvoirs politiques autonomes, mais elles sont désormais en mesure de jouer de ces différences à leur avantage. Pour les entreprises les plus avancées dans ce processus, la question de leur « nationalité[103] » est véritablement en train de perdre son sens.

« CE QUI EST BON POUR GENERAL MOTORS... »

La globalisation des firmes dissocie donc de manière croissante leur propre processus d'enrichissement et celui de leur territoire d'origine. Illustrons-le d'un exemple. Honda construit des usines d'automobiles aux États-Unis. Ce fait relève évidemment de la compétition entre firmes automobiles sur le premier marché du monde. Voyons en quoi il modifie la richesse des territoires concernés.

Les exportations d'automobiles du Japon menaçaient l'industrie américaine. Cela aurait pu continuer. Le Japon, accroissant son excédent commercial, aurait pu se contenter d'accroître ses investissements financiers aux États-Unis. Mais le gouvernement des États-Unis fut en mesure de contraindre Honda à venir investir sur son territoire, en imposant un certain taux de fabrication nationale. C'est la combinaison du pouvoir géopolitique des États-Unis, de menaces protectionnistes crédibles et du fait qu'il s'agissait du plus grand des marchés qui a contraint Honda à ce mouvement. Le gouvernement du Mexique n'aurait peut-être pas été en mesure d'opérer de la même façon.

À court terme, les effets de l'initiative de Honda pénalisent clairement le territoire japonais : l'emploi et la valeur ajoutée y sont réduits, tandis qu'ils augmentent aux États-Unis, d'autant que la localisation de Honda entraîne celle de certains de ses gros sous-traitants. En 1993, trois cents équipementiers et sous-traitants automobiles japonais s'étaient installés aux États-Unis, suivant leurs entreprises de tête. À plus long terme, en schématisant à l'extrême, le bilan en termes de richesse des territoires pourrait être le suivant. Soit l'implantation de Honda stimule l'industrie automobile américaine qui retrouve sa compétitivité, contient la poussée japonaise, voire réabsorbe les greffes initiales. Honda aura alors contribué à réindustrialiser le territoire des États-Unis et donc à réduire un handicap de ce territoire à l'égard du Japon. Soit l'industrie automobile sur le territoire américain tombe progressivement presque entièrement aux mains des firmes d'origine japonaise. Si celles-ci restaient toujours majoritairement détenues par des actionnaires résidant au Japon, cela assurerait un retour permanent de revenus du capital venant compenser, et même probablement plus, la perte de richesse initiale du territoire japonais, et soutenir ainsi une croissance continue de sa richesse nette. L'issue dépend donc des capacités de réaction de l'État et de la société (niveau technique, ressources humaines, etc.) du territoire d'accueil de l'investissement. Autrement dit, le fait qu'un investissement industriel étranger soit stimulant ou destructeur dépend de la qualité du tissu dans lequel il s'insère et de ses capacités de réaction. Cela relève de la compétition entre territoires.

Wilson, ancien président de General Motors, fut appelé par Eisenhower à devenir ministre. C'est lors de son audition préalable devant le Sénat qu'à la question : « Quelle serait votre attitude si vous deviez prendre une décision dans l'intérêt de l'État et défavorable à votre ancienne entreprise ? », il fit la célèbre réponse : « Ce qui est bon pour l'Amérique est bon pour General Motors et réciproquement. » Ce n'est plus entièrement vrai, non seulement en Amérique, mais même au Japon. Quand Honda se contentait d'exporter des véhicules à partir du territoire japonais, ce qui était bon pour Honda l'était certes pour le territoire japonais. Mais à mesure que

Honda se globalise, cette liaison devient de plus en plus lâche. Inversement, quand les territoires étaient beaucoup moins ouverts, et les capitalismes plus complémentaires que concurrentiels, ce qui était bon pour le territoire était généralement bon pour toutes les entreprises qui y étaient localisées.

Néanmoins, ces deux processus d'enrichissement, celui des territoires et celui des firmes nomades qui en sont issues, ne sont pas pour autant complètement dissociés. Il y a peu, en fait, d'entreprises véritablement globales, malgré la fortune qu'a connue le mot. L'existence d'un marché national prospère, où elles bénéficient — soit parce qu'il est encore malgré tout protégé, soit pour des raisons historiques, culturelles, etc. — d'avantages compétitifs, reste toujours un point d'appui solide à l'expansion mondiale de la plupart des entreprises. Des entreprises qui accroissent leurs exportations à partir d'un territoire contribuent toujours à l'enrichissement de ce territoire. Remarquons cependant que le fait qu'elles en soient initialement issues ou pas est ici indifférent. Les exportations de Renault et de la filiale française d'IBM ont exactement les mêmes effets sur la richesse du territoire de la France.

D'autre part, la globalisation n'est pas la seule stratégie possible pour une entreprise. S'enraciner dans un territoire pour y devenir inexpugnable, justement parce que, une fois enraciné, on est capable de percevoir avant tous les autres l'évolution des goûts des consommateurs, et/ou pour faire de ce territoire un tel bassin de compétences spécialisées qu'il devient irrattrapable par quiconque et attire au contraire les compétences similaires du monde entier, est dans certains domaines au contraire la meilleure stratégie. On citera pour exemple les districts industriels italiens, le prêt-à-porter de luxe parisien, Hollywood, la Silicon Valley, etc. Logiques sédentaires et logiques nomades conservent chacune des avantages, et les secondes ne l'emporteront pas radicalement sur les premières.

En tendance cependant, la globalisation, qui est dans la logique d'un grand nombre d'entreprises, dissocie de façon croissante les deux processus. Elle fait donc apparaître, de plus en plus clairement, que la prospérité des territoires a sa dynamique propre, distincte de celle des firmes nomades. Cela conduira les États, s'ils continuent à se soucier, quelles qu'en soient les raisons complexes, de la prospérité d'ensemble du territoire sur lequel s'exerce leur souveraineté, à réorienter de nouveau leurs interventions économiques dans le sens du renforcement de l'attractivité de leur territoire pour des activités capitalistes de plus en plus nomades, qui les mettront en concurrence sans états d'âme pour ce qui est des choix de localisation de leurs activités.

Telle est donc, au bout de vingt ans (1975-1995) de profondes mutations des rapports des capitalismes aux territoires, la scène actuelle de l'économie mondiale. Qu'advient-il dans ces conditions des inégalités internes aux territoires ? Nous avons déjà vu dans ce chapitre qu'une des conséquences possibles de la fin de la dynamique de la CSDA dans les pays industrialisés riches était un accroissement des écarts de revenus. Nous allons examiner cette question en détail dans le chapitre suivant, non seulement pour le présent, mais en proposant et justifiant une conjecture pour les décennies à venir. Cela exigera que l'on prenne toute la mesure d'un des phénomènes majeurs de la fin de ce siècle, l'irruption sur la scène mondiale des « pays à bas salaires et à capacité technologique », le retour des grandes civilisations multimillénaires qui, il y a à peine deux cents ans, faisaient jeu égal avec l'Europe.

CHAPITRE VI

L'émergence des pays à bas salaires et à capacité technologique[104]

Depuis la fin des années 80, de nouveaux acteurs font irruption sur la scène de l'économie mondiale. Ce sont des pays regroupant des milliards d'hommes, dont le revenu moyen par habitant est très faible comparé à celui des pays riches de l'OCDE, mais qui ne sont cependant en aucune manière des pays sous-développés, du moins dans l'acception qu'avait couramment ce terme dans les précédentes décennies. Ils ont en particulier des capacités technologiques et, plus important encore, la capacité d'acquérir rapidement les technologies que les firmes nomades des capitalismes des pays riches leur transfèrent désormais massivement. Appelons-les « pays à bas salaires et à capacité technologique » (PBSCT). Avant de les décrire, nous prendrons la mesure de combien se sont aujourd'hui accrues les mobilités. Puis nous examinerons en détail les conséquences de cette irruption, en particulier sur les pays industrialisés riches, et l'avenir que cette situation dessine, quant à l'inégalité du monde.

LES MOBILITÉS AUJOURD'HUI

Les années 80, années de déréglementations financières, ont permis la constitution d'un véritable marché mondial des capitaux. Jamais dans l'histoire, l'épargne accumulée dans un territoire quelconque n'a eu autant de facilité à aller s'investir dans un autre, et n'a eu autant de choix quant aux instruments financiers permettant cet investissement. Il n'est sans doute pas de meilleur indicateur de cette mobilité des capitaux que les volumes actuels des échanges entre monnaies sur le marché des changes, puisqu'une épargne qui désire se déplacer est en général en même temps obligée de changer de monnaie. Or on sait que les volumes échangés sur les marchés des changes sont quarante fois supérieurs à ce qui serait nécessaire au simple règlement des échanges de biens et de services. C'est assez dire que leur origine est, de façon aujourd'hui absolument hégémonique, la mobilité des capitaux. Ces mouvements de capitaux ont d'abord lieu entre pays riches, mais ils existent de manière croissante entre ceux-ci et le reste du monde, en particulier les pays que les gestionnaires de fonds appellent les « marchés émergents » d'Asie et d'Amérique latine.

Quant aux marchandises, le coût de leur transport a considérablement diminué depuis les années 50. Le coût du transport maritime a été divisé par deux entre 1960 et 1990. Le coût moyen du transport aérien des passagers a été divisé par plus de deux entre 1950 et 1980. Sur certaines lignes très fréquentées, comme Paris-New York, le tarif individuel le plus bas a été divisé par sept[105] entre ces deux dates. Le coût du transport intercontinental de données numérisées s'est, lui, véritablement effondré. Le prix d'une communication téléphonique de trois minutes entre Londres et New York a été divisé par dix entre 1950 et 1980. La redevance d'utilisation d'un canal de communication sur un satellite a été divisée par plus de cinq dans la seule décennie 70[106]. Puisque la déréglementation et la compétition mondiales dans ce domaine sont encore récentes, le coût de transmission des informations codifiées continuera certainement à baisser.

Illustrons cet accroissement des mobilités par quelques-unes de ses conséquences. Il n'est plus un seul bon gisement des minerais les moins chers à la tonne (mis à part l'eau et les granulats pour le bâtiment) qui, quelle que soit sa localisation, ne permette d'exporter dans le monde entier : le minerai de fer qui alimente la sidérurgie européenne vient du fond de l'Amazonie et de l'Australie et arrive à Rotterdam au prix de 45 dollars la tonne, nettement inférieur au coût d'extraction du minerai lorrain. L'extrême Asie est désormais économiquement aussi proche de nous, pour des biens durables comme l'automobile, qu'une zone reculée de l'Europe : le coût de transport par bateau d'une automobile de Corée à Rotterdam est du même ordre de grandeur que son coût de transport par rail ou par camion du fond de l'Espagne à l'Europe du Nord. Il est désormais possible, pour un dentiste européen, de faire réaliser des prothèses en Chine, malgré les deux ou trois aller et retour de la prothèse que suppose son adaptation au patient. Grâce à l'offre de nombreuses entreprises de transport intercontinental, il n'est pas une usine, aussi éloignée soit-elle de ses fournisseurs, qui ne puisse se faire livrer une pièce de rechange, et si nécessaire le technicien qui l'accompagne, en moins de quarante-huit heures, du moment que les pièces peuvent être transportées par avion. Enfin, grâce aux réseaux informatiques entre firmes, et ces réseaux sont désormais connectables par Internet au grand public, donc à des travailleurs indépendants, une secrétaire de Hong-Kong peut taper, de jour pour elle, de nuit à New York, les notes manuscrites télécopiées le soir par un avocat new-yorkais qui les retrouvera dans la mémoire de son ordinateur portable le lendemain matin. Rappelons qu'à la fin du XVIIIe siècle Marseille était, pour des informations codifiées (des messages) aussi bien que pour des marchandises, à huit jours de Paris [107].

Une époque de grandes migrations s'est close au début de ce siècle. Mis à part une infime minorité de cadres d'entreprises globales, devenus nomades avec elles, les hommes, eux, ne se déplacent pas. Ils restent désormais cloués à leurs territoires, que mettent en rapport des flux de marchandises, d'informations et de capitaux toujours plus puissants, mis en mouvement par les capitalismes.

LES PAYS À BAS SALAIRES ET À CAPACITÉ TECHNOLOGIQUE

Jusqu'à très récemment, les firmes globales issues des pays riches étaient essentiellement en compétition entre elles et les territoires riches entre eux pour les retenir et les attirer. Marginalement, ont surgi dans les années 70 et 80 de nouveaux types de compétition sur les biens manufacturés : pour des biens très simples, comme les textiles standardisés, celle de pays pauvres qui ont pu acquérir relativement facilement ces technologies. Parmi eux, un petit groupe, les « nouveaux pays industrialisés » (NPI), a su, grâce à des politiques de développement volontaristes, protectionnistes et intelligentes, monter en gamme et exporter des biens manufacturés de plus en plus complexes. Grâce à ce développement, leurs salaires longtemps contenus, en général par la manière forte, ont fini par s'élever, et leur monnaie par s'apprécier. Si bien qu'au moment où ils accèdent aux biens de haute technologie jusqu'ici réservés aux pays riches, ils ont des niveaux de coûts salariaux comparables à ceux des pays les moins riches d'Europe. Voilà qui est, pour beaucoup d'analystes, une bonne raison de ne pas s'inquiéter de ce type de concurrence. Nous y reviendrons.

Le fait essentiel, en vérité l'événement économique majeur de cette fin de siècle, et qui étendra ses effets sur tout le début du prochain, est l'entrée sur la scène de l'économie mondiale de pays d'une tout autre dimension et à la structure interne très différente : ce sont les pays à bas salaires et à capacité technologique (PBSCT). Il s'agit de la Chine, des ex-pays socialistes d'Europe de l'Est et de l'ex-Union soviétique, de l'Inde et de certains pays d'Amérique latine tels que le Brésil ou le Mexique. Ce sont aujourd'hui des pays à bas salaires. Le tableau suivant, qui les compare à la France, l'illustre.

Indices des coûts horaires de main-d'oeuvre (charges incluses) dans l'industrie — France = 100

	ARTHUIS	MORGAN		ARTHUIS	MORGAN
France	**100**	**100**	Chine	16	3
			Inde	5	
Maroc	18		Île Maurice	10	
Tunisie	27		Madagascar	2	
			Thaïlande	10	
Pologne	9	9	Viêt-nam	3	
Tchécoslovaquie	20	7	Philippines	7	4
Hongrie	20	11	Taiwan	42	34
Roumanie	5		Corée		30
			Singapour		38
Brésil		17	Indonésie		2
Mexique		15	Malaisie		11

Sources :
ARTHUIS : Coût d'un ouvrier qualifié. Source : rapport Arthuis, calcul à partir de données de la DREE.
MORGAN : Coût moyen d'un ouvrier dans l'industrie. Source : Morgan Stanley. Les données originales sont en dollars/heure, ici converties en indice. Coût pour la France (indice 100) : 16,26 dollars/heure.

Mais, contrairement à la Corée ou à Taiwan lorsqu'elles ont entamé, dans les années 60, leur rapide processus de rattrapage, ces pays ont d'ores et déjà de fortes capacités technologiques, sans commune mesure avec celles des véritables pays en voie de développement qu'étaient au départ les NPI. La Chine est capable de fabriquer des bombes atomiques et de lancer des satellites, l'Inde fabrique et exporte des armes de qualité (ainsi que le Brésil). Pour dire les choses autrement et de manière plus frappante, isolons par la pensée, en Inde, le groupe suivant : les industriels les plus efficaces, leurs cadres et leurs ouvriers qualifiés, les scientifiques de niveau international, les grands commerçants et les petits entrepreneurs les plus agiles, l'élite de la fonction publique, formée aux meilleures écoles occidentales, les paysans les plus riches du Pendjab. Ce groupe d'hommes et de femmes constitue peut-être de 8 à 10 % de la population indienne. Or il représente, en nombre, pratiquement une Allemagne réunifiée et rassemble des compétences sans doute non identiques, mais en fin de compte assez proches. Une Allemagne « interne » à l'Inde, capable de rattraper en vingt ans le niveau technique et scientifique de l'Allemagne, mais plongée dans un océan humain de centaines de millions d'hommes dont le niveau moyen de revenus n'augmentera qu'au rythme de l'évolution de la productivité moyenne de la totalité des forces de travail de ce pays, donc, surtout si l'accroissement démographique n'est pas vraiment maîtrisé, lentement. La même chose peut être dite de la Chine dont 70 % de la population est encore rurale.

Enfin, pour des raisons diverses, mais qui toutes, à la racine, tiennent à l'effondrement du socialisme, ces pays se sont engagés dans des processus de croissance extravertie, quoique à des degrés divers. Ils sont devenus des territoires attrayants pour les firmes globales et se sont lancés dans la compétition entre territoires.

L'irruption des PBSCT sur la scène mondiale aura une influence décisive sur l'inégalité du monde. C'est ce que nous allons maintenant analyser, en prenant soin de distinguer, puisque nous parlons maintenant du futur, l'agencement des dynamiques économiques actuellement à l'œuvre, ce qui est affaire de théorie économique, et la formulation de conjectures sur des paramètres ou des événements qui ne sont pas encore saisis à ce stade par la théorie économique ou qui, par nature, ne peuvent l'être. L'avenir seul dira si ces conjectures se sont transformées en faits. La partie théorique de l'analyse partira d'un modèle simple, fondé sur une partition en grands groupes de la population active des pays riches et des PBSCT, en fonction du rôle de ces groupes dans les échanges entre les deux types de pays.

COMPÉTITIFS, EXPOSÉS ET PROTÉGÉS

Distinguons deux types de pays : les pays industrialisés riches, c'est-à-dire les pays de l'OCDE, et les PBSCT. Distinguons, parmi les biens et les services produits dans les pays industrialisés riches, trois catégories. Les biens et services « compétitifs » sont ceux que les PBSCT ne savent pas encore produire et qu'ils importent : cela va de certains biens d'équipement, intermédiaires, ou finaux de haute technologie à des biens de consommation de luxe ou spécifiques (la mode ou les vins français) en passant par une série de services exportables. Les biens et les services « exposés » sont ceux pour lesquels existe sur le territoire des pays riches une compétition par les prix avec les pays à bas salaires ; ils sont donc en partie produits dans les pays industrialisés riches, en partie importés des pays à bas salaires. Enfin les biens et les services « protégés » sont simplement ceux qui ne peuvent pas voyager. Parmi eux, évidemment, se rangent avant tout des services, administration publique, enseignement, santé, commerce et banque de proximité, services personnels aux ménages, mais aussi certains biens, par exemple, une large part des produits du bâtiment et des travaux publics, l'habillement qui travaille pour la mode et doit donc être capable de réassortir de manière très rapide, ce qui exige pour l'instant la proximité du client, etc. Cette typologie ne recouvre pas une typologie par branches : au sein de chaque branche certains biens sont compétitifs, d'autres exposés, d'autres protégés. Chaque catégorie de biens est produite avec des consommations intermédiaires et des investissements venant eux-mêmes des trois catégories.

À partir de cette typologie des biens et des services distinguons trois catégories de personnes actives, d'individus, au sein des pays industrialisés riches :

les individus « compétitifs » qui produisent, pour les marchés nationaux et l'exportation, la part non délocalisable et non protégée des biens et des services compétitifs. Ce sont donc ceux dont l'activité productive fait que ces biens et services sont compétitifs, même s'ils sont en partie produits avec des intrants qui sont, eux, dans la catégorie des biens exposés ou protégés ;

les individus « exposés » qui produisent les biens et services exposés, lesquels sont en partie importés. Il s'agit non seulement de biens finaux, mais aussi de la part exposée des consommations intermédiaires et productives entrant dans la fabrication des autres biens ;

les individus « protégés » qui produisent les biens et les services finaux protégés et les consommations intermédiaires protégées des biens finaux compétitifs.

À ces trois groupes d'actifs, il faut bien sûr ajouter les chômeurs, qui ne produisent rien mais reçoivent une rémunération des trois autres groupes, *via* l'État. Soulignons que ces qualificatifs sont attachés, cela est crucial dans ce modèle, à une personne active et non à une entreprise. Au sein d'une entreprise produisant des biens compétitifs on trouvera, certes, des compétitifs (les concepteurs de produits, certains ingénieurs, vendeurs, financiers, gestionnaires, certains ouvriers qualifiés, etc.), mais aussi des exposés (ceux qui fabriquent des composants, des pièces ou rendent des services qui sont exposés en ceci que l'entreprise pourrait à très court terme trouver intérêt à les délocaliser dans un pays à bas salaires), et enfin des protégés (les gardiens de l'immeuble du siège social).

Cette typologie ressemble formellement à celle qu'établit Robert Reich dans *The Work of Nations*[108]. Le lecteur attentif de cet ouvrage stimulant verra cependant que nos catégories sont différentes et que j'en ai un autre usage que le sien. Les catégories de Robert Reich sont : manipulateurs de symboles, travailleurs routiniers, prestataires de services. La différence est que ma propre typologie n'est pas fondée sur la nature des emplois mais sur leur situation compétitive à l'égard des pays à bas salaires et à capacité technologique, laquelle évolue.

Par exemple, un ouvrier turc immigré clandestin du Sentier[109] qui coud des boutonnières à longueur de journée est un travailleur routinier pour Reich. Pour moi, c'est un compétitif car il fait partie d'un atelier capable de réassortir en vingt-quatre heures la mode parisienne, ce que n'est pas encore capable de faire un atelier du même type installé en Tunisie, *a fortiori* au Bangladesh. Inversement un informaticien de bon niveau, manipulateur de symboles selon

Reich, peut déjà être, et sera de manière croissante, exposé à la concurrence de son homologue indien.

On voit de même que mes catégories ne recouvrent pas la division simpliste travail qualifié-travail non qualifié qu'utilise la plupart des études actuelles sur ces questions[110]. Le travail non qualifié peut être compétitif s'il est inséré dans un réseau d'entreprises produisant des biens compétitifs dans une position telle que sa proximité géographique aux actifs compétitifs leur est indispensable. C'est le cas, il est vrai limite, de notre ouvrier du Sentier. Plus généralement c'est le cas des employés, pas nécessairement tous très qualifiés, d'une entreprise sous-traitante que son donneur d'ordre compétitif tient à avoir à sa porte, soit parce qu'il travaille en flux très tendus, soit parce qu'ils ont besoin de se rencontrer très fréquemment pour régler des problèmes de qualité ou d'évolution rapide du produit, bref pour une raison quelconque qui donne à la proximité une valeur économique telle que le donneur d'ordre estime ne pas avoir intérêt à délocaliser cette activité dans un pays à bas salaires. Soulignons ici deux points. D'abord, pour qu'il en soit ainsi, il faut d'une façon ou d'une autre que le sous-traitant offre, en plus ou avec le produit lui-même, un service que son concurrent potentiel d'un PBSCT n'est pas encore capable d'offrir. C'est ce service qui rend les employés de l'entreprise compétitifs. Ensuite, il est bien connu que les rapports entre grandes entreprises et sous-traitants varient selon les pays. Dans ceux, comme le Japon, où ils sont étroits et fondés sur des rapports de coopération, qui n'excluent nullement les conflits mais sont conçus pour être durables, le nombre des compétitifs est, toutes choses égales par ailleurs, plus important que dans d'autres où les sous-traitants sont considérés comme des tâcherons, le meilleur étant toujours le moins cher. Bref la nature des relations industrielles au sein d'un territoire influence la part relative des compétitifs et des exposés.

Inversement, une part tendanciellement croissante du travail dit qualifié est exposé. Enfin les actifs protégés appartiennent aux deux catégories : le professeur agrégé de droit constitutionnel français, une personne sans aucun doute hautement qualifiée, s'y retrouve aux côtés du cantonnier municipal de Ventavon (Hautes-Alpes).

Dans les PBSCT, saisis ici dans leur ensemble, nous distinguons également trois catégories d'actifs :

les immenses masses rurales auxquelles nous agrégeons les producteurs de biens artisanaux et industriels à usage local, ainsi que les masses urbaines survivant grâce au secteur dit informel ;

les salariés (ouvriers, techniciens, etc.) du secteur industriel exportateur ;

les nouveaux capitalistes, qui surgissent désormais partout avec l'abandon, en particulier par les grands pays peuplés, des modèles de développement autocentrés et étatiques socialistes ou inspirés du socialisme.

Ces derniers ont des niveaux de revenus qui n'ont désormais rien à envier à ceux des compétitifs les plus riches des pays développés, et qui ne feront que s'accroître. En revanche, les salariés et en particulier les ouvriers du secteur exportateur ne peuvent pas avoir un niveau de revenus très supérieur à celui des masses rurales (au sens large défini ci-dessus) qui constituent un réservoir sans limite de main-d'œuvre. Ce point est essentiel. Dans les PBSCT, les revenus du travail dans le secteur exportateur ne dépendent pas de la productivité du travail dans ce secteur, mais de celle des masses rurales. Une augmentation de la productivité dans les entreprises exportatrices ne se traduit donc qu'en hausse des profits pour les nouveaux capitalistes et en partie, grâce à la concurrence entre ces derniers, en baisse des prix pour les consommateurs des pays riches.

OUVERTURE CROISSANTE ET ÉVOLUTION DES REVENUS : PREMIÈRE APPROCHE STATIQUE

Ce modèle permet d'abord d'éclairer un mécanisme très simple mais généralement assez confusément perçu dans les débats actuels : l'augmentation, même équilibrée, du commerce entre pays riches et PBSCT a d'abord comme effet mécanique immédiat certes d'accroître le bien-être des consommateurs dans les deux pays, mais aussi de détruire des emplois dans les premiers.

Voyons cela à partir d'un exemple numérique que j'extrais d'une « leçon sur les avantages du libre-échange » administrée par un ministre de l'Économie et des Finances dans les colonnes d'un grand quotidien national[111]. Reprenons sa démonstration. L'achat d'une paire de chaussures importées à 100 francs au lieu de celle que propose à 250 francs un producteur situé en France, dit-il, fait économiser au consommateur 150 francs. Il utilise ces

150 francs, par exemple, à acheter des livres et à aller au restaurant, faisant ainsi travailler des salariés français[112], tandis que les 100 francs de pouvoir d'achat distribués dans les pays à bas salaires fabriquant les chaussures, après avoir circulé dans l'économie mondiale, finiront normalement par engendrer une demande de 100 francs de produits français, que nous exporterons, par exemple des Airbus. C'est on ne peut plus exact. Le bilan est favorable. Le bien-être des consommateurs s'est accru : pour la même somme ils s'offrent, au lieu d'une seule paire de chaussures, cette dernière plus 150 francs de biens et de services divers. Les activités situées sur le territoire français produisent toujours autant : 150 francs de biens et de services divers plus 100 francs de biens exportés remplacent les 250 francs de chaussures qui ne sont plus produites. Le PIB du territoire n'a donc pas varié. Enfin la balance commerciale de la France reste équilibrée. La seule condition pour qu'il en soit ainsi, c'est que les industriels situés sur le territoire français (qu'ils soient d'origine française ou pas, peu importe) tiennent leur rang dans la compétition avec ceux qui sont localisés dans les autres territoires industrialisés riches (dans notre exemple, qu'Airbus Industries fasse jeu égal contre Boeing sur les marchés émergents des pays vendeurs de chaussures). En réalité, il suffit qu'ils fassent jeu égal quel que soit le marché, car les excédents commerciaux des vendeurs de chaussures peuvent très bien avoir été utilisés à acheter du blé américain[113]. Il s'agit alors pour Airbus d'être capable de vendre des avions même aux compagnies aériennes américaines[114]. Il

faut souligner avec force, pour la clarté du débat, le résultat de cette analyse : l'échange entre deux territoires accroît incontestablement la richesse d'ensemble de chacun[115].

Examinons maintenant le bilan en termes d'emplois. Passons des francs aux millions de francs. 100 millions de francs d'importation de chaussures venant se substituer à 250 millions de production nationale détruisent environ 1 250 emplois. 150 millions de production nationale moyenne supplémentaire créent environ 420 emplois. L'exportation de 100 millions de francs d'Airbus crée 300 emplois. Le solde est donc une augmentation du chômage de 530. Ces chiffres ne sont que des approximations, puisque je me suis contenté de prendre la valeur ajoutée par emploi dans chaque branche, négligeant ainsi les effets induits. Veut-on des chiffres plus précis ? Claude Vimont en a calculé[116].

Le tableau suivant, établi d'après ses données, indique, pour 1 milliard de francs d'exportation de la France vers la Chine et vers la Corée du Sud, les emplois créés sur le territoire français et pour 1 milliard de francs d'importation en provenance de Chine et de Corée, les emplois substitués, c'est-à-dire ceux qui auraient été maintenus si, au lieu d'avoir été importés, les biens et les services avaient été produits sur le territoire français[117]. La troisième colonne indique le solde net. Elle exprime donc l'effet sur l'emploi au sein du territoire français d'une augmentation équilibrée de 1 milliard de francs du commerce entre la France et chacun de ces pays. On voit qu'il y a au total destruction d'emplois, malgré l'augmentation de l'emploi des cadres et des techniciens[118].

Emplois créés et substitués par 1 milliard de francs de commerce entre la France et la Chine, la France et la Corée du Sud

	France-Chine			France-Corée du Sud		
	Créés	Substitués	Solde	Créés	Substitués	Solde
Cadres et techniciens	978	606	372	787	680	107
contremaîtres, ouvriers et employés qualifiés	1 529	1 865	- 336	1 614	1 759	- 145
personnel non qualifié	630	1 846	- 1 216	752	1 626	- 874
TOTAL	3 137	4 318	- 1 181	3 152	4 064	- 912

Source : Vimont Claude. Chiffres de 1991. Pour la Chine : biens et services ; Corée : biens seulement.

Ce tableau présente également le grand intérêt de montrer que les compétitifs ne sont pas, tant s'en faut, uniquement des cadres et des techniciens. Les exportations de biens vers la Chine et la Corée (des biens compétitifs, dans mon vocabulaire) créent aussi des emplois non qualifiés sur le territoire français. Ces emplois sont soit des emplois de compétitifs, s'ils contribuent directement à la production du bien exporté, soit des emplois protégés induits, lorsque l'augmentation des exportations de biens compétitifs a entraîné une demande supplémentaire de biens et de services protégés sur le territoire français (bâtiment, services de formation, par exemple). De même, on constate qu'il y a des exposés parmi les cadres et les techniciens, ainsi que parmi les contremaîtres, les ouvriers et les employés qualifiés. Dans les deux cas, Chine et Corée, il y a même plus d'exposés dont les emplois sont substitués dans l'ensemble de ces deux groupes d'employés qualifiés que dans celui du personnel non qualifié.

Mais il est à peine ici besoin de chiffres, car la raison de cette destruction d'emplois est limpide : les produits exportés par les pays riches contiennent moins d'emplois que les produits remplacés par des importations en provenance des pays à bas salaires. Un accroissement, même parfaitement équilibré, du commerce entre les pays industrialisés riches et les PBSCT commence donc d'abord par détruire dans les premiers plus d'emplois exposés qu'il ne crée d'emplois compétitifs, tout simplement parce que ces derniers se vendent plus cher. Échanger du travail compétitif cher contre du travail exposé bon marché est en effet la « raison d'être » de l'échange et en fait tout l'intérêt pour les deux pays qui s'y livrent.

Poursuivons l'analyse. L'augmentation des importations en provenance des PBSCT détruit donc un certain nombre d'emplois N dans le groupe des exposés des pays riches. Même si on suppose une parfaite mobilité du travail entre groupes, donc si l'on suppose qu'une partie de ces actifs exposés privés d'emploi peuvent se transformer instantanément en actifs compétitifs, le groupe des actifs compétitifs, pour assurer des exportations accrues d'un montant égal aux importations accrues, augmente de $n < N$. Pour que le chômage ne croisse pas, il faut donc que les N-n actifs restants soient absorbés par le secteur protégé. Or on démontre facilement, si l'on reste dans le cadre d'une analyse statique ne prenant pas en compte la possibilité d'une croissance endogène dans les pays riches, que ceci n'est possible que si les rémunérations du travail dans le secteur protégé baissent. Si l'on suppose une certaine mobilité du travail entre groupe des protégés et groupe des exposés, cette baisse se diffuse également au groupe des exposés, réduisant quelque peu mais ne supprimant en aucune façon les destructions initiales d'emplois dans ce dernier groupe. Le mécanisme de base qui conduit à ces résultats est le suivant. Dans l'échange, seuls les revenus du groupe des compétitifs augmentent initialement. Pour que le groupe des protégés puisse absorber sans variation de revenu les N-n exposés devenus chômeurs, il faudrait que les compétitifs dépensent l'intégralité de ce revenu supplémentaire en biens et en services protégés. Cette hypothèse est invraisemblable. Il faut donc que le prix relatif des biens et des services protégés baisse, donc que les revenus des protégés baissent, pour qu'augmente la demande de ces biens par les compétitifs.

Dans ce modèle, on le voit, ce n'est pas par une substitution du travail au capital que la baisse des revenus agit sur l'emploi protégé (bien que ce phénomène puisse en réalité également jouer, quoique à mon avis de façon limitée pour cette catégorie d'emplois), mais par une modification de la demande des compétitifs. En d'autres termes et à titre d'illustration, si le coût du travail du coursier ou du chauffeur de taxi baisse, le premier va-t-il troquer son scooter pour un vélo, et va-t-on voir apparaître à Paris les *rickshaws* des villes du Sud-Est asiatique ? Non, en revanche les gens qui en ont les moyens utiliseront encore plus de taxis et de coursiers.

Le résultat est donc que lorsque s'accroissent les échanges, même équilibrés, avec les PBSCT si l'on veut éviter le chômage dans les pays riches, il faut y accepter une augmentation des écarts de revenus primaires [119] entre les actifs compétitifs et les autres. À ce stade, je n'affirme, en vérité, rien de très nouveau. Je ne fais que retrouver par un raisonnement macroéconomique un « théorème » de la théorie néoclassique du commerce international, le lemme de Samuelson [120] au théorème de Heckscher-Öhlin, qui montre que le commerce international « égalise le coût des facteurs ».

De quoi s'agit-il ? La démonstration considère deux pays disposant, avant l'échange, de « dotations initiales de facteurs de production » différentes. Par exemple le premier, un pays technologiquement avancé, possède sur son territoire relativement plus d'ingénieurs que d'ouvriers non qualifiés, lorsqu'on le compare au second, un pays en voie de développement où le nombre des ingénieurs par rapport à la population ouvrière est beaucoup plus faible. Ces pays produisent chacun deux biens. Ils ont à leur disposition les mêmes gammes de techniques capables de produire ces deux biens. Le premier bien, disons un avion, requiert pour sa fabrication relativement plus de travail d'ingénieur que l'autre bien, des chaussures par exemple. Avant l'ouverture de leurs frontières commerciales, chacun de ces pays produit pour son propre compte les deux biens. On démontre alors que, si les goûts des consommateurs sont les mêmes dans les deux pays (ils ont autant envie d'avions et de chaussures dans chaque pays), le ratio salaire des ingénieurs/salaire des ouvriers est inférieur dans le pays avancé à ce qu'il est dans le pays en développement, car dans le premier les ingénieurs sont, par rapport aux ouvriers, un « facteur de production comparativement plus abondant » que dans le second. Le théorème de Heckscher-Öhlin démontre que si le commerce s'ouvre entre les deux pays, chacun va avoir intérêt à se spécialiser dans la production du bien qui nécessite relativement plus du facteur comparativement abondant chez lui, et à l'exporter en échange de l'autre, dans lequel se sera spécialisé l'autre pays. Ainsi le premier pays se spécialisera dans les avions et le second dans les chaussures. Cette spécialisation n'est d'ailleurs pas complète, chacun continuant à produire les deux biens, mais dans des proportions différentes de ce qu'elles étaient avant l'ouverture du commerce.

Le lemme de Samuelson à ce théorème démontre que les prix des facteurs s'égalisent entre les deux pays, c'est-à-dire qu'une fois l'échange permis les ingénieurs des deux pays ont des salaires égaux, et les ouvriers aussi, et que le ratio salaire d'ingénieur/salaire d'ouvriers, qui est désormais bien sûr le même dans les deux pays, se situe entre les deux ratios antérieurs à l'échange. Par conséquent, les écarts de revenus entre ingénieurs et ouvriers s'accroissent dans le pays avancé et se réduisent dans le pays en développement.

Cela se démontre mathématiquement, mais il y faut quelques pages, alors que, comme un grand nombre de « théorèmes » économiques, le résultat est parfaitement intuitif. Dans les hypothèses du théorème, mettre les deux territoires en communication parfaite pour les marchandises qu'ils produisent revient à les considérer comme ne constituant plus qu'un seul territoire réunissant d'un seul coup les populations des deux. Ces deux pays ne différaient en effet en rien, ni par leurs goûts, ni par les techniques à leur disposition; mais ce qui les distinguait était leurs ratios nombre d'ingénieurs/nombre d'ouvriers. Dans le nouveau territoire unifié par l'échange, le nouveau ratio s'établit donc entre les deux. Il est donc trivial que le ratio de leurs salaires qui, pour satisfaire les mêmes goûts avec les mêmes techniques, ne dépend que de leur nombre relatif, s'établisse aussi entre les anciens ratios, avec les effets que l'on a dits sur les écarts de revenus antérieurs à l'ouverture.

Ce n'est pas parce que les hypothèses de ce modèle sont excessivement simplificatrices qu'il est insatisfaisant. Un modèle économique est toujours très simplificateur. La question est de savoir s'il explicite et formalise l'aspect principal, essentiel, d'un phénomène économique. On peut estimer que mon propre modèle est plus « réaliste », ne serait-ce que parce qu'il précise mieux, dans le cas de l'échange entre pays industrialisés riches et PBSCT, quels sont les mécanismes de l'accroissement des inégalités et entre quels groupes d'individus cet accroissement se produit. Mais mon modèle, du moins au stade où nous en sommes, comme les théories de l'échange international que je viens de résumer, ont ceci d'encore très insuffisant qu'ils sont statiques.

CHÔMAGE ET INÉGALITÉS : UNE QUESTION DE RYTHME

Statique, l'analyse qui précède l'est d'un double point de vue. D'abord, rien n'est dit du rythme auquel les importations en provenance des PBSCT peuvent augmenter, ce qui est évidemment un facteur essentiel du rythme de destruction des emplois exposés, et donc de la vitesse d'accroissement des écarts de revenus.

Ensuite, elle fait abstraction de la croissance dans les pays riches. Même si les écarts de revenus augmentent dans ces pays, une croissance de type homothétique, c'est-à-dire affectant également toutes les catégories de produits, peut, si elle est suffisamment rapide, entraîner l'augmentation des revenus des protégés et des exposés, ou au moins maintenir leur niveau de consommation constant, d'autant que, il est indispensable ici de le rappeler, la croissance des échanges abaisse le prix moyen des biens exposés — c'est son avantage pour les pays riches dans leur ensemble. Cela ferait évidemment une différence, pour les exposés et les protégés, avec une situation de paupérisation « absolue » : leurs revenus réels continueraient à croître, quoique moins vite que ceux des compétitifs.

Mais si l'on introduit la possibilité d'une croissance rapide et autonome dans les pays riches, rien n'interdit d'espérer encore mieux : qu'une vive croissance de la production et de l'emploi dans la catégorie des compétitifs puisse y créer en permanence assez d'emplois pour compenser exactement les destructions d'emplois chez les exposés, si bien que, pour éviter le chômage, l'accroissement des écarts de revenus ne serait même plus nécessaire.

S'agissant de la croissance dans les pays riches, il est en effet utile de la décomposer en deux phénomènes : d'une part, une croissance homothétique de la productivité du travail des trois catégories d'actifs productifs, qui augmente la quantité des biens et des services produits sans en changer la nature ; d'autre part, l'amélioration permanente de la « qualité » de ces biens, ou l'invention de « nouveaux » biens et services, qui ne font que satisfaire autrement les grandes catégories de besoins (se nourrir, se loger, s'habiller, se déplacer, se soigner, apprendre, se distraire, agresser, se défendre, contrôler, punir, etc.) et contribuent aussi à déplacer la demande solvable entre les besoins. Ce dernier phénomène se traduit en particulier par le remplacement de biens exposés par des biens compétitifs et exige par conséquent une transformation permanente d'actifs exposés en actifs compétitifs. Cela peut fort bien se produire au sein même d'une entreprise. Une entreprise soumise à une sévère compétition par les prix de la part d'exportateurs des PBSCT, qui parvient à y échapper en différenciant ses produits, en montant en gamme, en associant un service de proximité à ses produits, bref en évoluant vers ce qu'on appelle couramment aujourd'hui la concurrence hors prix, transforme ses produits en produits compétitifs et ses employés, d'exposés qu'ils étaient tous, deviennent, en partie au moins, des compétitifs.

À titre d'illustration, reprenons notre exemple numérique où nous l'avions laissé : nous avions cinq cent trente exposés qui se trouvaient réduits au chômage Mais qu'est-ce qui leur interdit de se transformer en compétitifs ? Absolument rien en théorie. Imaginons un instant ces cinq cent trente personnes fondant une entreprise et lançant un nouveau produit, que les consommateurs français sont extrêmement désireux d'acheter, en remplacement d'une importation, ou même simplement dès que leur pouvoir d'achat augmente. Dans ce cas, la loi de Say « L'offre crée sa propre demande » joue dans le cadre du seul territoire français et le problème est résolu par le haut : le territoire en effet bénéficie non seulement des avantages du libre-échange mais d'un surcroît de croissance qualitative. En revanche, si les cinq cent trente exposés dont l'emploi a été détruit ne parviennent pas à se transformer en compétitifs, ils ne peuvent qu'être absorbés, pour que le chômage n'augmente pas, par le groupe déjà important des protégés. Mais pour cela il faut que la demande de produits protégés augmente, il faut donc que leur prix baisse, donc que le coût du travail protégé baisse, donc que les revenus primaires des protégés baissent, comme nous l'avons vu.

La croissance homothétique ne peut pas s'opposer aux mécanismes d'élargissement des écarts de revenus que nous avons décrits, mais elle peut en atténuer les effets sur les bas revenus. La croissance qualitative, elle, est susceptible d'annuler ces effets si elle est assez vigoureuse. Ainsi, en dynamique, les théorèmes néoclassiques sur l'égalisation du coût des facteurs dans le libre-échange (et donc l'accroissement des inégalités) se révèlent faux, et ma propre analyse statique, bien que décrivant des mécanismes élémentaires à mon avis indiscutables, reste incomplète et ne permet pas de conclure. En dynamique, l'accroissement du libre-échange entre pays riches et PBSCT ne provoque pas inévitablement chômage ou inégalités croissantes, puisqu'il peut en théorie exister des contre-tendances suffisamment fortes.

Concluons donc à notre tour cette dimension théorique de l'analyse par un théorème : « Si, face à la destruction inévitable d'emplois exposés provoquée par l'accroissement des échanges, même équilibrés, entre pays riches et PBSCT, le rythme de création d'emplois compétitifs dans les pays riches par une croissance qualitative n'est pas assez rapide, alors le chômage ne peut y être évité que par l'accroissement des inégalités de revenus. »

UNE CONJECTURE

Comparé à celui de Samuelson, ce théorème est de nature différente. Il ne permet pas de conclure directement sur ce qui va se passer demain dans le monde contemporain, car pour cela nous devons répondre à une nouvelle question : lequel des deux rythmes, destruction d'emplois exposés et création d'emplois compétitifs, l'emportera dans les pays riches ? On peut penser que cette question relève aussi de l'analyse économique et que l'on pourrait donc, en formalisant des dynamiques économiques qui détermineraient ces deux rythmes, parvenir à un nouveau théorème qui, à la suite du premier, permettrait de conclure. Il est en effet possible de poursuivre l'analyse économique. Nous l'esquisserons plus loin.

Mais il restera toujours un « résidu » qui nous obligera à changer de terrain et à quitter celui de la théorie pour celui de l'interprétation du monde réel actuel. Il faut alors passer à la formulation de conjectures sur l'évolution des paramètres que le modèle économique aura identifiés comme essentiels, mais qui ne lui sont pas endogènes, c'est-à-dire qu'il ne détermine pas lui-même, et en déduire une conjecture sur l'évolution d'ensemble la plus probable. Ce sont donc mes propres conjectures que je vais proposer. Chacun est libre d'en formuler d'autres, à condition qu'elles soient cohérentes. Je discuterai ces conjectures opposées. Auparavant, poursuivons l'analyse économique afin de bien cerner sur quoi doivent porter les conjectures.

LES RYTHMES ESSENTIELS

Nous avons identifié deux rythmes essentiels dans les pays riches : celui de création d'emplois compétitifs et celui de destruction d'emplois exposés. Poussons plus loin l'analyse économique et complexifions un peu le schéma explicatif. Il est en effet évident que les biens compétitifs sont en permanence menacés de tomber dans la catégorie des biens exposés, et que cela se produit régulièrement, tandis que se créent en permanence d'autres biens et d'autres services compétitifs. Au sein du groupe des compétitifs nous avons en réalité deux phénomènes contradictoires : un phénomène de création, mais aussi un phénomène de destruction d'emplois provoqué par la montée en gamme des capacités technologiques et créatives des pays à bas salaires. Le rythme de création d'emplois dépend essentiellement de deux facteurs. Le premier est le rythme d'innovation des pays riches. Il ne s'agit pas uniquement d'innovation technologique au sens strict, mais aussi bien de la capacité de créer des produits nouveaux que les pays à bas salaires ne pourront imiter immédiatement. Le second est la formation. Pour que le groupe des compétitifs croisse en emploi, il ne suffit pas que ses nouvelles productions l'emportent en valeur sur ce qui glisse dans la catégorie des produits exposés, il faut aussi qu'il trouve les hommes capables d'assurer la production croissante. Il faut donc que soient en permanence transformés des actifs exposés ou protégés en actifs compétitifs, ce qui ne peut passer que par des processus d'acquisition de compétences, donc de formation. Quant au rythme de glissement d'emplois compétitifs vers des emplois exposés, il dépend essentiellement de la rapidité d'acquisition de capacités technologiques et de savoir-faire des pays à bas salaires.

Le rythme des destructions d'emplois dans la catégorie des exposés dépend de quatre facteurs : la mobilité technico-économique de ces produits, qui combine les facteurs techniques intrinsèques de transportabilité et la baisse des coûts de transport des biens et services ; un facteur d'intervention étatique, donc de politique économique, à savoir le degré d'ouverture des frontières ; le rythme de diffusion, au sein des pays à bas salaires, des technologies qu'ils maîtrisent déjà, rythme qui commande l'accroissement de l'offre de biens exposés par ces pays; enfin le revenu réel des exposés, facteur crucial de la compétition entre produits exposés et importations, puisque cette compétition passe, par définition pour cette catégorie de biens et de services, essentiellement par les prix.

Les variables de mobilité des biens et des services, de même que les rythmes de diffusion et d'acquisition de technologies dans les PBSCT, sont hors du contrôle d'acteurs quelconques dans les pays riches[121]. Les seules variables de « contrôle » dans les pays riches sont le degré de libre-échange avec les pays à bas salaires et, dans une certaine mesure, les rythmes d'innovation et l'intensité de l'effort de formation. Si le degré de libre-échange est stable, *a fortiori* s'il croît, tout va donc d'abord se jouer, quant à l'évolution du chômage et/ou des inégalités dans les pays riches, sur l'innovation et la formation. Si les emplois compétitifs ainsi créés ne compensent pas les destructions d'emplois exposés, alors, comme nous l'avons vu, il faut que les revenus des exposés et des protégés baissent, pour que ralentisse la destruction d'emplois exposés et surtout pour que s'accélère la création d'emplois protégés. Répétons qu'en théorie il n'existe aucune fatalité de ce genre. En théorie, la création d'emplois compétitifs peut compenser exactement les destructions. L'ensemble de ces facteurs est présenté dans le schéma suivant.

Facteurs déterminant les rythmes de destruction et de création d'emplois dans les pays riches

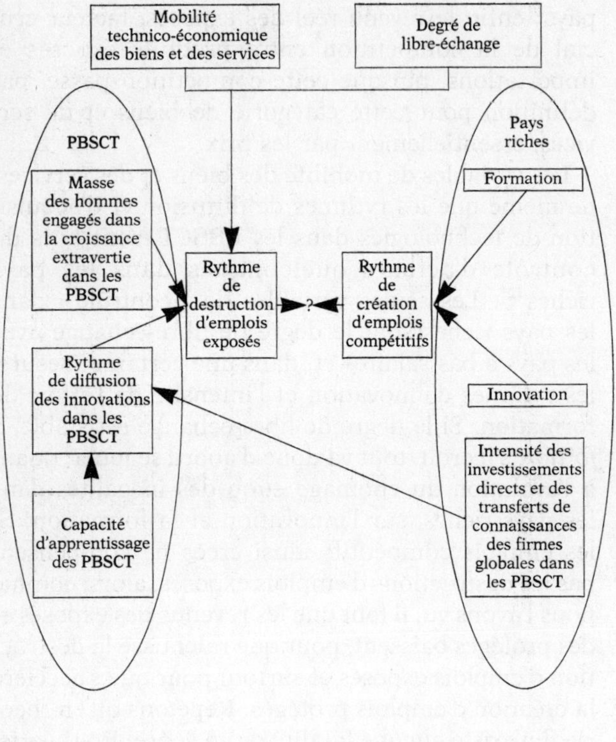

COMPARAISON AVEC LES TRENTE GLORIEUSES

Il est intéressant de comparer la dynamique actuelle de l'emploi à celle qui a caractérisé les

Trente Glorieuses. Durant cette période, le groupe des actifs agricoles, encore très important dans la France de 1946 (36 % des actifs) a perdu 5,4 millions d'emplois en trente ans, dont 4,4 avant 1968. Mais ces destructions ont été exactement compensées par des créations dans l'industrie et les services. On avait donc aussi un rythme de destruction combattu par un rythme de création d'emplois. Trois différences essentielles cependant avec la situation actuelle : il était certainement plus facile pour un paysan de devenir OS dans l'automobile que pour un exposé d'aujourd'hui de devenir un compétitif (cela n'exigeait pas le même effort d'innovation et de formation) ; on a vu que les États avaient directement créé un grand nombre d'emplois, ajustant ainsi le rythme de création à celui de destruction, et on a dit pourquoi ils ne pouvaient plus le faire ; le mouvement de destruction n'était pas imposé de l'extérieur, il résultait d'une dynamique interne de productivité sous contrôle des gouvernements européens grâce à la politique agricole commune, et on peut être persuadé que ces gouvernements auraient ralenti l'exode rural s'il avait été source d'un chômage massif.

LES INÉGALITÉS DANS LES PAYS RICHES

Cette comparaison conduit directement à la conjecture ou, si l'on préfère, à la prévision que je formule. Il s'agit en fait d'évaluer comparativement deux types de rythmes pondérés par les masses d'hommes concernées. D'un côté, les rythmes de diffusion et d'acquisition de technologies dans les PBSCT, « multipliés » par les masses d'hommes concernés par le processus, ce qui donne le nombre annuel de concurrents directs des exposés des pays riches qui surgissent dans les pays à bas salaires. De l'autre, les rythmes d'innovation et de formation dans les pays riches, « multipliés » par la masse des hommes concernés, c'est-à-dire à la fois les sujets (les compétitifs innovateurs, et les formateurs de compétitifs) et les objets (ceux qui sont, au prix d'un effort de formation, potentiellement compétitifs parmi les actifs exposés, protégés et les chômeurs) du processus de création d'emplois compétitifs dans les pays riches.

Je soutiens que, quelle que soit l'intensité de l'effort d'innovation et de formation, les constantes de temps intrinsèques à ces phénomènes, qui sont incompressibles, limitent le rythme de créations d'emplois compétitifs ; que l'acquisition et la diffusion des technologies sont en soi nécessairement plus rapides que l'innovation, puisqu'il est plus facile d'imiter que d'inventer[122] et que, de plus, ces rythmes vont augmenter sous l'effet des investissements internationaux, hautement souhaitables pour le développement des PBSCT ; enfin et surtout, que la masse des hommes concernés par ce processus est en train de changer d'ordre de grandeur. On est passé de quelques dizaines de millions avec les premiers NPI à des centaines de millions. Je soutiens donc que dans la plupart des pays riches, désormais, les créations d'emplois compétitifs ne pourront compenser les destructions d'emplois exposés. En conséquence soit le chômage *et* les inégalités de revenus s'accroîtront, soit les inégalités de revenus s'accroîtront sans chômage, mais dans ce cas encore plus vite et probablement avec une baisse réelle des bas revenus, alors que, soulignons-le une fois de plus, la richesse moyenne des territoires riches va continuer de s'accroître sous l'effet de leur croissance propre mais aussi grâce aux échanges croissants avec les PBSCT. Ce mouvement est déjà engagé, mais l'essentiel se trouve encore à venir.

Ce qui précède donne un éclairage sur l'enchaînement des mécanismes, c'est-à-dire les dynamiques économiques, et montre que, s'agissant de l'emploi et des inégalités dans les pays riches, tout se joue sur les différences de rythme de processus contraires. Comme souvent en économie, on peut en exprimer les principaux résultats de manière plus intuitive. Il est évident que, à partir du moment où un nombre croissant de biens et de services peuvent circuler, en raison d'entraves étatiques réduites et de coûts de transport décroissants et où des pays à bas salaires sont capables, en partie grâce aux investissements que des entreprises issues des territoires riches effectuent chez eux, de produire un nombre croissant des biens et des services que les pays riches produisent, alors ceux qui les y produisent n'ont qu'une alternative : faire autre chose ou subir une baisse de leurs revenus. On ne voit pas, en effet, pourquoi un ouvrier de France gagnerait durablement beaucoup plus que l'ouvrier chinois qui fait la même chose avec une productivité qui se rapproche de la sienne à vive allure. De même pour l'informaticien (analyste-programmeur) français et son homologue indien, qui, avec un salaire de l'ordre de 5 000 francs par mois au taux de change actuel, vit déjà en Inde presque aussi bien que le premier en France[123]. Quant à faire autre chose, il n'existe de nouveau qu'une seule alternative : soit faire ce que les pays à bas salaires ne savent pas encore faire, donc dans mon vocabulaire rejoindre le groupe des compétitifs, soit se mettre au service de ces derniers, en leur vendant des biens et des services protégés. Mais le pouvoir d'achat des compétitifs n'est pas infini. Si le nombre de ceux qui doivent se reconvertir à leur service croît trop vite, il faut bien que leurs revenus baissent, afin que baisse le prix des biens et des services protégés, seul moyen pour que la demande adressée par les compétitifs à ces biens suffise par son volume à absorber une offre croissante. Sinon, l'actif exposé ayant perdu son emploi tombe dans le chômage, ce qui revient à dire que les compétitifs le payent quand même (moins cher cependant), mais à ne rien faire et à désespérer.

LES INÉGALITÉS DANS LES PAYS PAUVRES

Quant aux pays à bas salaires, les inégalités vont également y croître. Les nouveaux capitalistes de ces pays, et les anciens capitalistes des pays riches installés dans ces pays, ayant devant eux de vastes marchés à l'exportation, ne sont nullement contraints, par les exigences d'une croissance autocentrée, de trouver des consommateurs au sein de leur territoire et donc d'élever rapidement (du moins aussi vite que croît leur productivité) les revenus de leurs employés. Ils font donc et vont continuer à faire des profits exceptionnels. D'immenses fortunes commencent de s'y amasser, à côté desquelles celles des Rockefeller et des Morgan apparaîtront rétrospectivement assez modestes. Une classe moyenne se forme néanmoins progressivement dans ces territoires. Quand leur croissance est à ce point vigoureuse que la demande des qualifications les plus élevées dans le secteur exportateur (ingénieurs, cadres commerciaux, etc.) suit l'offre avec peine, les revenus de cette catégorie d'actifs augmentent et leur permettent d'accéder à des niveaux de consommation qui excèdent largement celui des masses rurales. Cependant, ce phénomène ne concerne qu'une mince couche de la population. Il est beaucoup moins massif et rapide qu'il ne le fut dans les pays aujourd'hui riches à l'époque de la croissance social-démocrate autocentrée.

LA COMPÉTITION ENTRE PAYS RICHES

Enfin, il ne conviendrait pas de retenir de ce qui précède que les compétitifs connaîtront dans ces évolutions une relative tranquillité. Ce serait faire fi de ce que les compétitifs des pays riches sont en concurrence entre eux, au plan mondial, et que cette concurrence ne peut également que s'aggraver en raison des mobilités et de la nomadisation croissantes. Ils sont eux aussi engagés dans une course de plus en plus rapide pour rester dans le groupe, condition pour que leurs revenus continuent d'augmenter. Si les compétitifs d'un pays riche perdent en compétitivité relative, la richesse moyenne de ce territoire augmente moins vite que celle des autres et les inégalités internes s'y accroissent plus rapidement. Le sort économique des exposés et des protégés dépend en effet du nombre et de la compétitivité relative, donc de la richesse totale, du groupe des compétitifs présents sur le territoire. Inversement un territoire qui réussirait, par sa compétitivité relative, à faire croître le nombre d'actifs compétitifs plus rapidement que ne sont détruits les emplois exposés permettrait une amélioration continue de la richesse nette des protégés de ce territoire. Mais j'ai dit que cette hypothèse me paraissait peu vraisemblable, sauf peut-être pour quelques pays, en particulier certains pays très ouverts et peu peuplés, tel Singapour.

UNE ANALOGIE THERMODYNAMIQUE

Ne serait-ce qu'un simple mauvais moment à passer ? C'est ce que beaucoup prétendent dans le débat actuel, en citant le cas des premiers NPI qui ont désormais atteint des niveaux de développement et de salaires comparables à ceux de certains pays d'Europe. Les consommateurs des pays riches, en ouvrant leurs marchés intérieurs, ont incontestablement accéléré la croissance de NPI comme la Corée et Taiwan. Pendant vingt ans, ce sont essentiellement les exportations qui ont tiré leur croissance, tandis que des gouvernements dictatoriaux tenaient les ouvriers sous une main de fer. Au cours des années 80, pour éviter le dualisme qui caractérise un grand nombre de pays du Tiers-Monde et qui finit par entraver leur développement, l'État a dû intervenir pour recentrer la croissance, en permettant la hausse des revenus ouvriers, en particulier.

Or, répétons-le, car il y a là un point essentiel sur lequel il ne faut se faire aucune illusion, avec les nouveaux PBSCT, nous changeons d'ordre de grandeur. Il y a, très grossièrement, cent millions d'actifs dans l'industrie au sein des pays riches. Il est tout à fait évident que cent et même deux cents millions d'actifs dans l'industrie des nouveaux PBSCT, qui seraient capables de produire presque tout ce que produit l'industrie des pays riches, n'en tireraient pourtant vers le haut que lentement les revenus des trois ou quatre milliards d'individus des pays dans lesquels ils sont immergés. En d'autres termes, sept cent vingt millions de consommateurs riches ont malgré tout assez aisément absorbé le choc des quelques millions de producteurs-exportateurs de la première vague de NPI, ils n'absorberont pas celui de la Chine, de l'Inde, de la Russie, etc., si ces pays envisagent d'adopter le même type de croissance extravertie que les premiers, sans un accroissement des inégalités en leur sein (et au sein des pays à bas salaires) qui sera beaucoup plus rapide que le mouvement de rattrapage des niveaux moyens de revenus.

Disons-le autrement en utilisant une analogie thermodynamique. Quand les pays riches ont été mis au contact des quelques dizaines de millions d'habitants des premiers NPI, c'est leur système, de loin le plus massif, qui a conféré ses caractéristiques aux leurs. Ils les ont tirés vers eux rapidement sans même s'en apercevoir, ou à peine. Les pays riches sont désormais en communication avec les milliards d'hommes des PBSCT. Peut-on raisonnablement espérer que, cette fois, ces derniers ne vont pas transmettre, au moins en partie, leurs propres caractéristiques aux pays riches et d'abord des écarts de revenus bien plus importants que ceux qui étaient issus des croissances social-démocrates autocentrées ?

DISCUSSION

Qu'oppose-t-on, que pourrait-on, même si on ne le fait pas encore, opposer à ces thèses ? J'examinerai d'abord, pour les écarter, ce que je considère comme de mauvais arguments. Puis je discuterai un argument plus sérieux, celui qui affirme que la tendance, déjà nettement perceptible, à l'accroissement des inégalités est avant tout due au progrès technique. Enfin, j'admets, quant à l'avenir, que des conjectures différentes des miennes puissent être faites. J'en discuterai les principales, avant de conclure.

DE MAUVAIS ARGUMENTS

Dans le débat actuel sur le libre-échange avec les pays à bas salaires, deux arguments sont fréquemment avancés. Le premier, c'est que la compétitivité de ces pays est en large partie due à la sous-évaluation de leur monnaie ; le second, non contradictoire avec le précédent, est qu'elle est due à l'absence de protection sociale des ouvriers, avec parfois des excès hautement condamnables tels que le travail des enfants et le travail gratuit des prisonniers. Un troisième argument est parfois avancé : cette compétitivité résulterait en partie aussi de leur moindre degré de protection de l'environnement.

On en conclut qu'en les contraignant à adopter un taux de change correct, des législations sociales et de protection de l'environnement avancées, on supprimerait une large part des problèmes qu'entraînent dans les pays riches l'afflux de leurs exportations à bas prix. Ces arguments sont d'une part faux, d'autre part hypocrites.

Le dumping monétaire

Bien qu'il soit, en théorie comme en pratique, assez difficile de déterminer quel est le taux de change « correct » d'une monnaie par rapport aux autres, on peut estimer qu'en situation de libre circulation des capitaux, c'est celui qui, sur moyenne période, équilibre la balance de base, c'est-à-dire la somme de la balance commerciale des biens et des services et de la balance des capitaux à long terme. La plupart des PBSCT n'ont pas encore établi la convertibilité totale de leur monnaie pour les mouvements de capitaux. Ils maintiennent donc un contrôle de ceux-ci. Bien qu'ils aient pour beaucoup des balances commerciales déficitaires sur moyenne période, on peut donc les soupçonner d'avoir une monnaie sous-évaluée, qui s'apprécierait si les entrées de capitaux à long terme dans leur économie étaient parfaitement libres.

C'est possible. Il est par conséquent souhaitable, à mesure que les PBSCT s'intègrent dans la compétition entre territoires, qu'ils soient soumis aux mêmes disciplines monétaires que les pays riches à monnaies entièrement convertibles. Encore faudrait-il que l'organisation du système monétaire international assure que les taux de change, y compris ceux des monnaies des pays riches entre elles, soient stabilisés à leur niveau « correct ». Quand on constate que le dollar est passé de 3,3 marks en mars 1985 à 1,5 mark fin 1990, et que les fluctuations, quoique de moindre ampleur, ont continué depuis, il faut reconnaître que c'est loin d'être le cas.

Cependant le fond du problème n'est pas là. Car, bien souvent, ceux qui avancent l'argument de la sous-évaluation des monnaies des PBSCT se réfèrent à la théorie de la parité de pouvoir d'achat. Concrètement, de quoi s'agit-il ? Quand on constate que, au taux de change actuel du yuan contre le franc, un ouvrier qualifié de Canton coûte 800 francs par mois à son employeur, ou qu'au taux de change de la roupie, l'informaticien de Bombay coûte 5 000 francs par mois, on peut être tenté d'affirmer qu'il y a sous-évaluation manifeste du yuan et de la roupie. En effet, nul ouvrier ne pourrait vivre avec 800 francs par mois dans la région parisienne, alors que l'ouvrier chinois, lui, parvient à vivre à Canton, et même aisément, comparé à beaucoup de ses concitoyens. En d'autres termes, si l'on évaluait aux prix français tout ce que dépense grâce à son salaire l'ouvrier chinois (tant de kilos de riz et de poisson, des vêtements, un vélo, le loyer de la pièce de 10 mètres carrés où il vit avec sa femme et son — légalement unique — enfant), on trouverait beaucoup plus de 800 francs, peut-être 2 000 ou 3 000 francs. Même raisonnement si l'on analyse les consommations effectives de l'informaticien de Bombay qui, avec l'équivalent en roupies de 5 000 francs, s'offre une maison de cinq pièces, une voiture (indienne), un ou deux domestiques, etc.

D'où, concluent certains, une sous-évaluation manifeste du yuan et de la roupie, dont le taux de change devrait réaliser la « parité des pouvoirs d'achat », en France et dans ces pays, des salaires de l'ouvrier chinois et de l'informaticien indien. À ce taux de change, ceux-ci continueraient à gagner moins que leurs homologues français, qui consomment objectivement plus, mais pas du tout dans les mêmes proportions. Or l'ouvrier chinois à 2 000 ou 3 000 francs par mois cesserait, compte tenu de son éloignement et de sa plus faible productivité, d'être le concurrent redoutable qu'il est à 800 francs par mois.

Ce raisonnement est faux. Bela Belassa[124] a montré de façon incontestable que plus le niveau de développement d'ensemble d'un pays est faible, c'est-à-dire plus la productivité moyenne du travail de l'ensemble de la population y est faible, plus son taux de change d'équilibre est inférieur à celui de la parité de pouvoir d'achat.

Le raisonnement de Belassa est le suivant. Prenons le cas de la France et de l'Inde. Dans chaque pays distinguons les biens échangeables (compétitifs et exposés, dans mon vocabulaire) et les biens et services non échangeables (protégés, dans mon vocabulaire). En France, la haute productivité du travail dans le secteur des biens échangeables conduit à des salaires, mesurés en quantité de biens qu'ils permettent d'acquérir, très élevés. L'existence d'un marché du travail unique (en raison de la circulation des hommes) fait que ces niveaux de salaires se diffusent aux secteurs produisant les biens protégés.

Autrement dit, le garçon coiffeur qui fait un travail dont la productivité n'a pas augmenté depuis la plus haute Antiquité — bien que n'ayant pas connaissance de recherches approfondies sur ce point, je me risque à avancer que dans la Grèce antique il fallait un quart d'heure pour faire une coupe de cheveux, comme aujourd'hui — a bénéficié d'extraordinaires gains de productivité réalisés dans d'autres secteurs, par exemple la production de moyens de déplacement terrestre. En Inde, la productivité moyenne du travail est très faible, même si elle peut être élevée dans les secteurs exportateurs de biens échangeables. Elle est en particulier très faible dans le secteur productif de biens et de services locaux protégés. Les salaires moyens, toujours exprimés en quantité de biens qu'ils permettent d'acquérir, sont donc aussi très bas. Mais les biens échangeables, eux, doivent avoir un prix mondial unique puisque, par définition, ils peuvent circuler. Il en résulte qu'en Inde le ratio prix des biens échangeables/prix des biens locaux est beaucoup plus élevé qu'en France. C'est un phénomène d'observation courante : en Inde, le prix d'un bien importé, par exemple une chaîne hi-fi japonaise, mesuré en coupes de cheveux, ou si l'on préfère en coût d'une heure de travail de manœuvre, est beaucoup plus élevé qu'en France. Par conséquent, au taux de change d'équilibre, qui est en effet celui qui égalise le prix moyen des biens, mais uniquement des biens échangeables, le prix des biens locaux en Inde est extrêmement bas.

Voilà pourquoi l'ouvrier indien, parce qu'il consomme très largement ce type de biens, parvient à vivre avec 500 francs par mois au taux de change d'équilibre. Voilà pourquoi aussi, le RMIste français a tout intérêt, avec ses 2 500 francs, à aller vivre en Inde, ou plus près, en Turquie par exemple, s'il parvient à faire pointer quelqu'un à sa place à l'ANPE et à ne faire lui-même le voyage (un bien échangeable, donc cher) qu'une fois sur trois ou quatre. Des biens échangeables, l'ouvrier indien ou chinois ne peut consommer que les moins chers, par exemple une bicyclette. Il n'aura accès à la consommation d'une voiture que lorsque la productivité moyenne du travail dans son pays se sera nettement rapprochée de celle de la France.

À moins, bien sûr, que son salaire en roupies ne s'envole très loin des revenus de la masse humaine produisant et consommant les biens locaux. Mais ici encore fonctionne, en Inde cette fois, un marché du travail permis par la mobilité interne des hommes. Il n'est nullement exclu que le spécialiste indien de telle ou telle discipline ou métier très pointu puisse parvenir à un salaire en francs équivalent à celui de son homologue français et donc vivre chez lui dans une abondance princière. Mais cela va créer en Inde une extraordinaire incitation à acquérir ladite spécialisation. Comme le système universitaire des pays riches est, fort heureusement, ouvert aux meilleurs étudiants des PBSCT, il y a de bonnes chances que l'offre, en Inde, de ce type de spécialisation suive la demande et maintienne les salaires à des niveaux très appréciables pour l'Inde, mais très inférieurs en francs au niveau français. En tout cas, pour l'ouvrier non qualifié, ou peu qualifié, ce mécanisme d'adaptation de l'offre à la demande va jouer beaucoup plus puissamment. Ainsi, même si l'on constate que les salaires ouvriers dans le secteur exportateur des PBSCT sont nettement plus élevés (deux ou trois fois, parfois plus) que les revenus moyens des masses rurales et du secteur urbain informel, la très puissante force de rappel du marché du travail interdit que ces écarts se creusent indéfiniment. D'ici à l'an 2015 ou 2020, on estime que cinq cents millions de personnes en Chine vont quitter l'agriculture pour se présenter sur le marché du travail dans les secteurs industriels et des services. Le rythme actuel est de treize millions par an, il devrait s'accélérer.

En résumé, il n'y a pas sous-évaluation drastique des monnaies des PBSCT. Les taux de salaires, très bas aux taux de change d'équilibre, des ouvriers, techniciens, etc., bref des salariés du secteur exportateur sont parfaitement « normaux » et ne croîtront qu'à mesure que s'élèvera la productivité moyenne du travail dans ces pays tandis que la productivité dans le secteur exportateur, elle, se rapproche rapidement des niveaux atteints dans les pays industrialisés riches, grâce en particulier aux investissements directs des firmes globales issues de ces pays.

Le dumping social

Venons-en aux arguments concernant le degré de protection sociale. Ici l'erreur s'accompagne bien souvent d'hypocrisie : on ne « découvre » subitement le travail des enfants que lorsqu'on commence à perdre des parts de marché. Il ne s'agit pas de nier l'existence de telles situations d'exploitation extrêmes. Dans ce cas, toute forme de pression sur les gouvernements de ces pays pour les faire cesser est parfaitement justifiée, et les arguments spécieux de ceux qui disent que c'était aussi le cas dans les pays riches au début de l'industrialisation sont à rejeter catégoriquement.

Mais il faut bien reconnaître que ce n'est pas le cas général, que la compétitivité de ces territoires n'est pas fondée là-dessus. Il est même certain que la plupart de ces pays ont déjà des niveaux de protection sociale (systèmes de soins gratuits ou subventionnés, assurance chômage ou assurance accident minimales) qui n'existaient tout simplement pas dans les pays riches quand ils étaient à leur niveau actuel de développement. Quant à la « légalisation » de la classe ouvrière, intervenue dans les pays aujourd'hui riches à la fin du XIXe siècle, elle est partout nettement plus avancée qu'elle ne l'était à niveau de développement équivalent dans les pays riches. Ne serait-ce qu'en raison de l'héritage de pratiques, voire d'institutions, socialistes dans les plus importants des PBSCT, la Chine, l'Inde, l'ex-Union soviétique et l'Europe de l'Est.

Le dumping environnemental

En ce qui concerne l'environnement, il faut en distinguer les atteintes locales et les atteintes globales. Les atteintes locales, en particulier quand elles sont réversibles (quand elles ne le sont pas, par exemple en raison de la disparition d'une espèce vivante, elles deviennent un problème global), doivent être laissées à la souveraineté des États concernés. Toute vie sociale porte en effet atteinte à l'environnement. La question du partage entre biens environnementaux et biens économiques est un choix qu'il faut toujours faire. C'est un choix politique, qui doit être effectué par ceux qui sont directement concernés.

Reste que si l'atteinte est globale (réduction de la biodiversité, effet de serre, destruction de la couche d'ozone), le monde entier est concerné. Le droit d'ingérence est alors justifié. Mais dans ce cas les pays du Sud, et les PBSCT parmi eux, ont raison de faire remarquer que les pays riches ont utilisé gratuitement jusqu'ici les capacités d'absorption limitées de la nature, et que, s'il s'agit maintenant de payer, c'est-à-dire de consacrer une part des ressources humaines en travail, pour réduire les émissions ou les actes polluants, les pays riches doivent aussi payer pour tout ce qu'ils ont fait dans le passé, car ils ont alors réduit pour tous les possibilités actuelles de continuer à polluer. En conséquence, il est légitime de demander aux pays du Sud de moins polluer quand il s'agit d'un problème global, mais c'est très largement aux pays riches d'en payer le prix.

La question de fond : à quels prix commerce-t-on ?

Dans les deux cas, protection sociale et de l'environnement, nous avons en réalité affaire à une démarche hypocrite, parce que c'est une attitude protectionniste qui se défend de l'être. Exiger que les PBSCT aient dans ces domaines des pratiques proches de celles des pays riches, cela revient à leur demander d'adopter en partie les prix relatifs en vigueur dans les pays riches : le prix relatif que ces pays sont aujourd'hui prêts à accorder à l'environnement, celui qu'ils trouvent normal d'accorder à diverses prestations sociales. Mais n'accepter qu'un territoire ne commerce avec soi qu'à condition que cela se fasse à ses propres prix relatifs, c'est l'essence même du protectionnisme. Et, dans ce cas, pourquoi ne pas être plus radical ? Pourquoi les pays riches n'exigent-ils pas de commercer à leur système de prix relatifs dans son intégralité, puisque ce système ne fait que refléter leur niveau de développement et l'ensemble de leurs valeurs et de leurs choix politiques (pas seulement ceux concernant la sphère sociale et l'environnement), valeurs et choix qu'ils ont fortement tendance à juger supérieurs et auxquels les pays pauvres semblent aspirer ? Au lieu de cela, on singularise deux prix particuliers parce que, à leur propos, on peut faire vibrer la corde sociale et/ou écologique des populations riches.

LE RÔLE DU PROGRÈS TECHNIQUE

On ne peut évidemment pas ignorer l'argument suivant : l'accroissement des écarts de revenus dans les pays riches serait dû avant tout à l'évolution technologique, qui réduirait en permanence la demande d'emplois non qualifiés et augmenterait celle d'emplois qualifiés. Le prix des premiers baisserait donc relativement à celui des seconds. C'est une thèse largement répandue chez les économistes américains[125].

Poser le problème en termes d'emplois qualifiés et non qualifiés est, répétons-le, erroné. Les emplois que le progrès technique rejette ne sont pas nécessairement les mêmes que ceux que le commerce avec les PBSCT « expose » à disparaître. Quant au débat de fond, il porte évidemment sur les déterminants du progrès technique et la nature (économie de travail ou économie de capital) des gains de productivité qu'il permet. Le progrès technique est naturellement supposé autonome dans cette thèse. « Il se trouve » qu'on assiste à une « révolution technologique », fondée sur les microprocesseurs, qui rejette certaines catégories de travail et en requiert d'autres. Ainsi, le progrès technique actuel rejetterait massivement du « travail routinier » non qualifié, en particulier dans les services, et accroîtrait la demande de « manipulateurs de symboles » qualifiés, pour reprendre les expressions de Robert Reich. D'où un accroissement des écarts de revenus : ceux des qualifiés, très demandés sur le marché du travail, augmentent, tandis que ceux des non qualifiés, en excès sur ce marché, baissent. Remarquons d'abord que si tel est le diagnostic, alors la solution pour stopper cet accroissement des inégalités est très simple. Il suffit d'accroître l'effort de formation, d'augmenter la « production » de qualifiés. Alors qu'on a compris que le problème pour transformer des exposés en compétitifs, dans mon analyse, est de nature différente. La formation est certes indispensable mais ne saurait suffire, car un compétitif ne se définit pas par son niveau de formation, il n'est tel que s'il invente en permanence de nouveaux biens et services compétitifs, ce qui est tout autre chose. Sur le fond, c'est l'autonomie supposée et non discutée du progrès technique à l'égard des processus de nomadisation des firmes qui est en cause. Peut-on sérieusement soutenir que le progrès technique est indépendant de l'ouverture croissante des économies depuis la Seconde Guerre mondiale et donc aussi de la compétition avec les pays à bas salaires ? Il y a longtemps que le progrès de l'informatique aurait permis de massives réductions d'emplois dans les banques et les assurances en Europe, par exemple. Mais ce mouvement ne s'est engagé qu'à partir du moment où elles ont cessé d'être en concurrence oligopolistique dans un seul territoire, pour être soumises à une compétition globale. Réciproquement, certains progrès techniques, tels que la télématique, sont un des vecteurs de la globalisation des entreprises qui met en compétition les territoires. Faire du progrès technique un *deus ex machina* qui expliquerait à lui seul l'essentiel de l'accroissement des inégalités internes aux pays riches est une démission intellectuelle. Ce qu'il s'agit de comprendre, c'est l'articulation complexe entre progrès technique, nomadisation des firmes et compétition entre territoires. Quoi qu'il en soit de la réalité d'une tendance « technologique » autonome, il reste incontestable que l'ouverture au commerce avec les PBSCT et la montée en puissance de ces pays accélèrent l'accroissement des écarts de revenus.

DISCUSSION DE CONJECTURES DIFFÉRENTES

Laissons donc à la place qu'ils méritent ces arguments. Il est, en revanche, évidemment légitime de faire des conjectures opposées aux miennes. Il est donc intéressant de les examiner et de les discuter, bien qu'il soit impossible de trancher, puisqu'il s'agit de conjectures. Nous sommes en effet au régime de l'évaluation de phénomènes à venir. Chacun peut se tromper, en omettant, sous-estimant ou surestimant un facteur qui s'avérera décisif. Mais plus fondamentalement encore, nous sommes dans le domaine des sciences de la société : la liberté humaine et ses aléas sont irréductibles. Des événements et des décisions, en particulier des interventions étatiques, surviendront inévitablement qui changeront le cours que semblent vouloir prendre les choses. Voyons quelles conjectures différentes peuvent être soutenues.

Les exposés seraient peu nombreux

Ces conjectures portent en particulier sur les rythmes dont l'analyse théorique a mis en évidence l'importance. On peut par exemple estimer que le nombre des exposés dans les pays riches est en réalité assez limité, que par conséquent les destructions d'emplois exposés seront faibles et facilement compensées, dans la plupart des pays riches, par des créations d'emplois compétitifs. Soit, mais il est essentiel, on l'a compris, d'assumer cette position pour l'avenir et l'on ne peut en la matière se contenter d'extrapoler le passé. C'est pourtant ce que l'on voit faire par beaucoup.

De nombreuses analyses rétrospectives ont tenté de mesurer les pertes d'emplois et l'accroissement des inégalités provoqués, en Europe et aux États-Unis, par l'ouverture croissante au commerce avec les pays à bas salaire[126]. Elles concluent toutes, quoique à des degrés très divers, au caractère limité de ces destructions d'emplois. En Europe par exemple, on ne pourrait leur attribuer qu'un rôle secondaire dans l'augmentation du chômage des vingt dernières années. Cependant la méthode est toujours la même, c'est celle qu'a employée Vimont : calcul du contenu en emploi des exportations et des activités remplacées par les importations, effectué sur le commerce direct avec les pays à bas salaires. Ce dernier ne représente il est vrai aujourd'hui qu'une part limitée du commerce extérieur des pays riches, qui est avant tout un commerce entre eux. Ainsi la part des importations de produits manufacturés de l'Union européenne en provenance de la zone hors OCDE est égale, en 1992, à 37 % des importations totales de produits manufacturés de l'Union. Ces importations ne représentent que 5,2 % du marché intérieur des produits manufacturés en Europe[127]. Par conséquent, il n'est pas étonnant que leur effet direct sur l'emploi soit limité.

Il y a cependant de fortes raisons de penser que l'effet indirect de la compétition des pays à bas salaires, c'est-à-dire ses effets *via* la compétition entre pays industrialisés, est loin d'être négligeable. Pour l'illustrer, il suffit d'indiquer qu'un ordinateur IBM-PC du début des années 90, comptabilisé en Europe comme importation américaine, ne contenait que 24 % de valeur ajoutée aux États-Unis, 46 % au Japon et 30 % à Singapour et en Corée[128]. Autre exemple : le logiciel de réservation « Socrate », acheté par la SNCF à la compagnie américaine Amris, filiale d'American Airlines dont le siège social est à Houston, a en fait été développé en grande partie par des équipes de programmeurs aux Barbades et en République dominicaine. C'est une importation de services de pays à bas salaire, non comptabilisée comme telle. Ainsi l'aggravation incontestable de la compétition par les prix entre firmes globales issues des pays riches, qui caractérise les années 80, comme nous l'avons vu, est certainement aussi en partie due à la montée en puissance des premiers NPI. Aujourd'hui, la compétition entre territoires ne se réduit pas à des exportations directes de l'un vers l'autre. Ce sont les firmes globales qui mettent les territoires en compétition. Ces effets indirects sont très difficiles, à vrai dire impossibles, à mesurer. Wood multiplie par quatre les chiffres obtenus par l'évaluation des contenus en emplois du commerce direct pour en tenir compte[129]. Mais cette évaluation est bien fragile. Mieux vaudrait admettre que nous n'en avons pas d'idée précise, les statistiques dont nous disposons ne permettant pas d'évaluer ces phénomènes.

Cependant l'essentiel n'est pas là. L'essentiel est de savoir si l'entrée en scène des nouveaux PBSCT, à propos desquels j'ai abondamment souligné la spécificité à la fois de leur masse et de leurs capacités technologiques, ne va pas, n'est pas déjà en train de faire changer d'ordre de grandeur le phénomène de destruction d'emplois exposés. Songeons qu'en Chine, entre 1980 et 1993, les entreprises dites collectives et privées ont créé, principalement dans les zones côtières, cent vingt millions d'emplois industriels[130]. Certes elles travaillent en grande partie pour le marché intérieur, mais elles assurent déjà 40 % des exportations manufacturières de la

Chine[131]. Libre à chacun d'estimer que ce phénomène, en se prolongeant et en s'étendant à d'autres zones et pays, ne changera pas les rythmes antérieurs. Ce n'est pas mon avis.

Le rattrapage des PBSCT serait très rapide

La seconde conjecture que l'on peut m'opposer porte sur le rythme de rattrapage des PBSCT. S'il était très rapide, les phénomènes que je prévois seraient de courte durée, et des efforts adéquats de solidarité nationale au profit des victimes du processus seraient suffisants pour passer un cap difficile. Ensuite la formidable croissance de l'Asie nous tirerait nous-mêmes en avant à des vitesses peut-être inconnues, ou, encore mieux, nous permettrait peut-être de prendre enfin quelque repos.

Je crains que cette vision des choses ne soit victime du recours trop facile aux extrapolations et du mirage des exponentielles. Les vertus des exponentielles et l'exemple des dragons plaident pour la thèse du rattrapage rapide. D'après les calculs de PIB par habitant en parité de pouvoir d'achat de la Banque mondiale — ce dont il faut partir puisque, à l'issue de la phase de rattrapage, les taux de change réels devraient se rapprocher de la parité de pouvoir d'achat —, celui de la Chine était en 1985 de 1 850 dollars par habitant et celui des États-Unis de 16 490 dollars par habitant. Si la Chine connaît un taux de croissance de PIB par habitant de 8 % et les États-Unis de 2 %, la Chine atteint la moitié du niveau des États-Unis en vingt-cinq ans, soit en 2010 et les rattrape en trente-huit ans, soit en 2023. À cette date, la Chine pèserait cinq ou six fois plus dans l'économie mondiale que les États-Unis. Soit. Des taux de 8 % par an sont ceux qu'a connus la Corée dans les années 60 et 70. On peut admettre qu'avec des revenus par habitant qui seraient simplement de moitié la concurrence par les bas salaires cesserait pratiquement, compte tenu des avantages de la proximité. Donc, en 2010, c'est-à-dire demain, la Chine ne serait plus un problème, mais un immense marché. La même chose pouvant être dite de l'Inde et encore plus de l'Europe de l'Est, nous n'aurions qu'un mauvais moment à passer avant de nous retrouver dans un monde de riches et d'égaux.

À cette vision des choses, j'oppose les trois remarques suivantes :

Je ne doute pas que la province de Shanghai et celle de Canton (peut-être d'autres), qui représentent chacune plus que la Corée, puissent connaître pendant vingt-cinq ans des modes de développement à la coréenne, mais à condition qu'elles soient politiquement, humainement (pas d'exode massif des populations) et même monétairement séparées du reste de la Chine. Or je pense que cela n'est pas possible. L'histoire multimillénaire de la Chine est celle de grandes pulsations : tendance à l'éclatement, parfois éclatement effectif (les Royaumes combattants), puis surgissement, des steppes du Nord ou du fond du pays, d'un empereur qui refait l'unité et recentre le pays sur lui-même. Pour ce qui est de la Chine dans son ensemble, il n'est pas raisonnable de penser qu'elle puisse soutenir pendant vingt à trente ans des taux de croissance du PIB par habitant de 8 % par an. L'énorme poids des masses rurales, dont la productivité croîtra plus lentement, maintiendra bas les salaires des secteurs exportateurs pendant longtemps ;

Il n'y a pas que la Chine, l'Inde et la Russie. En 2020, l'Afrique comptera 1,2 milliard d'habitants. Elle sera candidate, elle aussi, à l'industrialisation. Elle aura d'ailleurs commencé bien avant ;

Si la thèse du rattrapage rapide est vraie, alors Maurice Lauré, qui la défend, a raison[132]. Il fait remarquer que si la Chine doit atteindre en vingt ans des niveaux de salaires qui ne permettront plus la concurrence actuelle, alors nous aurions bien tort de laisser s'effondrer ou de délocaliser quoi que ce soit de notre industrie dans l'intervalle, car il nous faudra, et ce sera difficile, la reconstruire dans moins d'une génération. En d'autres termes, selon Maurice Lauré — et j'approuve ce raisonnement —, si le rattrapage doit être très rapide, il faut commercer à nos prix relatifs, et non à ceux de ces pays, car ces derniers ne sont que transitoires et rejoindront bientôt les nôtres. Mon point de désaccord avec Maurice Lauré porte sur la vitesse de rattrapage.

VERS LA FIN DES CLASSES MOYENNES

Aujourd'hui, le libre-échange croissant avec les pays à bas salaires et à capacité technologique ne mène pas nécessairement au chômage massif dans les pays riches, mais conduit sûrement à la réouverture rapide des échelles de revenus primaires et à des inégalités croissantes, accompagnées d'une polarisation tendancielle de la société en deux groupes : les compétitifs et les protégés. Les seconds dépendant, pour ce qui est de leurs revenus, du nombre et de la compétitivité relative des premiers, c'est une relation de clientèle entre les deux groupes qui tend à s'instaurer, même si elle reste très largement médiée par les marchés et par l'État. On l'aura compris, c'est l'existence même des classes moyennes dans les pays riches qui est menacée. Des classes que les capitalismes des pays riches du premier XXe siècle avaient pourtant non seulement engendrées, mais sur lesquelles ils avaient fondé leur croissance.

Conclusion générale

Au XVIIIe siècle, dans les trois grandes régions les plus peuplées du monde, l'Europe, l'Inde et la Chine, la richesse matérielle moyenne est encore du même ordre, avec d'immenses inégalités internes, tant spatiales que sociales. Avec le déploiement de la révolution industrielle, s'amorce un double mouvement de grande ampleur. L'écart des moyennes de richesse se creuse entre les territoires, d'abord lentement durant le XIXe siècle puis rapidement au cours du premier XXe siècle, tandis que les inégalités internes, après avoir d'abord augmenté, finissent par se réduire à des niveaux jusque-là inconnus dans l'histoire, en Europe, aux États-Unis et au Japon sous l'effet de croissances social-démocrates autocentrées, ailleurs dans le monde, avec les socialismes.

Les problématiques économiques actuelles, qu'elles soient marxistes et établissent des lois tendancielles du capitalisme, ou néoclassiques et définissent les conditions d'atteinte d'équilibres économiquement efficaces et socialement optimaux, sont impuissantes à rendre compte de ce double mouvement. En en examinant les raisons, nous sommes parvenus à une thèse radicale : la seule économie ne peut traiter la question de l'inégalité. L'inégalité ne résulte pas uniquement de la combinaison des comportements d'acteurs capitalistes poursuivant de manière rationnelle des objectifs de maintien ou d'accroissement de leur richesse. En effet les dynamiques économiques sont stimulées, entravées, modifiées, canalisées par des événements et des interventions étatiques dont la logique ne peut en aucune manière se ramener à des comportements économiques.

À quoi, dans ces conditions, peut prétendre le discours économique, si la question « Pourquoi y a-t-il des riches et des pauvres ? » reste malgré tout fondamentale ? Peut-il être normatif et dicter leur conduite aux gouvernements ? A-t-il des capacités prédictives ? Il fallait, pour répondre à ces questions, commencer par éclairer les rapports entre dynamiques économiques et interventions étatiques. J'ai proposé de le faire à partir des notions de mobilité, de territoire économique, de dynamiques nomade et sédentaire, de croissance (tressage singulier de dynamiques nomade et sédentaire au sein d'un territoire) et de capitalismes, au pluriel. Car il n'existe rien que puisse nommer « le capitalisme ». Il existe des capitalismes, se déployant dans et à partir de territoires donnés, territoires soumis à des interventions étatiques particulières et, ce, dans des séquences temporelles spécifiques. Les capitalismes peuvent être soit créateurs soit réducteurs d'inégalité : aucune loi générale ne peut en la matière être édictée. Cela dépend de la singularité, dans une séquence temporelle donnée, des articulations entre dynamique nomade et dynamique sédentaire et interventions des États au sein des territoires concernés.

Une séquence est déterminée par une relative stabilité des interventions étatiques. Les séquences sont séparées par des événements (guerres, révolutions...) ou des ruptures qualitatives dans les interventions des États (colonialisme, protectionnisme, changements des objectifs de la politique monétaire, interventions sur la répartition de la richesse et les flux internes aux territoires, etc.) que l'économiste doit se contenter d'enregistrer, mais qu'il ne peut expliquer car leur logique n'est jamais purement économique. En revanche, au sein d'une séquence donnée, et pour un territoire ou un ensemble de territoires donnés, l'économiste peut élucider les dynamiques économiques, leurs articulations et analyser les effets, sur la richesse et les inégalités, du type de croissance engendré par un ensemble de capitalismes.

Il en résulte que, s'agissant des interventions des États, l'économiste ne peut être normatif que dans un sens limité. À objectif donné, par exemple réduire le chômage au sein d'un territoire particulier, il peut discuter de l'efficacité relative (et des éventuels effets pervers ou simplement annexes) des moyens, c'est-à-dire du type d'intervention sur les dynamiques à l'œuvre dans ce territoire qui peut permettre d'atteindre cet objectif. Mais s'il faut choisir entre réduction du chômage et accroissement des inégalités de revenus, l'économiste n'aura, en tant que tel, rien à dire, sauf qu'il lui revient de démontrer que c'est malheureusement bien ainsi que le problème se pose, compte tenu des dynamiques économiques à l'œuvre, dans une séquence donnée. Or la plupart des questions pratiques de politique économique se présentent sous forme de dilemme de ce type, pour une raison fondamentale que nous avons soulignée : il n'y a pas indépendance entre l'accroissement de la richesse et sa répartition.

Quant aux capacités prédictives de l'analyse économique, elles sont réelles, mais il est essentiel d'en bien comprendre la nature. Il est possible d'affirmer que, sous condition d'une stabilité des interventions étatiques, les dynamiques à l'œuvre dans tel capitalisme conduiront, par exemple, à une aggravation des inégalités internes. Cependant nous avons vu que ce type de proposition est non seulement sous condition d'une stabilité des interventions étatiques et de l'absence d'événement majeur introduisant une rupture dans les dynamiques économiques, mais encore dépend de pures conjectures sur l'évolution de certains paramètres, par exemple le rythme d'acquisition des technologies et le rythme de croissance de la productivité moyenne du travail dans les PBSCT. Les propositions prédictives de l'économie ont donc toujours elles-mêmes le statut de conjecture. Il est légitime d'exiger d'un économiste, lorsqu'il porte un jugement sur ce qui va selon lui se produire, qu'il fasse rigoureusement la part de ce qui est sa démarche scientifique (le décryptage, la modélisation et la projection dans l'avenir de dynamiques économiques) et de ce que sont les pures conjectures qu'il a dû faire pour informer ce modèle et parvenir ainsi à une proposition prédictive. Je me suis efforcé de le faire. Qu'il me soit donc permis de résumer ici ma prévision.

Dans les années 80 de ce siècle, le double mouvement de l'inégalité du monde initié à la fin du XVIIIe siècle a commencé de s'inverser. Un mouvement de rattrapage de vastes zones de l'ex-Tiers-Monde est en cours. Le XXIe siècle verra enfin les trois grandes civilisations multimillénaires : la descendance du monde grec, la Chine et l'Inde se faire face à conditions économiques pratiquement égales. Ainsi se termine la désastreuse parenthèse d'à peine deux siècles où l'impérialisme, y compris japonais, a bloqué les deux dernières sans rien apporter d'autre que la honte à la première. Le siècle qui vient sera autant le leur que le nôtre.

Cependant le rapprochement des niveaux moyens de revenus sera nécessairement lent, tandis que, telles que les choses sont engagées, la réouverture des inégalités internes dans les deux types de pays sera rapide. Le désormais libre déploiement de la logique des activités capitalistes nomades, dans une économie mondiale sans autres frontières que celles qui entravent le déplacement des hommes, va nous conduire à un monde tendanciellement plus égal en termes de répartition de la richesse matérielle entre territoires, mais avec des inégalités internes aux territoires dont nous avons pu penser un instant qu'elles appartenaient à l'histoire, et provoquer la disparition dans les pays riches des classes moyennes qui, avec les socialismes, auront caractérisé l'exceptionnel premier XXe siècle.

ÉPILOGUE

Que faire ?

Il ne s'agit pas ici, on l'a compris, de décréter ce que les États devraient faire, mais d'examiner ce qu'ils pourraient faire, s'ils le souhaitaient, pour infléchir les dynamiques économiques actuellement à l'œuvre, qui conduisent à l'accroissement des inégalités dans les pays riches.

LAISSER FAIRE

Observons d'abord qu'un gouvernement pourrait ne pas s'estimer requis de faire quoi que ce soit. Pourquoi faudrait-il que les inégalités internes à un pays riche se réduisent en permanence ou même restent stables ? On a connu dans le passé des situations bien plus inégalitaires. Le libre-échange total avec les PBSCT et ses conséquences n'auraient, après tout, rien de désagréable pour les compétitifs des pays riches. Il leur permettrait d'accéder rapidement au luxe suprême, qui fut provisoirement hors d'atteinte pendant un tout petit siècle et qui consiste à avoir des domestiques (des emplois protégés par excellence).

Laisser faire, c'est la voie dans laquelle s'est engagé, à mon avis, le gouvernement des États-Unis. La création du Nafta (North American Free Trade Association) va certainement accélérer les choses. En vingt ans, l'économie des États-Unis est passée d'un taux d'ouverture (importations/PIB) de 4 % à 11 % et les nouveaux pays industrialisés y ont pris 13 % du marché des produits manufacturés. Dans le même temps, elle créait certes vingt millions d'emplois, et le chômage, plus cyclique, y est incontestablement inférieur en moyenne à celui de l'Europe. Mais cela s'est accompagné d'un accroissement considérable des écarts de revenus et d'une baisse régulière des bas revenus, une très large part de ces emplois ayant été créée, on le sait, dans la catégorie des protégés (gardiennage d'immeuble, restauration, services aux ménages, etc.). Pendant ces vingt ans, le salaire net réel du personnel non cadre a chuté 0,73 % par an et l'écart entre les 10 % supérieurs et les 10 % inférieurs parmi les salariés a été multiplié par 1,8. Aujourd'hui, 17 % des employés à temps plein sont en dessous du seuil « officiel » de pauvreté.

Ce laisser-faire, qui consiste en fin de compte à apporter une solution originale au problème du nécessaire rattrapage du Nord par le Sud en important le Sud au Nord et en exportant le Nord chez les riches du Sud, suscite cependant quelques inquiétudes aux États-Unis mêmes, aussi bien du côté des démocrates [133] que des républicains [134].

En Europe, la montée du chômage, cette forme particulière que prend l'inégalité croissante sur le vieux continent, préoccupe, y compris bon nombre de compétitifs. Or il est clair qu'il existe une solution au chômage en Europe, c'est justement la voie américaine : lever tous les obstacles à la baisse des revenus directs et indirects (protection sociale) du travail exposé et du travail protégé. Si malgré cela le « marché » ne crée pas assez d'emplois protégés, c'est-à-dire si la demande privée de ces emplois ne croît pas assez vite, il suffit de prendre des mesures complémentaires : l'État crée une partie de ces emplois pour produire des biens publics (nettoyer l'environnement, pacifier les banlieues, s'occuper des personnes âgées abandonnées, etc.) avec les transferts auparavant destinés à financer le chômage. Dans ces conditions tout le monde « travaille », même si une part de la population se paupérise.

On aurait, en réalité, simplement modifié la nature des inégalités. Car si l'on se soumet aux puissantes dynamiques économiques à l'œuvre aujourd'hui, qui poussent à une inégalité croissante dans les pays riches, le seul choix est bien celui du type d'inégalité. C'est loin d'être négligeable, car elles n'ont toutes ni les mêmes effets politiques, ni les mêmes conséquences sur la vie des gens. On peut alors estimer, à juste titre à mon avis, que le chômage de longue durée et le chômage massif des jeunes sont parmi les pires qui soient. Mais, de grâce, cessons de nous voiler la face : les mesures que l'on prend ou que l'on discute aujourd'hui en Europe pour résoudre le problème du chômage sont toutes dans une logique de choix entre différentes formes d'inégalité, même si pour des raisons politiques évidentes, mais à courte vue, les gouvernements se gardent bien de le reconnaître, et ne parlent que d'« adapter » le « modèle social européen », alors qu'il est irrémédiablement condamné par les évolutions en cours.

Cela étant, si par intérêt — c'est, bien sûr, celui des classes moyennes des pays riches, qui constituent encore une large part de leur population et qui risquent d'être laminées — ou par conviction — le cas de compétitifs jugeant peu souhaitable la société esquissée ci-dessus — on juge qu'il faudrait s'opposer à ces logiques économiques, que faire ? Il n'existe que deux options : compenser par des transferts ou contrôler le libre-échange avec les PBSCT.

TRANSFÉRER

Si l'on veut maintenir les écarts de revenus dans des limites « raisonnables », ou du moins ralentir leur accroissement, tout en acceptant, par conviction ou parce qu'on juge impossible de s'y opposer, le libre-échange avec les PBSCT, alors il faut déconnecter les revenus réels de la rémunération du travail exposé et du travail protégé. Plus de Smic, mais, par exemple, un revenu minimum politiquement déterminé, la différence entre le salaire et ce revenu minimum étant versée par l'État et financée par ponction sur les revenus des compétitifs. Cette option a la faveur des partisans du libre-échange soucieux de justice et de stabilité sociales. Ils tiennent beaucoup à faire la distinction entre l'augmentation de la « taille du gâteau », que provoque incontestablement le libre-échange, et le « partage du gâteau », qui pour eux est toujours possible et relève de la politique.

Remarquons d'abord que, tendanciellement, si l'on veut stabiliser les écarts de revenus, ces transferts devront croître. On voit donc qu'il est indispensable dans ce cas qu'un fort sentiment collectif d'altruisme existe chez les compétitifs, qui, même si leurs revenus continuent d'augmenter, percevront néanmoins une part décroissante de la richesse qu'ils créent. Mais surtout, répétons que postuler l'indépendance de la croissance et du partage de la richesse est une naïveté. Un seul exemple : il est toujours possible de taxer les revenus des compétitifs, mais il ne faudrait pas que cela réduise trop leur demande de biens et des services protégés, ni que les revenus ainsi transférés aux protégés s'adressent surtout à des importations de biens bon marché en provenance des PBSCT. Or un gouvernement, s'il est maître de l'impôt, ne l'est pas des fonctions de consommation. D'une répartition qui s'opposerait de façon croissante à des logiques économiques puissantes, on peut donc douter qu'elle soit aujourd'hui politiquement tenable longtemps. On peut également craindre, par ses effets pervers et de désincitation, qu'elle se paye cher en termes de réduction de croissance.

Cependant, s'il est vrai que les dynamiques économiques actuelles imposent des choix entre croissance et égalité, il faut en débattre et rechercher des modalités de transfert de revenus qui minimiseraient les effets pervers sur la croissance et feraient l'objet d'un large accord politique. Il est clair, par exemple, que les vifs débats en cours partout en Europe sur la réforme des systèmes de sécurité sociale issus de la croissance social-démocrate autocentrée et la redéfinition du périmètre, du contenu et du financement des services publics sont de cet ordre. Mais ce ne sont en rien des débats purement économiques. Leur dimension politique est inévitable et, surtout, la dimension économique (recherche de l'efficacité maximale des moyens) et la dimension politique (décider de l'importance de l'effort de solidarité, en d'autres termes de ce qui doit échapper aux lois du marché) sont inextricablement liées. Elles ne sont pas séparables[135].

Il est inadmissible, surtout de la part d'un économiste, d'éluder cette difficulté. C'est hélas le cas d'un grand nombre d'économistes libéraux qui affirment l'avantage inconditionnel du libre-échange, puisqu'il maximise la richesse. Il n'y aurait, à les entendre, qu'à opérer des transferts pour en annuler les effets négatifs. Malheureusement, ils se contentent souvent de cette affirmation de principe et se gardent bien de proposer des mesures concrètes pour effectuer ces transferts, qui, répétons-le, devraient être croissants pour que l'inégalité se stabilise et pourraient avoir des effets dépressifs. L'absence de rigueur se double d'inconséquence quand les mêmes se font aussi les avocats d'une drastique réduction des prélèvements obligatoires, jugés non sans raisons déjà très désincitatifs, et du périmètre des services publics. Mieux vaudrait avoir l'honnêteté d'affirmer que l'on considère, dans le monde dans lequel nous entrons, l'accroissement des inégalités non seulement inévitable, mais souhaitable du point de vue de l'efficacité économique, ce qui, au moins, est une position cohérente.

CONTRÔLER LE LIBRE-ÉCHANGE

La seconde option, si l'on souhaite ralentir l'accroissement des inégalités, est de refuser le libre-échange total avec les PBSCT. Il ne s'agirait pas de fermer entièrement les frontières (pour les Européens évidemment celles de l'Europe), mais de contrôler le rythme d'ouverture aux exportations des PBSCT de manière à ajuster les rythmes de destruction d'emplois aux rythmes de création d'emplois. Cela contraindrait *ipso facto* les PBSCT à une croissance plus autocentrée (pas nécessairement dans chaque pays, mais au sein de zones plus vastes). Cette croissance serait-elle plus lente ? Ce n'est pas sûr, et cela dépendrait largement d'eux-mêmes : étant plus autocentrée, elle serait d'autant plus rapide qu'elle serait plus égalitaire. Souvenons-nous que la nôtre n'a jamais été aussi rapide que lorsqu'elle fut, pendant les Trente Glorieuses, autocentrée au sein de territoires économiquement homogènes (le Marché commun en Europe) et soutenue par une réduction des écarts de revenus. Le processus autocentré et égalitaire de rattrapage des États-Unis que nous avons connu en Europe et au Japon, pourquoi serait-il hors de portée des PBSCT, éventuellement regroupés en Marchés communs ? La croissance des PBSCT serait cependant peut-être plus lente au début, si le contrôle des échanges avec les pays riches ralentissait les rythmes de transfert de techniques et de savoir-faire, dont les investissements directs sont un vecteur puissant. Aussi le contrôle des rythmes d'importation devrait-il s'accompagner au départ de flux internationaux de capitaux accrus des pays riches vers l'ensemble des pays pauvres, à condition qu'ils soient bien utilisés, c'est-à-dire essentiellement utilisés par des industriels pour des investissements industriels. Quand on parle — pour des raisons aussi différentes que les « excès » de la mobilité internationale des capitaux à court terme alimentant la « spéculation » ou que les « délocalisations sauvages » — de limiter les mouvements de capitaux, on se trompe radicalement de cible. Il faut au contraire tout faire pour faciliter l'investissement de l'épargne des pays riches dans les PBSCT. Les populations vieillissantes des pays riches n'ont pas de meilleur investissement à faire que de placer leur épargne dans les pays à fort potentiel de croissance. S'il y a une mobilité à maîtriser dans l'économie mondiale actuelle, c'est, je l'ai dit, celle des marchandises et non celle de la monnaie[136]. Je constate malheureusement qu'on propose l'inverse.

L'argument à écarter impérativement est celui que l'on avance fréquemment contre toute maîtrise des échanges de marchandises : c'est l'avatar libéral du tiers-mondisme marxiste des années 60 et 70. À cette époque, les analystes marxistes considéraient l'ouverture au marché mondial comme la cause même du sous-développement. Les libéraux prétendent aujourd'hui que le meilleur sinon le seul moyen pour que les pays pauvres se développent est d'avoir un accès libre aux marchés des pays riches. Simple avatar, donc, d'une pensée qui majore les causes économiques purement externes au détriment des dynamiques et des interventions étatiques internes. Ne serait-ce qu'évoquer des mesures protectionnistes est désormais immédiatement qualifié d'égoïsme et d'hostilité au développement du monde pauvre.

Revenons une dernière fois à l'exemple des chaussures pour renvoyer cet argument à la place qui convient. Supposons qu'au lieu de permettre l'importation libre de chaussures à 100 francs, un gouvernement taxe de 100 francs ces importations. Supposons que dans les pays riches, parmi deux producteurs dont les coûts sont de 250 francs, l'un n'est pas capable de faire face à cette concurrence de chaussures importées à 200 francs (100 + 100 de taxe) et disparaît, tandis que l'autre réussit à réduire ses coûts à 200 francs et survit. Alors qu'avec une importation libre deux paires ne sont plus fabriquées mais importées, grâce à cette protection partielle une paire reste fabriquée sur place et l'autre est importée. Supposons enfin que le gouvernement du pays riche décide de reverser intégralement la taxe au pays exportateur de chaussures sous forme de dons liés, c'est-à-dire destinés à acheter des biens d'équipement par exemple, produits dans le territoire du pays riche. Le bilan pour le pays exportateur de chaussures est entièrement positif, par rapport à la situation de libre-échange. Pour gagner 200 francs de devises, il lui suffit en effet d'exporter une seule paire de chaussures, au lieu d'avoir à en exporter deux. La main-d'œuvre ainsi libérée peut fabriquer la seconde paire pour son propre territoire. Le territoire du pays pauvre s'enrichit donc, avec la même dépense en travail, d'une paire de chaussures. Sa croissance est plus autocentrée. Évidemment, le bilan pour le pays riche est négatif en termes de bien-être des consommateurs, ceux-ci payent leurs chaussures plus cher qu'en situation de libre-échange. Le pays riche a fait un choix : moins de richesse contre moins d'inégalité. Par conséquent, si les pays riches contrôlaient l'accès à leur marché mais avaient l'intelligence et le courage de reverser intégralement le produit de cette protection partielle aux pays exportateurs, non seulement ils n'entraveraient pas la croissance de ces derniers, mais ils la stimuleraient.

L'option du contrôle des échanges est-elle aujourd'hui envisageable ? Elle se heurte à trois types d'obstacles : techniques, politiques, géopolitiques. Il est évident que la mise en œuvre d'une véritable maîtrise négociée du commerce mondial (qui, on l'a dit, supposerait aussi une profonde réforme parallèle du système monétaire international actuel) soulèverait des problèmes techniques d'une extrême complexité en raison du stade déjà très avancé de la dispersion des processus productifs entre les territoires.

Cette négociation ne pourrait avoir lieu qu'entre

grands blocs. Ici surgit un autre obstacle : l'inconsistance politique de l'Europe. Inconsistance qui, de plus, risque d'être durable, car elle est soutenue par de réelles divergences d'intérêts entre États membres. Ainsi l'Allemagne, dont la spécialisation mécanique et équipementière tendait à s'essouffler dans le cadre de la concurrence intra-OCDE, peut-elle aujourd'hui espérer d'immenses marchés dans les pays qui construisent ou reconstruisent (Europe de l'Est) leur industrie. Cette position pourrait en faire l'un des rares pays riches où la croissance des emplois compétitifs serait susceptible de compenser les destructions d'emplois exposés, et la rendre ainsi opposée à toute idée de contrôle collectif de ces rythmes de destruction[137]. Quant à la Grande-Bretagne, elle a, avec les derniers gouvernements conservateurs, choisi de laisser croître les inégalités de revenus.

Dernier obstacle, l'économie mondiale n'est qu'une simple scène, elle ne dispose pas d'institutions étatiques ayant l'autorité suffisante pour infléchir les dynamiques économiques d'ensemble. Toute décision de ce type ne peut résulter que d'un accord, par nature temporaire et fragile, entre États. De ce point de vue, l'économie mondiale est un lieu de « jeux non coopératifs » et de « dilemmes du prisonnier » permanents. Une décision objectivement favorable à long terme à l'ensemble des territoires peut ne jamais être prise si chaque État agit selon son propre intérêt immédiat et minimise ses risques. En d'autres termes, le keynésianisme mondial, que certains appellent de leurs vœux, reste une utopie en l'absence d'autorité étatique mondiale.

NOTRE AVENIR LE PLUS PROBABLE

Les deux seules options possibles pour infléchir les dynamiques économiques aujourd'hui à l'œuvre paraissent, en l'état actuel des choses, difficilement praticables. Il est clair qu'il en est ainsi pour des raisons fondamentalement subjectives car objectivement, ces options relèvent bien du possible. Dans ces conditions, notre avenir le plus probable en Europe me semble devoir être l'accroissement des inégalités et le laminage des classes moyennes.

Mais il est une chose que le siècle nous a apprise. De Ricardo aux néoclassiques en passant par Marx, les économistes ont cru découvrir les lois du capitalisme. Or « le » capitalisme n'existe pas et il n'y a pas plus de lois du capitalisme qu'il n'y a de lois de l'histoire. Les capitalismes suivent, certes, des lignes de plus grande pente et il est essentiel de les identifier. Mais ils ne sont pas seuls à dessiner le relief. Que les consciences s'accommodent de leurs nouveaux cours ou qu'elles finissent — et à travers quelles crises ? — par les modifier, là-dessus je ne risquerai aucune conjecture.

Paris, mai 1996

NOTES

INTRODUCTION

1. Voir Bairoch, Paul, « The Main Trends in National Economics Disparities since the Industrial Revolution », *in* Bairoch, P. et Levy-Leboyer, M. (Ed.), *Disparities in Economic Development since the Industrial Revolution*, Londres, MacMillan, 1981, p. 12-14.

2. Les États-Unis, cependant, se distinguent dès le XVIIIe siècle par une moindre inégalité interne et un revenu moyen supérieur : abondance de ressources, en particulier de terre, et puritanisme des communautés de pionniers en sont les causes.

3. PIB par habitant calculés par la Banque mondiale pour 1993 selon les parités de pouvoir d'achat, qui reflètent mieux les écarts réels de niveau de vie que les PIB par habitant convertis en dollars aux taux de change courants. En utilisant ces derniers, les écarts cités seraient respectivement de 1 à 82 et de 1 à 64. Source : Banque mondiale, « Rapport sur le développement dans le monde, 1995 ».

4. Aux États-Unis ce phénomène est antérieur : il y débute dans les années 20. Il caractérise aussi le Japon de l'après-guerre, mais dans ce cas la guerre elle-même et la défaite avaient réduit les inégalités de départ. Le Japon des années 50 et 60 est sans doute ainsi le pays industrialisé où les écarts de revenus sont les plus faibles.

5. « Industrie » doit être ici compris au sens anglo-saxon,

c'est-à-dire large ; c'est l'ensemble des activités productives, agriculture et services compris.

6. Smith, Adam, *Enquête sur la nature et les causes de la richesse des nations*, traduction française de Paulette Taieb, Paris, PUF, 1996, p. 33.

7. Mesurer la richesse de deux individus à l'instant *t* dans deux zones monétaires différentes suppose des conventions, par exemple utiliser le taux de change courant ou un taux de change de parité de pouvoir d'achat, qui peuvent conduire à inverser les positions relatives d'un ingénieur indien et d'un ingénieur français. On trouvera une discussion de ces questions dans le chapitre VI, dans la partie concernant le dumping monétaire.

8. Comparer la richesse d'un individu ou d'un ensemble d'individus (une nation) à deux époques différentes est en toute rigueur impossible, faute d'un étalon invariable dans le temps. Aucun étalon monétaire ne possède cette propriété. Lorsqu'on effectue des calculs d'évolution de revenus « à monnaie constante », on pose que ce qui est constant dans le temps est le prix d'un ensemble défini de biens, un « panier de la ménagère », par exemple. En divisant la série temporelle des revenus monétaires d'un ménage (en « monnaie courante », seule réalité directement mesurable) par la série temporelle du prix de ce panier, on obtient par définition l'évolution de ses revenus en « monnaie constante », on dit aussi « en termes réels ». La difficulté, c'est que le panier, l'ensemble défini de biens qui est l'étalon de mesure, est composé d'éléments qui évoluent qualitativement dans le temps, et de façon considérable sur longue période. Ainsi, une voiture bas de gamme aujourd'hui, la Twingo de Renault par exemple, n'a rien à voir avec la Citroën 2CV d'il y a quarante ans. Illustration du caractère conventionnel de ces calculs : le pouvoir d'achat du Smic (à « monnaie constante ») était en 1972 la moitié de ce qu'il est en 1995. Soit l'on en conclut : le smicard était deux fois plus pauvre en 1972 qu'en 1995, par convention, mais cela heurte le sens commun, soit c'est que la monnaie « constante » n'est qu'une formule qui désigne des modalités de calcul d'un indice des prix, mais qui n'a aucunement la signification de constante au sens de la physique.On ne résout pas mieux la

difficulté en cherchant un étalon de degré de « satisfaction des besoins ». Car, d'une part les désirs ne sont jamais satisfaits; d'autre part les besoins sont largement mimétiques, ce qui nous renvoie à l'inégalité. On pourrait songer à un étalon technique : notre nation serait plus riche que l'Angleterre d'Adam Smith à la mesure du progrès technique intervenu depuis le XVIIIe siècle. Si l'on peut songer à mesurer le progrès technique sur une seule dimension — exemple : rapidité de transmission de 1 octet de données numérisables entre deux clercs à la distance *d* l'un de l'autre (de ce point de vue Internet atteint les limites « naturelles ») — comment agréger l'ensemble de ces dimensions ?

9. Sous réserve cependant des conventions de conversion entre monnaies évoquées ci-dessus, note 7.

CHAPITRE PREMIER

TERRITOIRES, ÉTATS ET CAPITALISMES

10. Convenons d'indiquer par une mise entre guillemets la première citation d'un concept dont la définition sera donnée ultérieurement.

11. Le terme « la monnaie », au singulier, sera ici utilisé au sens d'argent, c'est-à-dire d'équivalent général.

12. Le rendement d'un processus productif est croissant quand le coût unitaire des biens produits diminue avec la taille de l'unité de production. Cela conduit, pour approvisionner un territoire donné, à ne construire qu'un petit nombre d'unités de grande taille, malgré des coûts de transport alors plus élevés, plutôt que de répartir un grand nombre de petites unités sur tout le territoire.

13. On parle d'externalité positive quand l'activité d'un acteur économique crée un avantage économique pour un autre acteur sans que le premier soit en mesure de faire payer le second pour cela. L'exemple classique est celui de l'apiculteur et de l'arboriculteur. Leur présence sur la même zone crée des externalités positives, dans ce cas croisées : la présence de l'apiculteur améliore la fécondation des fleurs des

arbres fruitiers; la présence de ces fleurs aux senteurs délicates améliore le goût du miel.

14. Une étude d'Olivier Blanchard et de Lawrence Katz, du MIT, portant sur les États-Unis montre que les États de l'Union qui croissent plus lentement et connaissent ainsi des taux de chômage plus élevés ne retrouvent ensuite des taux de chômage moyens que par émigration de leurs hommes « excédentaires » vers les États où la croissance est plus vive.

15. Voir Hayek, Friedrich von, *Scientisme et sciences sociales*, traduction française, par Raymond Barre, de *Scientism and the Study of Social Sciences*, Glenco, Illinois, The Free Press, 1952; Paris, Plon, « Agora », 1986, p. 44-47.

16. Nous verrons, à propos du socialisme soviétique, dans le chapitre IV, qu'on ne pouvait en revanche pas y faire l'hypothèse de l'existence de comportements économiques et qu'il n'existait donc aucune logique économique dans le socialisme, sauf très localement, autour des marchés kolkhoziens, par exemple. Il en résulte qu'une analyse économique du socialisme est impossible. Il en est de même des sociétés dites primitives. D'ailleurs les tentatives d'analyse économique des sociétés primitives sont en fait désignées sous le nom d'anthropologie économique. L'usage du mot « anthropologie » signifie bien l'impossibilité de séparer, dans ces sociétés, les comportements économiques des autres dimensions de la vie humaine. C'est de l'anthropologie s'intéressant plus particulièrement aux processus de production et d'échange, et non de l'économie. Il est clair qu'il ne s'agit pas là d'une simple question de définition de l'économie. Pour s'en convaincre, il suffit de se demander, si l'on adoptait une définition assez large de l'économie pour pouvoir parler d'économie des sociétés primitives, socialistes-capitalistes, etc. (par exemple : « L'économie est l'analyse des relations de production et d'échange entre les hommes »), ce qui pourrait être dit de général de ces relations. À mon avis, strictement rien.

17. A pour argent = monnaie en général, par opposition à une monnaie particulière, comme des francs, des dollars, etc. Voir note 11.

18. Techniquement, c'est en fait plus compliqué puisqu'il n'emprunte que pour verser un deposit, c'est-à-dire un dépôt

de garantie qui lui permet de vendre à terme des quantités beaucoup plus importantes de francs que le dépôt de garantie qu'il a constitué. Cela multiplie encore ses possibilités de gain s'il y a dévaluation du franc.

19. Quand nous personnalisons ainsi, et dans la suite, en parlant par exemple de « la » firme globale, il s'agit bien sûr de « son » dirigeant, et nous ne nous interrogerons ici pas sur la question de savoir si ce terme désigne une personne unique ou un collectif. Ce qui importe est que des décisions soient prises, selon une logique économique. Peu importe par qui et comment à l'intérieur de l'entité capitaliste.

20. Le concept de firme globale sera défini avec précision et discuté au chapitre v.

21. On a compris que ces modèles ne sont pas critiquables en soi et peuvent avoir une grande pertinence pour les questions qu'ils posent, par exemple une théorie générale des prix, mais qu'ils sont difficilement applicables à notre question.

22. Voir la citation de David Ricardo donnée dans l'introduction.

23. Sur le plan de la formalisation théorique, ce n'est que récemment, avec l'analyse des phénomènes de rendements croissants, d'externalités positives et les théories de la « croissance endogène » que l'économie s'est véritablement intéressée à ces questions.

24. Nous verrons ci-dessous comment interpréter l'« indépendance » de la banque centrale.

25. Nous justifierons ce terme au chapitre IV.

26. Voir la définition de Carl Schmitt : « Est souverain celui qui *décide* de la situation exceptionnelle », *Théologie politique*, traduction française de Jean-Louis Schlegel, Paris, Gallimard, 1988, p. 15.

27. Marx considérait *Le Capital*, son œuvre économique principale, comme une « critique de l'économie politique » ricardienne.

28. Le capitalisme n'a probablement pas trouvé d'admirateur plus enthousiaste, quant à ses capacités à développer les forces productives, que Marx lui-même. Il suffit pour s'en convaincre de relire le *Manifeste du Parti communiste*.

29. Lénine, *L'Impérialisme, stade suprême du capitalisme*, Pékin, Éditions en langues étrangères, 1969, p. 72.

30. Souligné par nous.

31. Par modèles néoclassiques, on entend ici le socle sur lequel ils se sont historiquement construits : la théorie de l'équilibre général et celle du bien-être. Tout ce qu'on en dira ne s'applique pas nécessairement à la totalité des modèles de la théorie microéconomique contemporaine, dont une bonne part de l'effort actuel consiste à tenter de se libérer de certaines des hypothèses admises dans le socle.

32. Allais, Maurice, « La théorie générale des surplus », *Économies et sociétés*, janvier-février-mars 1981, n° 1-2-3, Paris, p. 427. Cette théorie est, dans le cadre néoclassique, la formulation la plus générale des conditions d'efficacité d'une économie de marchés, dans la mesure où elle s'affranchit de nombreuses hypothèses restrictives et, de plus, irréalistes, des théories antérieures.

33. Notre analyse diffère donc profondément d'une autre approche de la diversité des capitalismes, initiée à ma connaissance par les travaux d'Aoki sur le Japon et les États-Unis et largement popularisée par l'ouvrage de Michel Albert, *Capitalisme contre capitalisme* (Paris, Seuil, 1991). Leur analyse ne porte que sur les capitalismes contemporains dans les pays industrialisés riches. Ce qui différencie à leurs yeux ces capitalismes concerne les relations au sein du triptyque actionnaires-dirigeants-employés des entreprises. Schématiquement, dans les capitalismes « rhénans » et « japonais », ces relations sont fondées sur une coopération de long terme, alors qu'elles sont soumises plus brutalement aux lois du marché dans les capitalismes « anglo-saxons ». On voit que l'articulation entre nomades et sédentaires, le rapport aux territoires, la nature des interventions stabilisées des États n'interviennent pas dans leur analyse. Pour nous, les différences qu'ils mettent en évidence, et qui sont fondées sur des faits empiriques en effet repérables, sont internes au type de capitalisme qui a opéré dans les pays industrialisés riches durant le « premier XXe siècle » et qui a engendré ce que nous appellerons les « croissances social-démocrates autocentrées ». Notre analyse permet une caractérisation beaucoup plus large de la multiplicité

des capitalismes, opératoire sur des séquences temporelles plus nombreuses (de l'Ancien Régime au monde contemporain). Elle est aussi, nous semble-t-il, plus adéquate à l'examen des transformations en cours des capitalismes tant rhénans qu'anglo-saxons, puisque la mondialisation (dans nos termes : la nomadisation) et les rapports aux territoires y jouent à l'évidence un rôle essentiel.

34. Lesquelles, au moins chez certains historiens, n'excluent pas le hasard.

35. Voir Lazarus, Sylvain, *Anthropologie du nom*, Paris, Seuil, coll. Travaux, 1996 et Bloch, Marc, *Apologie pour l'histoire*, Paris, Armand Colin, 1974. Voir en particulier le commentaire de Bloch par Lazarus, p. 199 *sqq.* de *Anthropologie du nom*.

CHAPITRE II

LES CAPITALISMES EN RÉSEAUX DE L'ANCIEN RÉGIME PRÉINDUSTRIEL

36. Un lecteur attentif et connaisseur de l'œuvre de Braudel n'aura pas manqué de remarquer, dans l'exposé de notre problématique, ce que nous lui devons. C'est en effet de la lecture de *Civilisation matérielle, économie et capitalisme, XVe-XVIIIe siècles* (Paris, Armand Colin, 1979) que sont venues les questions initiales qui ont conduit à ce livre. Quant aux concepts historiques de Braudel, en particulier celui de capitalisme, nous avons un temps pensé pouvoir les utiliser, mais il a fallu les rejeter. C'est donc, au départ, dans la confrontation avec eux que se sont construits ceux que nous proposons ici. Cette longue note précise en quoi nous nous en sommes démarqué.

La définition du capitalisme que donne Braudel est très particulière. Au sein des activités productives, Braudel opère une double coupure. Il distingue d'abord la production essentiellement autoconsommée, il la nomme « civilisation matérielle ». Le reste, la production pour l'échange, est appelée « économie marchande ». Mais dans celle-ci Braudel distingue de nouveau d'une part l'économie marchande *stricto sensu* : la production pour l'échange au sein d'un espace limité, entre villes et campagnes proches, par exemple, et d'autre part le « capitalisme » qui rassemble les activités mettant en communication des espaces différents et qui sont la plupart du temps des monopoles ou des oligopoles très concentrés. Le capitalisme, c'est donc le monde des « grandes affaires » à hauts risques et à hauts profits. Il entretient un rapport direct et ambivalent avec les États avec qui ses acteurs, compte tenu de leur taille et de leurs activités internationales, peuvent discuter pratiquement d'égal à égal. Le capitalisme s'oppose ainsi à la multitude des activités simplement marchandes, dont les acteurs sont généralement de petite taille, ont des activités purement locales et sont en très vive concurrence entre eux. Braudel, l'historien, est soucieux de démêler des causalités au sein d'un tout complexe, la société. De chaque acteur, de chaque figure historique, il examine donc les dimensions multiples (techniques, économiques, politiques, culturelles) et leur imbrication. On conçoit fort bien par conséquent qu'il ait été conduit à systématiser le fait qu'entre le grand banquier génois du XVIe siècle — qui agit sur la totalité de l'économie-monde européenne de l'époque, qui a déjà tout inventé de la banque moderne, qui gère les finances du royaume d'Espagne en transformant l'argent métal (arrivé à Séville par galions entiers d'Amérique) en or destiné à payer les troupes mercenaires que le roi entretient dans les Flandres, grâce à un système complexe de lettres de change impliquant les marchands ottomans, italiens et de l'Europe du Nord — et le petit négociant d'un gros bourg rural qui se contente de collecter et d'écouler les produits des campagnes voisines, rien de commun ne puisse être relevé.

Pour Braudel, le premier et ses semblables constituent « le capitalisme » et sont des acteurs essentiels de l'histoire. Ce sont eux qui vont structurer, étendre au-delà de ses frontières initiales l'économie-monde européenne et lui permettre d'assurer progressivement, du XVe au XVIIIe siècle, son hégémonie sur les autres. Les seconds sont passifs, subissent les fluctuations de l'offre et de la demande, donc des prix, sur lesquels ils n'ont aucun pouvoir et se font prendre une bonne part des richesses qu'ils créent par les réseaux que les premiers lancent sur eux, qui les surplombent et les mettent en communication.

Mais la distinction qu'opère Braudel entre capitalisme et économie marchande, fondée sur les oppositions grand/petit, monopole/concurrence, international/local, connecté au pouvoir étatique/éloigné du pouvoir, oppositions simplement juxtaposées et non articulées, ne peut convaincre un économiste. Grande taille, monopole, internationalisme, proximité du pouvoir ne sont pas des termes systématiquement conjoints ; il en est de même pour : petite taille, soumis à une vive concurrence, local, éloigné du pouvoir. La plus vive concurrence se rencontre entre activités internationales. Il existe des multitudes de monopoles locaux. Il n'est point nécessaire d'être de grande taille pour conduire des opérations internationales. Braudel montre lui-même à quel point la relation aux États des grands capitalistes est complexe et variable. Les traits distinctifs énumérés par Braudel forment donc une juxtaposition de caractéristiques empiriques moyennes et de plus multidimensionnelles, qui visent à saisir la totalité complexe d'un sujet historique, mais qui ne peuvent prétendre à fonder un concept économique. Il faudrait pour cela pouvoir les dériver de logiques économiques d'acteurs. En réalité, si l'on focalise l'analyse, comme le fait l'économie, sur la production et la circulation marchande, il y a bien quelque chose d'essentiel dans leur comportement qui est commun aux acteurs de l'économie de marché et du capitalisme selon Braudel, qui est stable dans le temps, et qui autorise donc une analyse économique. Tous ces acteurs ont un comportement allant du maintien à la maximisation des flux monétaires qu'ils relancent sans cesse dans des cycles productifs ou marchands ou financiers ou purement monétaires. Nous considérons donc l'ensemble de ces activités comme capitalistes puisque, aussi bien, ce comportement peut se décrire comme une volonté de conserver ou d'augmenter un stock de « capital ». Mais on préférera la définition en termes de flux, car un stock de capital qui ne circule pas est un stock mort, qui n'intervient pas dans la dynamique de la richesse. Quant aux différences, en effet empiriquement évidentes, entre ces acteurs, elles sont définies à partir du concept de territoire économique, concept économique parce que assigné, *via* les circulations et leurs mobilités, aux logiques d'acteurs. Ces différences peuvent être extrêmes, mais nous conservons ainsi une identité qualitative des acteurs. Cela donne la distinction nomade/sédentaire. Territoire est alors le concept qui permet l'articulation entre acteurs capitalistes et États. Ce qui permet enfin de définir un capitalisme comme une articulation singulière : acteurs capitalistes (nomades, sédentaires)-territoire(s)-État(s), et d'en étudier, dans des séquences données, les dynamiques et les effets sur l'inégalité.

En fin de compte, ce qui nous sépare de Braudel est que nous ne faisons pas de l'histoire, mais de l'économie.

37. Pour reprendre l'expression de Braudel.

38. Cité par Braudel, Fernand, dans *Civilisation matérielle, économie et capitalisme*, p. 671 de l'édition de poche.

39. La population indienne passe d'un chiffre qui est estimé entre 40 et 100 millions (hypothèse la plus haute de l'école de Berkeley) à 10 millions en 1650.

40. Sociologue américain, directeur du Fernand Braudel Center de la State University of New York at Binghamton, auteur de *Le Système monde du xv*[e] *siècle à nos jours* (deux volumes traduits, Paris, Flammarion, 1984).

41. Voir note 36.

42. Braudel, Fernand, *Civilisation matérielle, économie et capitalisme*, *op. cit.*, p. 56.

43. Entendons-nous bien : il importe évidemment beaucoup à l'historien d'éclaircir, au sein des causalités complexes qui « expliquent » le comportement d'un prince et de son gouvernement, ce qui relève respectivement de la volonté et de la nécessité. Mais ici nous pouvons nous contenter d'analyser le résultat.

44. Seul Marx a bien perçu que, en revanche, les capitalistes poussés par la concurrence à ne pas dépenser intégralement pour eux-mêmes (contrairement aux nobles) leur revenu, mais à le réinvestir sans cesse, pourraient rencontrer des difficultés à investir d'une façon rentable le surplus croissant qu'ils allaient pouvoir s'approprier avec le développement de la productivité industrielle.

CHAPITRE III

RATTRAPAGES ET BLOCAGES AU COURS DU XIXe SIÈCLE

45. Les artisans maîtrisaient encore les premières machines textiles, d'ailleurs souvent inventées par eux. Aussi tard qu'en 1890 il n'était pas un maréchal-ferrant en France qui ne pût réparer, sans formation spécifique, les machines agricoles américaines Mc Cormick.

46. Le Canada par exemple, qui ne devient dominion qu'en 1867, en profite, dès 1850, pour mettre en place des tarifs protégeant son industrie naissante de la Grande-Bretagne, tout en négociant dès 1854 une éphémère union douanière avec les États-Unis.

47. Lointain successeur du *Cromwell act*, il stipulait qu'une marchandise ne pouvait être importée en Grande-Bretagne que par un navire britannique ou du pays exportateur.

48. Élargir les débouchés intérieurs pour l'industrie nationale ne consiste pas seulement à protéger des importations le marché intérieur des produits industriels, mais aussi à le stimuler en développant l'agriculture.

49. Voir Bairoch, Paul., « Europe's Gross National Product : 1800-1975 », *Journal of European Economic History*, vol. V, n° 2, automne 1976, p. 283.

50. Voir Bairoch, Paul, *Mythes et paradoxes de l'histoire économique*, Paris, La Découverte, 1995, p. 22.

51. Voir Asselain, Jean-Charles, *Histoire économique; de la révolution industrielle à la Première Guerre mondiale*, Paris, Presses de la Fondation nationale des sciences politiques — Dalloz, 1991, p. 41.

52. C'est en 1833 qu'en Angleterre le *Factory act* interdit le travail des enfants de moins de neuf ans et limite la durée de travail des plus âgés dans l'industrie textile. Il faudra attendre 1853 pour qu'il soit étendu à une grande majorité de l'industrie et 1878 à l'ensemble de l'industrie et de l'artisanat. Voir Bairoch, Paul, *Le Tiers-Monde dans l'impasse*, Paris, Gallimard, « Folio Essais », 3e éd., 1992, p. 133.

53. Nous verrons plus loin ce qu'il faut penser des débouchés extérieurs, en particulier dans les colonies.

54. En Allemagne par exemple, les salaires nominaux des ouvriers agricoles — donc on peut supposer que c'est *a priori* les cas des revenus des fermiers et des paysans propriétaires — doublent entre 1850 et 1900, mais surtout restent supérieurs aux salaires de l'industrie jusque vers 1885. Source : B. R. Mitchell, *International Historical Statistics of Europe, 1750-1988*, M. Stockton Press, 3ᵉ éd., 1992, p. 189 *sqq*.

55. Toute l'Europe, Russie et Turquie exclues.

56. En 1901, un Britannique, William Knox d'Arcy, obtient du shah de Perse une concession pour l'exploitation du pétrole et des ressources minières sur la totalité du pays. Furieux, le gouvernement russe, qui considère que le nord du pays est dans sa zone d'influence, la fera réduire à la moitié sud. Cette concession, revendue ensuite par d'Arcy à l'Amirauté britannique, est à l'origine de la compagnie pétrolière British Petroleum (B P).

57. Voir Bairoch, Paul, *Le Tiers-Monde dans l'impasse, op. cit.*, p. 224.

58. Ce n'est pas tout à fait vrai de l'Inde, dont les exportations en 1913 comportent 16 % de produits manufacturés et 13 % de produits manufacturés finis. Source : A. Maizels, *Industrial Growth and World Trade*, Cambridge, Cambridge University Press, 1963.

59. Voir Bairoch, Paul, *Le Tiers-Monde dans l'impasse, op. cit.*, p. 221.

60. Source : Bairoch, Paul, *Le Tiers-Monde..., op. cit.*, p. 221-222.

61. Chiffres sur les investissements cités par Asselain, Jean-Charles, dans *Histoire économique..., op. cit.*, p. 278 *sqq*.

62. Voir Asselain, Jean-Charles, *Histoire économique..., op. cit.*, p. 345 *sqq*.

63. Voir Weber, Max, *L'Éthique protestante et l'esprit du capitalisme*, Paris, Plon, 1964.

64. Il avait par exemple également jugé inévitable un affrontement ultérieur entre les États-Unis et le Japon.

65. Voir Asselain, Jean-Charles, *Histoire économique..., op. cit.*, p. 270.

CHAPITRE IV

L'EXCEPTIONNEL « PREMIER XXe SIÈCLE »

66. Voir Keynes, J. M., " The Economic Consequences of the Peace », *Collected Writings* vol. II, Mac Millan, Cambridge University Press, 1971, p. 6-7.

67. Une dévaluation, par exemple, accroît la compétitivité à l'étranger des exportateurs et renchérit la valeur des biens importés à l'intérieur, mais au prix d'une dévalorisation générale du travail localisé sur le territoire, puisqu'il faut exporter plus en volume (donc consacrer une part supérieure de travail effectuée sur le territoire aux exportations) pour consommer la même quantité de marchandises importées.

68. Voir Friedman et Schwartz, *A Monetary History of the United States, 1867-1960*, Princeton University Press, 1963; Kindleberger, Charles P., *The World in Depression, 1929-1939*, Londres, Allen Lane, 1973; Boyer et Mistral, *Accumulation, inflation, crises*, Paris, PUF, 2e éd., 1983.

69. Données issues de Bairoch, Paul, *Mythes et paradoxes de l'histoire économique*, op. cit., p. 15 *sqq*.

70. En augmentant les salaires de ses ouvriers avec la politique du *Five dollars a day*, Henry Ford n'espérait pas qu'ils puissent immédiatement s'offrir une voiture. Il tenait sans doute avant tout à fixer une main-d'œuvre ouvrière encore très « nomade » à l'époque. Mais il est aussi clair qu'il espérait, par la diffusion de cette politique dans tous les secteurs, une augmentation du pouvoir d'achat ouvrier et donc, à terme, leur accès à la consommation de masse de biens durables.

71. En allemand, *Volkswagen* veut dire « voiture du peuple ».

72. On remarquera une fois de plus qu'il y a moins lieu de s'intéresser au déclenchement des processus économiques, où interviennent en général des causes extrêmement diverses, qu'aux processus eux-mêmes, une fois qu'ils sont clairement à l'œuvre et provisoirement stabilisés.

73. Voir chapitre premier.

74. En France, en 1995, 50 % des ménages perçoivent 50 %

de leurs revenus sous la forme indirecte de prestations sociales diverses.

75. Au Japon, ce taux est celui de la période 1953-1974 (calculs effectués à partir des statistiques de l'Onu pour la période 1950-1960 et de l'OCDE à partir de 1960).

76. Voir André et Delorme, « Deux siècles de finances publiques », *Revue d'économie financière*, Paris, nov. 1991.

77. Voir chapitre premier.

78. Les théories les plus récentes de la firme admettent qu'au sein d'un collectif de travail les productivités marginales de chacun ne peuvent être mesurées. Pour certains, tels Alchian et Demsetz, c'est même cette impossibilité qui justifie l'existence d'un " patron » et de l'organisation hiérarchique d'une firme. Le patron passant avec ces employés d'une part et les actionnaires d'autre part une série de " contrats ». Pour une première approche des théories contemporaines des marchés du travail, voir par exemple Anne Perrot, *Les Nouvelles Théories du marché du travail*, Paris, La Découverte, coll. Repères, 1994.

79. C'est ce genre de différences dont rendent compte les thèses sur l'existence de deux types de capitalismes, le rhénan-japonais et l'anglo-saxon. Sur ce point voir note 33.

80. Ces ratios sont remontés, en 1990, à 9 aux États-Unis et à 5,5 en Allemagne. Nous y reviendrons dans les deux derniers chapitres.

81. Entre 1950 et 1990, le volume des échanges internationaux a augmenté à un rythme moyen annuel de 6 %, tandis que la production mondiale ne progressait annuellement « que » de 4 %.

82. La part des matières premières dans le commerce mondial passe de 50 % en 1955 à moins de 30 % en 1990. En excluant les combustibles, c'est-à-dire essentiellement le pétrole, cette part passe de 40 % à 15 %.

83. Il est mesuré par le ratio (exportations + importations)/2 PIB.

84. Le taux d'ouverture de la CEE à 12 passe de 12,5 % en 1960 à 20 % en 1976.

85. Sauf cependant dans certains domaines, dont ceux évidemment qui ont bénéficié de l'énorme effort de guerre améri-

cain : énergie nucléaire, aéronautique, télécommunications, etc.

86. Voir les propositions de « clauses environnementales » dans les négociations sur le commerce international qui seront évoquées au chapitre VI.

87. La question de l'absence ou de la présence d'économie, de monnaie, de marché du travail dans le socialisme soviétique est controversée. En faveur de l'absence, et sur les conséquences de cette absence quant aux enjeux de la période post-socialiste, voir Christian von Hirschhausen, *Du combinat socialiste à l'entreprise capitaliste. Une analyse des réformes industrielles en Europe de l'Est*, Paris, L'Harmattan, 1996, ainsi que ma préface à ce livre.

88. Je ne remonte évidemment pas aux sociétés dites primitives, car cela n'aurait pas grand sens ; c'est ce que fait pourtant souvent le discours économique en quête d'origines, qui aime bien non seulement les sociétés primitives réelles, mais aussi les robinsonnades...

89. Avec évidemment, dans ce pays, une réelle colonisation de peuplement, mais qui a commencé dès le milieu du XIXe siècle.

90. Calculs effectués à partir des données de population et de PIB fournies par Bairoch dans *Le Tiers-Monde dans l'impasse, op. cit.*, p. 117.

91. On appelle transition démographique le passage d'une situation à natalité et mortalité élevées, donc à faible taux de croissance de la population, à une situation de taux de natalité et de mortalité faibles, donc également à faible taux de croissance. Entre les deux, c'est le taux de mortalité qui décroît d'abord, puis, avec un décalage de plusieurs dizaines d'années, celui de la natalité. Dans cette période de transition, on a donc une explosion démographique.

92. Bien qu'on puisse cependant considérer que la Chine, sauf retour en arrière, a achevé sa transition démographique, au prix d'une politique volontariste et très contraignante pour la population.

93. C'est loin d'être le cas partout cependant. Dans de nombreux pays africains, tel le Congo, seule une fraction des terres cultivables est exploitée. Une agriculture plus extensive est

envisageable, les centaines de milliers de gens qui s'entassent désœuvrés dans les bidonvilles de Brazzaville et de Pointe-Noire pourront toujours retourner à la terre quand ils ne pourront plus vivre de la redistribution, certes très inégalitaire, de la rente pétrolière et de sa circulation dans l'économie urbaine informelle. Enfin ce pays devra bien ensuite accepter l'immigration de pays proches où la terre commence à se faire rare, le Nigeria par exemple.

94. Lewis, Arthur W., *L'Ordre économique international*, Paris, Economica, 1980, p. 38.

95. Pour un exposé des thèses libérales, voir les dix-neuf « Rapports sur le développement dans le monde » publiés jusqu'ici par la Banque mondiale. Pour la thèse opposée, voir, par exemple Amin Samir, *La Déconnexion. Pour sortir du système mondial*, Paris, La Découverte, 1986.

96. On raconte, à propos de la Corée, l'anecdote suivante. Arrivant au pouvoir à l'issue d'un coup d'État en 1960, le général Park aurait convoqué les principaux trafiquants et profiteurs de la guerre de Corée, qui s'étaient considérablement enrichis dans les années 50 et leur aurait proposé ce marché : ou ils étaient emprisonnés et spoliés, ou ils acceptaient de travailler la main dans la main avec l'État dans un cadre quasi « planifié » pour bâtir des empires industriels, les futurs *Chaebols*, ce que bien sûr ils choisirent. La volonté de la dictature militaire au pouvoir de prendre une revanche « économique » sur la Corée du Nord a évidemment joué un rôle déterminant dans cette démarche et les politiques qui l'ont suivie.

97. Bairoch, Paul, *Mythes et paradoxes de l'histoire économique, op. cit.*, p. 229.

CHAPITRE V

LA NOMADISATION DES CAPITALISMES ET LA COMPÉTITION ENTRE TERRITOIRES

98. Données de l'Onu pour la période 1953-1960. Données de l'OCDE aux prix et aux taux de change de 1990 pour la période 1960-1974. Ces données pour 1993 sont : Japon, 111 %;

France, 93 %; Allemagne, 95 %; CEE à 12, 81 %. Les données de la Banque mondiale en parité de pouvoir d'achat pour 1993 sont : Japon, 84 %; France, 77 %; Allemagne, 68 %; et, à titre ici de simple indication : Singapour, 79 %; Hong-Kong, 87 %.

99. Voir *Perspectives économiques de l'OCDE*, n° 56, décembre 1994, p. 45.

100. Voir Chevalier, Philippe, et Dure, Daniel, *Les Mécanismes des licenciements*, Miméo, Paris, École nationale supérieure des Mines de Paris, juillet 1993.

101. Qui consisterait à laisser se déprécier le franc pour pouvoir abaisser les taux d'intérêt et augmenter la compétitivité prix des exportateurs.

102. Voir Esambert, Bernard, *Le Troisième Conflit mondial*, Paris, Plon, 1977, et *La Guerre économique mondiale*, Paris, Orban-Plon, 1991.

103. Voir le mémoire de Ivanier et Soubeyran, *Qui se soucie encore de la nationalité des entreprises ?*, Miméo, Paris, École nationale supérieure des Mines de Paris, 1992.

CHAPITRE VI

L'ÉMERGENCE DES PAYS À BAS SALAIRES ET À CAPACITÉ TECHNOLOGIQUE

104. Ce chapitre reprend, en le développant largement, un article de l'auteur, « Libre-échange et inégalités », paru dans *Annales des Mines. Gérer et comprendre*, décembre 1994, et reproduit dans *Problèmes économiques*, Paris, La Documentation française, n° 2421, 26 avril 1995.

105. Source : Air France.

106. Voir Banque mondiale, « Rapport sur le développement dans le monde en 1995 », p. 60.

107. En 1765, il faut douze jours pour aller de Paris à Marseille. En 1780, il en faut encore huit jours. Voir Braudel, Fernand, *Civilisation matérielle, économie et capitalisme*, *op. cit.*, p. 384-385.

108. Reich, Robert, *The Work of Nations*, New York, Knopf, 1991; éd. française, *L'Économie mondialisée*, Paris, Dunod, 1993.

109. Quartier de Paris spécialisé dans la confection.

110. Voir les références des principales d'entre elles dans la note 126.

111. Alain Madelin, in *Le Monde*, 24 juin 1994. Mon article publié par *Le Monde* du 1er novembre 1994 lui fournit une sorte de réponse. Son titre « Le libre-échange crée l'inégalité » est de la rédaction du *Monde*. On verra ci-dessous que ma position est en fait plus nuancée, et à quelles conditions il n'en est pas ainsi.

112. Ce cas est évidemment le plus favorable à la richesse du territoire français, car il peut aussi utiliser ce revenu supplémentaire à acheter plus de chaussures à l'étranger. Mais ce n'est pas une bonne objection, car dans ce cas il suffira de vendre plus d'Airbus à l'étranger. Voir la suite du raisonnement.

113. Ou toute autre chose dans n'importe quel pays. C'est ce que signifie « après avoir circulé dans l'économie mondiale » dans le raisonnement précédent.

114. C'est actuellement le cas.

115. L'exemple précité ne parlait que de la France, mais on voit bien qu'il est symétrique.

116. Voir Vimont Claude, *Le Commerce extérieur français, créateur ou destructeur d'emplois ?*, Paris, Economica, 1993. Tableau construit à partir des données des p. 78 et 80.

117. Naturellement ce calcul n'a de sens que s'il porte sur les exportations et les importations de biens et de services qui peuvent être produits aussi bien en France qu'en Chine ou en Corée. Cela exclut une large part des produits agroalimentaires. Ce sont bien ces données que calcule Vimont.

118. En ordre de grandeur, dans les deux cas, on a : 1 million de francs de commerce équilibré supplémentaire = 1 emploi perdu. Cela peut paraître limité, d'autant que les NPI et les PBSCT ne représentent encore qu'une part modeste du commerce extérieur d'un pays comme la France. Ainsi, la somme totale des emplois perdus dans le commerce avec la Chine et la Corée était en 1991, selon les calculs de Vimont, de 37 500 et 10 688 respectivement (car, de plus, nos échanges sont en réalité déficitaires avec ces deux pays, tout particulièrement avec la Chine). Nous verrons à la fin du chapitre

ce qu'il faut penser de ce genre d'évaluation globale des effets directs sur l'emploi du commerce avec les pays à bas salaires. Pour l'instant, seul nous intéresse ici le mécanisme de destruction d'emplois.

119. C'est-à-dire avant tout transfert étatique.

120. Voir Samuelson, Paul, « International Trade and the Equalization of Factor Prices », *Economic Journal*, juin 1948.

121. Certains s'inquiètent cependant de ce que des entreprises transfèrent des technologies de biens jusqu'ici compétitifs dans des pays à forte capacité de rattrapage technologique, comme dans le cas de la vente du TGV en Corée, ce qui sans aucun doute accélère le rythme d'acquisition de technologies. Mais si ces transferts sont une condition pour l'emporter dans la compétition actuelle, il serait absurde, du point de vue de la firme, de renoncer à ces marchés. C'est à elle de savoir si elle manifestera une capacité d'innovation suffisante pour conserver toujours une avance et produire à temps les TGV de la génération suivante. Si cette capacité d'innovation se déploie sur le territoire d'origine de la firme, ce territoire lui-même n'est pas forcément défavorisé.

122. En témoigne la vigueur des phénomènes de rattrapage au sein même des pays industrialisés ces dernières décennies et des NPI ces dernières années.

123. Nous examinerons plus loin si le taux de change de la roupie est anormalement bas.

124. Voir Belassa, Bela, « The Purchasing Power Parity Doctrine : A Reappraisal », in *Journal of Political Economy*, décembre 1964.

125. Pour un exposé récent et non technique de cette thèse, voir Paul Krugman, « Europe Jobless, America Penniless? », *Foreign Policy*, n° 95, été 1994, traduit dans *Problèmes économiques*, n° 2427, du 7 juin 1995, La Documentation française

126. Cette littérature est depuis peu à ce point abondante qu'elle a fait récemment l'objet d'une recension critique : Burtless, Gary, « International Trade and the Rise of Earnings Inequality », *Journal of Economic Literature*, vol. XXXIII, juin 1995, p. 800-816. On trouvera dans la bibliographie de cet article les références essentielles en anglais.

127. Source : Eurostat.

128. Voir Salvatore, Dominick, *International Economics*, New York, MacMillan, 1993, 4ᵉ éd., p. 2.

129. Voir Wood, Adrian, *North-South Trade, Employment and Inequality*, Oxford, Clarendon Press, 1994.

130. Soit, rappelons-le, plus que la totalité des emplois industriels de l'OCDE, qui est d'environ cent millions.

131. Voir Régnier, Philippe, *Systèmes locaux de PME et internationalisation des pays dynamiques d'Asie : un tour d'horizon*, Communication au colloque de l'OCDE « Les systèmes locaux de petites entreprises et la création d'emplois », 1er-2 juin 1995.

132. Voir Lauré, Maurice, « Rapport sur le chômage », *La Jaune et la Rouge*, octobre-novembre 1994.

ÉPILOGUE

QUE FAIRE ?

133. Voir Reich, Robert, *L'Économie mondialisée, op. cit.*

134. Voir Luttwak, Edward, *Le Rêve américain en danger*, Paris, Odile Jacob, 1995.

135. Cela rend d'autant plus curieux et à vrai dire franchement indécent que, lors de la grève de décembre 1995 en France, où ce qui était en jeu était à la fois la Sécurité sociale et les transports ferroviaires et urbains, un si grand nombre d'économistes se soient crus autorisés à intervenir non pas en tant que citoyens, ce qui est légitime, mais es qualité, du haut d'une prétendue « incontournable rationalité économique ».

136. J'admets cependant que l'on pourrait envisager d'introduire quelques frottements dans les mouvements de capitaux, mais seulement des capitaux à court terme. Et cela, uniquement dans le dessein de stabiliser les fluctuations spéculatives des taux de change. Il est clair cependant qu'une stabilisation durable des changes entre grandes monnaies ne pourrait résulter de ce seul type de mesure.

137. Au moment où je termine ce livre, l'Allemagne semble elle aussi soumise aux tendances que j'ai décrites et conduite à remettre en cause son modèle social. Mais ses investissements dans une Mitteleuropa reconstituée n'ont pas encore porté

tous leurs fruits et, parmi les PBSCT, la Russie ne s'est pas encore dégagée des premières phases chaotiques du postsocialisme. Nous verrons ce qu'il en sera de l'Allemagne dans cinq ou dix ans.

INDEX

INTRODUCTION

Chapitre premier
TERRITOIRES, ÉTATS ET CAPITALISMES

Chapitre IV

L'EXCEPTIONNEL « PREMIER XXe SIÈCLE »

Chapitre VI

L'ÉMERGENCE DES PAYS À BAS SALAIRES ET À CAPACITÉ TECHNOLOGIQUE

Composition Euronumérique.
et impression Bussière Camedan Imprimeries
à Saint-Amand (Cher), le 27 septembre 1996.
Dépôt légal : septembre 1996.
Numéro d'imprimeur : 1/2298.
ISBN 2-07-032954-2./Imprimé en France.

77854